桔梗の旗

明智光秀と光慶

谷津矢車

潮出版社

桔梗の旗

～明智光秀と光慶～

第一章　天正八年　十五郎　05
第二章　天正九年　十五郎　40
第三章　天正十年　十五郎　壱　76
第四章　天正十年　十五郎　弐　112

第五章　天正八年　左馬助　147
第六章　天正九年　左馬助　181
第七章　天正十年　左馬助　216
第八章　天正十年　十五郎　参　254

装画　大宮エリー
「龍の虹」
© Ellie Omiya, courtesy of Tomio Koyama Gallery
装幀　間野　成

第一章　天正八年　十五郎

白い砂浜に腰をかけた明智十五郎《あけちじゅうごろう》は、弄《もてあそ》ばれる前髪を風に任せたまま、寄せては返す波を眺めていた。

琵琶湖《びわこ》は日ごとに違う貌《かお》を見せる。鏡のように穏やかな日もあれば、荒れ狂う獣のように牙《きば》を剝《む》く日もある。翡翠《ひすい》色をした日もあれば、黒曜石に似た暗褐色に沈む日もある。だが、姿を変えながらもいつでもここにあり、水面を覗《のぞ》き込む十五郎を見返してくる。

この日は穏やかな波が水面を覆っていた。青く澄んだ空に千切れ雲が流れ、晩夏の日の光を反射して、湖面が銀色に輝いている。ふと遠くを眺めれば、湖面の向こうに安土《あづち》の町を望むことができる。

横には無言で控える、小姓の妻木七郎兵衛《つまきしちろうひょうえ》、そして弟の自然《じねん》の姿がある。何も言わず、目を伏せて砂浜の上に跪《ひざまず》く七郎兵衛は、十五郎の視線に気づいたのか、穏やかな丸顔を少し緩めた。二歳年下の自然は先ほどまで相撲を取ってやったせいか、砂に寝そべり、寝息を立てている。

十五郎も弟に倣《なら》って砂浜に寝転び、目をゆっくり閉じる。

眠りの淵へ沈んでいこうとしていたその時、頭上から声が掛かった。

「若様、何をなさっておいでなのですかな」

冷や水を浴びせられたような心地がして、思わず十五郎は体を起こした。

振り返ると、そこには見慣れた男二人が立っていた。

年の頃は五十ほど、立派な老人だ。白髪の頭の上に侍《さむらい》烏帽子《えぼし》をかぶり、緑青色の直垂《ひたたれ》に身を包んでいる。枯れ木のような姿だが、鋭い眼光と腰に佩《は》いている立派な太刀が、目の前の老人が武の人であると思い出させてくれる。この老人は隠岐五郎兵衛惟恒《おきごろうひょうえこれつね》といい、十五郎の守《もり》役《やく》だ。

もう一人は叡山《えいざん》の山門に立つ仁王のように全身に筋肉を鎧《よろ》う年の頃三十ほどの男で、武骨な顔を真っ赤にしている。こちらは内藤三郎《ないとうさぶろう》右衛門《えもん》、十五郎の守役であると同時に武芸の指南役でもある。

しどろもどろになりながら、十五郎は応じた。

「いや、あの……。ちと考え事をな」

内藤が今にも泣き出さんばかりの声を放った。

「若様、拙者の稽古《けいこ》がそんなに嫌でございますか」

この剣幕には、先ほどまで眠りこけていた自然も目を覚ますほどだった。

その通りだったが、口には出さない。内藤の稽古は驚くほど手厳しく、終わった後には体中に痣《あざ》ができるほどだ。ここのところ、稽古をいかに休むかを考えるようになったが、仮病が通じなくなってしまった。

無言でいる十五郎に助け舟が入った。十五郎の脇に控えていた妻木七郎兵衛だった。

「内藤殿、申し訳ございませぬ。拙者が若様を唆《そそのか》してしまいました」

「なんと、お前はいつもいつも」

内藤は不満げに今年十七になった七郎兵衛を叱《しか》りつけている。殊勝に頭を下げたふりをしながら、七郎兵衛は十五郎に笑いかけてきた。

七郎兵衛は母の兄の子、つまりは母方の従兄《いとこ》に当たる。その縁でずっと十五郎に仕えてくれている。家臣というよりは友垣《ともがき》のような間柄で、こうして琵琶湖畔に連れ出してくれたのも、武芸の稽古を嫌い、弟と遊んでやりたいと願う十五郎の意を汲《く》んだものだ。

内藤が七郎兵衛を叱りつける横で、惟恒は鋭い眼光を十五郎に向けた。

「あまり感心しませんな、若様」

すべてを見透かしたような口調で、惟恒は短く言った。

惟恒とは付き合いが長い。誕生したその時から十五郎の守役についているらしいから、既に十年は一緒にいることになる。背負ってもらった記憶も、初めての木刀遊びも、そして箸の上げ下げや武士としての作法までも、そのすべてを惟恒に教わった。だから、十五郎にとっては祖父代わりのようなものだし、向こうも小さな孫のようなつもりでいるのだろう。君臣の別といかめしく口にする惟恒の顔には、時折家臣の分を超えた遠慮のない親しみが覗く。

このときもそうだった。惟恒は疑わしげな眼で十五郎を見遣《みや》った。

「これから殿への御目通りがあること、忘れてはおりますまいな」

「もちろん。しかし、何の話であろうな」

「さあ。何でございましょうかな」

実際に惟恒は何も知らないらしく、顎を指で撫《な》で、小首をかしげた。

十五郎は、西に広がる町方から目を離した。町の東には琵琶湖畔に寄り添うように、白亜の城がそびえている。二重三重に塀が張り巡らされ、物々しい櫓《やぐら》が隅に立ち、真っ白な天守閣が十五郎を見下ろしていた。十五郎の暮らす、坂本城だ。

自然と引き離されて坂本城へと戻るや、飯事《ままごと》の人形のように着替えさせられた。それまで着ていた普段着の直垂から総絹の青い肩衣《かたぎぬ》に改められ、髪も結い直された。さらに腰の刀も金金具の儀仗《ぎじょう》用小刀に差し替えられてしまった。

坂本城本丸は、しんと静まり返っていた。廊下に点々と座る番方の武士たちは目を伏せ、息を殺している。惟恒と共に薄暗い廊下をしばし行くと、謁見の間の前に達した。

胸が高鳴る。期待しているわけでも、楽しみなわけでもない。ただただ気後れするばかりだった。

惟恒が襖《ふすま》を開くと、十五郎の目に光が飛び込んできた。

目が慣れて最初に見えたのは、鶴と亀が配された、金色の吉祥絵だ。開け放たれた障子の向こうには、手入れの行き届いた庭も見える。普段は二の丸で暮らしているゆえ、十五郎と雖《いえど》も、本丸に足を踏み入れる機会はそうない。

本丸謁見の間の華麗さに目を奪われていると、上段の声にたしなめられた。

「これ、十五郎。いつまでそうしておるか」

「あ、ち、父上」

十五郎は声を震わせてその場に座り、上段に向かって頭を下げた。

まさか、既に父が謁見の間にいるとは思ってもみなかった。

上目がちに上段に座る男を見遣った。

脇息《きょうそく》に寄りかかる男の姿があった。戦直垂《いくさひたたれ》のままというなりで十五郎を見据えている。気品ある細面は都人のようだが、深く刻まれた皺《しわ》、白いものが混じる髪、そして隠し切れない鋭い眼光が柔らかな顔立ちに緊張感を与えている。己の父ながら、相対すると思わず背が伸びる。

「御父上様、ご無事で何よりでございます」

十五郎が声を掛けると、上段の男は眉《まゆ》一つ上げずに頷《うなず》いた。

「変わったことはなかったか」

「はっ。五郎兵衛を始めとする留守居の者たちの助力もあり」

後ろで、ぐす、と鼻を鳴らす音がした。惟恒はなんだかんだで単純だ。

部屋の隅に座っていた十五郎は膝行《しっこう》して上段の男の前に座り直した。そしてまた平伏をすると、惟恒に教わった口上を口にした。

「父上、この度は丹後の攻略、誠におめでとうございます。さぞ骨折りのことでございましたでしょう」

上座の男は、わずかに眉を上げた。馬鹿にするな、と言いたげだった。

「長岡殿の要請で向かったが、敵ではなかったわ」

「これで、しばしごゆるりとできますね」

「いや、殿より大任を命じられた。これからも城を空けることが多かろう」

まるで、弓の弦《つる》を限界まで引き絞ったかのような言に、十五郎は震えた。

老境にも差し掛かろうという上段の男は、十五郎の実の父、明智日向守光秀《あけちひゅうがのかみみつひで》だ。若い頃のことはよく知らぬし本人もあえて語ろうとはしないが、長いこと流浪の日々を送った後、縁あって織田家に仕官したのちその伸張に伴って出世を遂げ、近江《おうみ》坂本城の主、織田家の中でも五本の指に入る家臣にまで至ったという経歴の持ち主だ。今や、京を中心とする近畿一帯を監督するべく、近隣の大名との折衝役も務めている。それゆえだろうか、暗い影のようなものが父の背にこびりついているように十五郎には見える。十五郎が息子《むすこ》の立場で眺めてきた明智光秀は、いつも沈鬱《ちんうつ》な顔をして、人を寄せ付けない冷たさを纏《まと》っている。

この日もそうだった。親子の会話だというのにまったくつろいだところがない。背中に冷たいものが走るような心地さえした。

上段の光秀は、何度も扇子を閉じたり開いたりして弄んだ。ばち、ばち、という乾いた音が部屋中に響くたび、話の穂を継がなければと十五郎は焦る。だが、いつまで経っても見つからずにいるうち、いつしか庭に目を向けていた光秀が、ぽつりと口を開いた。

「十五郎。元服せよ」

出し抜けのことに、思わず変な声が出た。

これには、下座に侍《はべ》っていた惟恒が異議の声を上げた。

「殿、御言葉ながら、若様は未《いま》だ十一。元服にはちと早いかと愚考いたしますが」

「決めたことだ」

主君にきっぱりと言われてしまっては、惟恒もすごすごと引き下がるしかないようであった。

光秀はいつしか十五郎に目を向けていた。

「これより元服の儀に取り掛かる。それが終わったら安土城に登る。すぐに支度せえ」

「かしこまりました」

「以上ぞ。下がれ」

光秀はそっけなく口にすると、庭にまた目を戻した。

十五郎は頭を下げると、謁見の間を辞した。

暗い廊下を行く十五郎は、心中の動悸《どうき》に身を焦がしていた。

元服の二文字は重い。戦に参陣することができるようになり、一人前の存在として扱われるようになる。確かに、十一歳での元服はあまりに早いが、例がないわけではない。不安に押し潰《つぶ》されそうになりながらも、十五郎は一人、大人になることへの喜びに胸を膨らませていた。

大手門から安土城を見上げた隠岐惟恒は、げえ、と蛙《かえる》が潰れたような声を上げ、皺《しわ》だらけの顔をしかめた。

「いやはや、急な階段ですな」

惟恒の言う通りだ。琵琶湖東岸の安土城は山の上に築かれた城だが、蝸牛《かたつむり》のような道行きをひたすら登らされる普通の山城とは異なり、頂上に向かって大石段が一直線に延びている。

「何度見ても、この城は面妖《めんよう》ですな。城の用をなしておりませぬ」

額に玉のような汗を浮かべる惟恒によれば、このようなつくりでは攻められた時にひとたまりもなく、即座に落とされてしまうだろうとのことだった。

「もっとも、この城に攻め入られるなどと、信長《のぶなが》公はお考えにもならないのでしょうがな」

石段を一段ずつ登りながら、十五郎は惟恒の言に頷いた。

安土は近江東部の琵琶湖畔にある。現在この近辺、越前《えちぜん》や美濃《みの》、伊勢《いせ》や山城《やましろ》を平らげているゆえ、この城が戦に巻き込まれることなどありえない、というのが信長の考えなのだろう。

安土城にやってきたのは、十五郎の元服披露のためだ。本当は光秀も共に参上するはずだったが、平定の褒美として与えられた丹波《たんば》の政《まつりごと》に手が離せないということで、十五郎の近臣を随行させるに留まった。

軽い足取りで石段を登っていた十五郎はくるりと振り返った。ひいひいと肩で息をしながら登って来る惟恒や七郎兵衛といった近臣、その後ろに続く荷物持ちの供回《ともまわ》りたち、石段の両側に並ぶ織田家武将たちの屋敷、そして大手門前にまで迫ってきている琵琶湖の湖面が眼前に広がっている。未だに衰える気配のない八月の日差しが十五郎の肌を刺し、蝉《せみ》の声だけが秋の訪《おと》ないを告げている。

「頑張れ。そろそろ行くぞ」

家臣たちに声を掛けると、また十五郎は石段を登った。

しばらくすると、階段が絶えて平らな広場が現れた。安土城の二の丸へと続く門前に大屋敷が配されており、冠木門《かぶきもん》前には篝火《かがりび》が焚《た》かれている。屋敷の主が滞在しているという証だ。

遅れて登ってきた惟恒は、この篝火を見遣ると頷き、顔じゅうの汗を懐紙で拭《ぬぐ》って肩衣を調えると、十五郎の前に立って門前の屋敷の冠木門をくぐった。

惟恒が何事かを呼ばわると、直ぐに屋敷の家臣が現れ、十五郎一行を部屋に通してくれた。その部屋は南向きの客間で、枯山水《かれさんすい》の庭を望む明るい部屋であった。

部屋の中には先客がいた。

体の大きな、黒い肩衣姿の若武者。月代《さかやき》を剃《そ》り上げ、口元には泥鰌《どじょう》ひげを生やしている。年の頃は十代半ば、ほぼ十五郎と同世代だろう。十畳ほどの部屋の真ん中に端座しているものの、研ぎ澄まされた刀のような近寄りがたさがある。

助け舟を出すように、ついてきていた惟恒が声を上げた。

「おお、これは与一郎様ではございませぬか。ご無沙汰《ぶさた》いたしておりますな」

与一郎、と呼ばれたその青年は、顔だけこちらに向けた。追従笑《ついしょうわら》いすらせず、わずかに首をかしげた。

「ああ。明智の若殿とその守役の。久方ぶりでござる」

口ぶりには、年齢相応の幼さはない。冷ややかさすら覚える声に、十五郎は肩を震わせた。

だが、ようやく十五郎は口を開くことができた。

「ご無沙汰いたしております、義兄上《あにうえ》」

目の前の男は長岡与一郎忠興《ただおき》という。元は名族細川の名字を名乗っていた一族だが、織田信長の命令によって長岡に名乗り替えしている。忠興の父親である藤孝《ふじたか》は光秀と古くから往来があり、その縁で光秀の娘で十五郎の姉である玉《たま》が忠興の許に輿入《こしい》れしたことで、忠興と十五郎は義理の兄弟になったのである。

忠興は碌《ろく》に十五郎に返事をしなかった。わずかに座る場所を譲っただけで、忠興は黙りこくっている。不安げな顔をする惟恒を尻目に、十五郎は忠興の横に座った。

「義兄上、なぜここに」

問うと、ようやく忠興は億劫《おっくう》そうに口を開いた。

「ああ。我が父が丹後に新城を築くことになったゆえ、父の目代《もくだい》でその報告だ」

惟恒が次の間へと向かったのを見計らうと、十五郎はさらに忠興に声を掛けた。

「此度《こたび》の丹後平定、誠にめでたいことにて」

「――めでたいことなどあるか。結局我ら長岡衆独力で平定できなんだのは大きな失敗《しくじり》よ。果たしてうちの風流狂いはそこまで考えておるのやら」

棘《とげ》どころか毬栗《いがぐり》のような言葉に、思わず十五郎は二の句を継ぐのを忘れていた。

実を言えば、この義兄のことがあまり好きになれない十五郎がいる。根本のところで相容《あいい》れぬところがあるような気がしてならぬが、己のことを可愛がってくれた姉の嫁ぎ先だ。あまり邪険にもできない。

何を口にしても皮肉と棘で返してくる忠興に辟易しながらも、しばし話しているうちに会話も絶え、二人して無言で時を潰していると、やがて障子が開き、廊下から一人の男が現れた。

「おお、与一郎に十五郎か。久しいのう」

現れたその男は二十四、五の若殿。茶筅髷《ちゃせんまげ》に結い上げた細面の顔立ちで、謹厳さよりも親しみを感じさせるのは、常に目尻が緩んでいるからだろうか。朱色の羽織に墨染めの袴《はかま》、さらには裸足《はだし》というくつろいだなりで現れたのは、この屋敷の主であり、織田信長の嫡子である織田信忠《のぶただ》だ。

二人して平伏すると、信忠は「よい」と口にし、忠興たちの前にどかりと腰を下ろした。

「よくぞ予に逢いに来てくれた。礼を言う」

この前まで、己のことを『わし』と呼んでいたはずだが、父親の口調に倣ったらしい。

信忠はやや稚気の残る表情のまま、忠興に笑いかけた。

「丹後の制圧、ご苦労であったな。我が父も喜んでおる。もし不足あらばこの信忠に言うがよい。父に取り次ぐゆえな」

「ありがたきお言葉にて」

底の見えぬ冷ややかな声音でもって応じた忠興に苦笑を浮かべながらも、信忠は十五郎に向いた。

「そなたの父の活躍もかねがね聞いておる。見事なものであったそうだな。父も大層そなたの父の働きを褒めておったぞ。必ずや何らかの形で報いることになることだろう。して、今日は日向殿はいらっしゃらぬのか」

「実は、この度ここにやって参りましたのは、殿様に元服披露をするためでございます」

「元服、ほう、そなたがか。そういえば、前髪を落としたのか」

安土城に出立する直前、坂本城で前髪を落とし、月代を剃った。まだ頭に直接風が当たる感触に慣れずにいるが、大人の仲間入りをしたという喜びでいっぱいだった。

「名乗りはどうする」

「はっ。明智十五郎光慶《みつよし》といたします」

「なるほど、光慶、か。よき名乗りだな。我が父も喜ぼう」

家臣の子の前で白い歯を見せ屈託なく笑う、そんな信忠と知己になったのは二年前のことだ。

『そなたが、明智の嫡子か。頭の良さそうな面構えぞ』

光秀と共に安土城に登った際、控えの間で手持無沙汰にしている十五郎に声を掛けた――、正確には子守をしてくれたのが、信忠だった。兄という存在がいたとするなら、こういうお人なのだろうか。そんなことをたまに思う。七郎兵衛なども似た立場だが、己を小姓と思い定めているのか、君臣の別をつけ、一歩引いている。信忠のように遠慮なしに可愛がってくれる者は他にない。

「ありがたきことでございます」

得難い信忠との対談のひと時を終え、最後に織田信長との面会というところで、事件が起こった。

二の丸を過ぎ、本丸に至る門前に至った時、突然門番に制止された。

「なぜぞ。数日前、確かに信長公より登城せよとの仰せを頂いたぞ」

惟恒が一行の門前で声を張り上げたが、門番はただ一言、『信長公ご不例により』と口にした。不例、すなわち体調が悪いということだろうが、面妖なことに、遅れてやってきた長岡忠興の一行は門を通されている。このことがなおのこと惟恒に火をつけた。

「なぜ長岡殿を通して我らを通さぬのだ」

顔を赤くして惟恒が怒鳴りかけても、門番はばつ悪げに首を横に振るばかりだった。

この膠着を破ったのは、十五郎一行の一人、妻木七郎兵衛だった。

十五郎の刀を拝持していた七郎兵衛は、同僚に刀を預け、なおも何かを言い募ろうとしている惟恒の肩を叩《たた》く。振り返った惟恒は、なおも怒り心頭のあまりか目尻を吊《つ》り上げているが、七郎兵衛は揺らぎもしない。

「ご不例の中、無理にお目にかかるは無礼というもの。後日に期しましょう」

七郎兵衛は辺りを見渡した。怒りのあまり周りが見えなくなっているようであったが、安土城の番方の武士たちや、門を行き交う様々な家中の者たちが十五郎一行に白い目を向けていることに気づいたのか、惟恒は咳《せき》払いをして、弱々しく、門番に向かい口にした。

「また参りましょうぞ」

これを見届けた七郎兵衛は十五郎の列――、十五郎の前に戻った。

「すまぬ、七郎兵衛」

「構いませぬ。若様」

七郎兵衛は薄く、何てこともないように笑った。武家勤めが長いからか、七郎兵衛はあしらいに長けたところがある。

七郎兵衛のおかげで混乱は収まり、すごすごと来た道を戻る一行であったが、ふと十五郎は寒気を覚えた。まるで刺すような視線が浴びせられたような気がして、思わず天を仰いだ。

視線の先には、安土城が誇る天守がそびえ立っていた。五層の高い塔で、下から四層目は朱色に塗られ、五層目は金色に照り輝いている。見る者の心を奪う、壮麗な建物だ。城の櫓といえば遠くを見るための物見でしかないはずだが、天守はさながら宝塔のような輝きを放っている。

その五層目、金色の欄干に、一人の男が立っている。

後ろ手に手を組み、茶筅髷にし、萌黄《もえぎ》と朱の片身替わりの長着に袴を合わせる男。あまりに遠くてそれ以上のことは見て取れなかったが、あの場所に立つことができるのは、ただ一人しかいない。

十五郎はまだ目通りしたこともない。

「あれが、織田信長公……」

金色の欄干に屹立《きつりつ》し空を見上げる主君の姿を目に留めた十五郎は、見てはいけないものを見てしまったような気分に襲われ、ぶるりと身を震わせた。

それから数日、安土の明智屋敷に滞在したまま、信長公への謁見の機会をずっと窺っていた。だが、何度要請を発しても『ご不例の為ならず』との答えに至ってしまった。最初は顔を真っ赤にしていた惟恒も、気づけば顔面蒼白になっていた。

信長と謁見するのが初めての十五郎からすればこれが何を意味するのか分からなかったが、周囲の者たちの反応を見るに、異例のことだというのは透けて見えた。

十五郎は何かしなくてはならないと気が急《せ》くばかりで、何一つ手を打つことができずにいた。

そんな中、妻木七郎兵衛の手によって、事態が打開される運びになった。

安土城二の丸の謁見の間、その中段の間に十五郎は平伏していた。

どれくらい待ったことだろう。緊張に掌《てのひら》を濡らしていると、しばらくして、縁側から衣擦れの音がした。足音は部屋の中に入ってくる気配があり、やがて上段で止《や》んだ。

しばしの沈黙が痛いほどに胸に刺さる。

上段に座る男が、その沈黙を破った。

「面《おもて》を上げよ」

烏帽子がずれそうになるものの、ゆっくりと顔を上げて堪えた。

目の前には、謁見だというのに脇息に肘《ひじ》をかけて背を丸める男の姿があった。

朱と萌黄の片身替わりに黒の袴を合わせたなりで、羽織すら纏っていない。これでは普段着もいいところだ。いくら家臣の子に面会するとはいえ、これはいささか礼を失している。

まるで十五郎などおらぬかのように、脇息の傍に置かれた径一尺ほどの地球儀を見遣るその男は、

「遼遠であるな、天下とは。果てがないものよ」

と眠たげな声を発した。それが独り言であると気づくのにしばし時がかかったが、緊張のあまり合いの手を入れることができなかったのが幸いだった。くるくる回る地球儀を指で止め、日輪の如くに鋭い眼光を十五郎に向けたその男は名乗った。

「織田信長である。名乗れ」

上段の間の奥に描かれた龍の絵を背負うように、信長は口にした。十五郎はふと、奥の龍の絵と話しているような錯覚にさえ襲われた。それほどまでに、信長の纏う気は大きかった。

「明智日向守光秀が嫡子、明智十五郎光慶と――」

「つまらぬ、な」

気後れしながらも口にした十五郎の名乗りにかぶせるように、ぽつりと口にした信長は、脇息を乱暴に倒して立ち上がった。

「これで終わりぞ。予は忙しいゆえな」

「お待ちください」

「待たぬ。予は貴様の名と顔を覚えた。十分であろうが」

吐き棄てるように口にして地球儀を取り上げた信長は、十五郎の制止も聞かず、縁側から飛び出していってしまった。からからと地球儀を回すその後ろ姿には、何の迷いもなかった。

一人、部屋に遺《のこ》された十五郎は、呆気《あっけ》に取られていた。

謁見とはあんなに短いものなのか。いや、そんなはずはない。惟恒によれば、二三の言葉が交わされた後、祝いの目録が手渡され……などのやり取りがあると聞いていた。

謁見の間の寒々しいまでの広さに、十五郎は震えた。

その後、困惑気味の信長小姓の手によって続きがなされたものの、一方の主役が不在の謁見は、空々しい飯事のようなやり取りに終始してしまった。

信長との謁見を終えた後、十五郎は二の丸の客間へと向かった。そこには既に妻木七郎兵衛が詰めている。この日の七郎兵衛は肩衣姿で、やや表情がぎこちない。部屋を取り囲む、天下の絵師狩野永徳《かのうえいとく》による水鳥たちの襖絵《ふすまえ》は、見る者に癒しを与えるどころか生きることの苛烈《かれつ》さを突き付けてくる。

しばし七郎兵衛と共に落ち着かぬまま八畳間で待っていると、やがて部屋の襖が開いた。

奥から現れたのは、一人の女人の姿だった。

赤い打掛姿で現れたその女性は、にこりと相好を崩し、垂髪《すいはつ》を揺らしながら部屋の中に入ってきた。部屋の中に続こうとする老女や侍女たちに次の間で待つように命じたものの、老女が納得しない。どうやら若い男二人と部屋の中で過ごすという外聞の悪さを気にしたようだが、女人がそれを一笑に付した。

「何を言うかと思えば。二人は甥《おい》ですよ、間違いなどあろうはずがありませぬ」

襖を閉じ、二人の前に腰を下ろした女人は、柔らかい笑みを作った。

「ごめんなさい。なかなか、今の立場だと、いろいろと差し障りがあるのよ」

四十に至ろうという年齢だが、まるで衰えた様子を見せない。髪はつややかで黒々としており、整った顔には小皺《や》一つない。美人、というよりは、親しみを感じさせるような顔立ちだ。

真っ白な頬《ほお》に手を遣る女人に、十五郎は頭を下げた。

「叔母上、この度は信長公謁見の為に力を尽くしていただき、誠にありがとうございました」

七郎兵衛も頭を下げると、女人は小さく首を振った。

「お役に立てて、嬉《うれ》しいわ」

この女人――妻木殿は、織田信長の側室である。

十五郎の亡き母の妹、つまりは十五郎や七郎兵衛からすれば叔母に当たり、今は織田信長の側室となっている。今回の信長公との謁見は、七郎兵衛から事情を聞いた妻木殿が信長に口利きしたことでようやく成ったものだと十五郎も聞いている。

七郎兵衛は深々と頭を下げた。

「叔母上、誠にありがとうございました」

七郎兵衛の顔は、妻木殿とよく似ている。丸顔で、人を包み込むような優しさを秘めている。思えば亡き十五郎の母も、そんな顔立ちだった。

妻木殿はその親しみやすい顔を、わずかに伏せた。

「織田家に入る時、決めたのよ。わたしは明智家と織田家のためのかすがいになろうって。これくらい、お安い御用よ」

　妻木殿はゆっくりと真っ白い手を伸ばし、十五郎の頬に手を当てた。ひんやりとした感触が十五郎の頬に走った。

「それにしても、十五郎、お前は日に日に御父上に似てきますね」

「本当ですか」

「ええ。妻木の顔ではありませんね。利発そうなところなどは、本当に日向守様にそっくり」

目を細める妻木殿の表情には、愁いと諦めのようなものが混じり合っていた。

「十五郎。あなたはこれからの明智家を支える大事なお人。であるからには、文武に力を抜いてはなりませぬよ。父上のためにも、これからも力を尽くしなさい」

「はい。かしこまりました」

　大人は子供を侮るからこそ、子供の前ではあけすけに振る舞う。だが、子供も木石ではない。子供だからこそ見えるものがある。

　妻木殿は父上を思慕しているのではないか――。それが、十五郎の見立てだった。

　光秀のことを口にする時の妻木殿の言葉、表情。そして、十五郎を前にした時の目。妻木殿は十五郎ではなく、十五郎越しに光秀の面影を追っているということに気づいたのは、いつのことだっただろう。

　七郎兵衛は咳払いをした。

「叔母上、また、参ります」

「ええ。今度はゆっくりとおいでなさいな。その時には、茶でもゆるりと点《た》てましょう。自然にもよろしく伝えてくださいね」

この日の面会はそれで終わった。

二の丸を辞す時、ふと十五郎は気づいた。もしかすると、己は妻木殿に母を見ているのかもしれない、と。

母の温もりを感じることなくここまで来てしまった。もしかすると、妻木殿が十五郎越しに光秀の体温を感じているように、十五郎もまた妻木殿を通じて亡き母のまなざしを感じていたのかもしれなかった。

光秀と、妻木殿、そして自分が一緒に暮らす、そんな姿を想像してみた。だが、いくら考えてみても、今一つうまく行かず、空しさばかりが増した。

曲がりなりにも主君、信長との面会を終えた十五郎であったが、それからすぐ、父、光秀から呼び出しがあった。

坂本城の二の丸書院。ここはいつも光秀が坂本城に戻った際、執務室代わりに使っている辺りだ。家臣に対しては表書院の間に通すのが通例だが、この日、十五郎が隠岐惟恒と共に通されたのは、奥書院の間だった。ここは事実上、光秀が奥、つまりは私室として用いている辺りだ。

襖を開くと、南向きの縁側に向かうように光秀は座っていた。貧乏生活が長かったからか、光秀はあまり華美な装いを好まない。儀礼や歓待の場面を除いては古着で通して恬《てん》として恥じないところがある。この時もそうだった。今にも穴が開きそうなほどに使い古した紺の長着に袴という、京を闊歩する浪人のような形をしていた。

だが、十五郎は父の姿にある種の侵しがたさを覚えた。

誰の目もないのに背をしゃんと伸ばしている。背中越しに窺うと、文机《ふづくえ》を引き出して書き物をしていた。いついかなる時でも、気を抜くつもりがないらしい。

恐る恐る声を掛けると、ようやく十五郎たちの存在に気づいたのか、光秀は筆を文机に置いて振り返った。

「来たか」

立ち上がった光秀は、何も十五郎に説明することなく、

「ゆくぞ」

と口にした。

十五郎は縁側に飛び出した父の後を追う。光秀が何も説明することなく事を運ぶのはよくあることだ。今回も父上のなさりようだ、と独り言《ご》ちながら、足早に縁側を進む父親の背中を眺めていた。

しばらく歩くうち、光秀の足は縁側沿いのある部屋の前で止まった。そこは客人を通す控の間だ。

光秀が戸を開くと、中の様子が露わになった。

客間と雖も、上段と下段を備えた十畳ほどの部屋となっている。その下段に、二人の男が座っていた。一人は頭の上に頭巾を乗せ、黒の十徳姿《じっとくすがた》の中年男が控えめに目を伏せていた。もう一人は僧形に身を包んだ男で、何か楽しいことがあるのか、やってきた十五郎を見遣るや笑みを向けてきた。

光秀は上段に、十五郎は下段の筆頭にそれぞれ座り、惟恒が下段の脇に腰を下ろしたところで、ようやく光秀は座を見渡した。

「元服したそなたに家臣をつける」

これまでは守役や小姓が数人当てられていただけだった。だが、光秀は元服を機会に二百人ほど家臣を融通してくれるつもりらしい。

「だが、ほぼ今まで通りよ。隠岐はそなた付きの年寄格、内藤は馬廻頭《うままわりがしら》、妻木七郎兵衛は小姓頭とする」

ほっとしたと同時に、少しがっかりもした。これでは以前と何も変わらない。

眉一つ動かさずに上段にある光秀は話の舳先《へさき》を翻《ひるがえ》した。

「これよりそなたには、文を学んでもらう。後ろにおる二人は、これよりお前の師となる。誰も彼も父と思い、修行に邁進《まいしん》するがよい」

咳払いをした光秀は、後ろに座る茶人に目を向けた。

「この者は知っておろう。津田宗及《つだそうぎゅう》殿よ。以前、この坂本城でも茶を点ててもらったことがあるゆえ、知っておろう。宗及殿は大変お忙しいゆえ、月に一度の指南となるが、厳しく教導していただくことになっておる」

宗及は控えめに長いまつげを伏せ、挨拶《あいさつ》に代えた。

知っているも何も、織田信長にも重用されている茶人の一人で、信長を亭主とした茶会では茶頭《さどう》として、よく場を切り盛りしている。

最後に、光秀は宗及の横に座る僧形の男に向いた。

「このお人は里村紹巴《さとむらじょうは》殿。連歌の大名人よ」

「よろしくお願いいたしまする」

紹巴はやはり快活に挨拶し、つるりとした頭を撫でた。

三者を紹介し終えた光秀は続けた。

「そなたは元服したとはいえまだまだ子供。しかと学べ」

光秀の言葉に不満があった。

「父上、御言葉ながら。拙者は父上のお役目を手伝いとうございます」

十五郎の心中には、安土城で出会った織田信忠や長岡忠興の姿があった。信忠は十も違うからあまり参考にはならないかもしれないが、六歳ほどしか違わない忠興は、既に父の藤孝について丹後攻略に出て、しかも父親の代参という形で信長にお目見得までしている。元服の挨拶、しかもほんの一瞬だけの目通りで済まされてしまったことが、今でも忸怩《じくじ》たる記憶として残っている。

十五郎も自分なりに考えた。信長が自分を粗略に扱うのは、まだ何の功績も上げていないからだ、と。なら、一刻も早く戦に出るなり政で成功するなりして信長に認めてもらうしかない、と。

だが、そんな十五郎の思いを、光秀は一言で否んだ。

「ならぬ」

「なぜでございますか」

「ならぬものはならぬゆえ、ぞ。父に盾突くは許さぬ」

かくして、不承不承ながら、二人の師による教授の日々が始まった。

惟恒や七郎兵衛によれば光秀は大和国《やまと》の混乱を収めるべく兵を率いて向かってしまったらしい。それが終われば丹波国の領地を見て回るようだ。もし己を連れて行ってくれたなら実地で勉強できるはずなのに、と思わぬことはなかったが、父の言いつけとばかりに、教授に向かいあった。

最初は嫌々だったが、やがて楽しくなってきた。少なくとも、武芸の稽古よりは肌にあったようで、急遽《きゅうきょ》宗及が坂本城を訪ねて来てくれたおかげで武芸の稽古が中止になった際にはあからさまに喜んでしまい、武芸の師である内藤を嘆かせた。

津田から教わる茶の歴史、紹巴から教わる古歌の来歴を耳にする度、京の都は悠久の歴史を揺蕩《たゆた》ってきた笹舟のようなものなのだと思い知らされ、妙な感動を覚えた。

一つを知ると、さらに多くの疑問が出てくる。十五郎は疑問の山を前にして楽しいと心から思える子供だった。それゆえに、宗及の茶筅さばきの一つ一つにも質問をし、紹巴の詠んだ和歌について何度も何度も意見を交わした。

気づけば、父の役目を手伝いたいと申し出ていたことさえ忘れるほどだった。


この年の十二月、数か月ぶりに坂本城に戻ることとなった光秀から、文が届いた。

「なんと、筒井順慶《つついじゅんけい》殿がお越しとな」

坂本城二の丸謁見の間、下段の上座で、隠岐惟恒が皺だらけの顔に手を当てた。惟恒を前にしながらも、妻木七郎兵衛はなおも続ける。

「我ら坂本の衆に支度せよとの仰せでございます」

「なんと、そうかそうか」

惟恒が嬉しそうなのは無理もない。十五郎が元服をしてからというもの、明智家中の内部では十五郎が明智家の家督を継ぐであろうと公然と囁《ささや》かれるようになった。惟恒の将来は約束されているも同然だ。此度の文も、十五郎配下の家臣たちを試したいという殿のご計算もおありなのでしょう、と七郎兵衛は無感動に述べた。

家臣たちの協議によってすべてが決まってゆく。己はただ座っていればいい。脇息に肘をかけ、議論の行方を見送っているうちに、家臣たちの話題は他に移っていった。

ある時、馬廻頭に登ったばかりで得意満面の内藤の口にした言葉に引っかかった。

「それにしても、養子とは随分急な話だな」

それまで心ここにあらずとばかりに座っていただけに、思わず身を乗り出してしまった。

「何のことだ」

応じたのはわずかに眉を上げた惟恒だった。

「おや、先ほど説明いたしましたぞ。自然様を、順慶殿のご養子に、という話がござる」

「な、なんと……」

居ても立ってもいられなくなって、即座に立ち上がり、屋敷の奥へと駆けていった。制止の声が聞こえたが、なりふり構ってはいられなかった。

自然の部屋は、坂本城二の丸の一室にある。中庭に面した明るい十畳間の一つがそうだ。十五郎は急き立つ心を抑えながら、声も掛けずに戸を開いた。

部屋の中には木馬や木剣といったおもちゃが転がっている。そんな部屋の真ん中で、自然は侍女にやっとうを仕掛けている。

兄がやってきたのに気づいた自然は、手に持っていた木剣を投げ捨てると、十五郎めがけて駆け寄ってきた。

「兄様、自然と遊んでくだされ。藤宮が遊んでくれぬのです」

不平を述べる弟は頰を真っ赤にして、困惑を隠さない侍女を指した。

十五郎はそれどころではなかった。次の正月にようやく十になるところの弟が、大和に連れて行かれてしまう。夜に一人で厠《かわや》に行けず泣き出すこの子が、だ。

だが、ここまで来て、ようやく十五郎は気づいた。何をすればよいのだろう、と。

どこかに連れていく？　そんなこと、出来るはずもなかった。

「兄様、相撲を取りましょう」

「そうか、それもいいな」

呆然と応じ、何度も相撲を取った。手心を加えて負けてやる。「兄様、弱い」ときゃっきゃと声を上げ、満面に笑みを湛《たた》える弟を前に、十五郎はただただ茫然《ぼうぜん》としていた。

それから数日後、光秀一行と連れ立ち、筒井順慶が坂本城の大手門をくぐった。

やってきた最初の夜、隠岐惟恒を主宰とする酒宴が開かれた。もう十二月、空を見上げて酒を飲むにはいささか寒いゆえ、二の丸大広間の襖を取り払い酒宴場とし、明智家と筒井家の家臣が並ぶようにした。

この日、青い肩衣に身を包む十五郎はこの酒宴の場にいた。上段で酒を酌み交わす光秀たちのすぐ近く、下段の間の一番の上座に座らされている十五郎は、酒宴がたけなわになるのを、膳の上の魚をほじりながら、ずっと待っていた。

十五郎は待っていた。目的の人物が一人になる機を。

酒宴が始まり一刻ほどで、その時がやってきた。

それまで調子よく酒を飲んでいた光秀が中座した。今、目的の人物は一人でいる。

気づけば酒宴の場は歓声に包まれている。筒井と明智の家臣が肩を組みながら歌っているようで、部屋の中は喧騒《けんそう》に満ちていた。

華やいだ空気に圧されるように、十五郎はある人物の前に立った。

その男は、酒宴の席には不似合いな僧形をしていた。

黒っぽい絹の法衣に金袈裟を纏い、頭を剃り上げている。ぱっとみたところでは大寺の若き住持といった雰囲気だが、近付いてみれば武の気配が満ち、脇には僧の差し料には不似合いな太刀が転がっていた。供された魚には手をつけず、野菜の煮つけや豆腐の皿ばかりが空になっている。青白い顔をしたその男こそ――。

十五郎はその青年の前に腰を下ろした。

「筒井順慶殿、ですね」

「いかにも。そういう貴殿は、確か日向守殿のご子息の――」

「十五郎光慶と申します。以後良しなに」

「ふむ――。で、般若湯《はんにゃとう》もお持ちにならずに何用でございますかな」

言葉の意味が取れなかった。ゆえに、己の言いたいことをそのまま口にした。

「順慶殿は、我が弟を養子に望まれていると聞きました」

「ああ、いかにも。それが何か」

「取り消していただけませぬか」

あの弟はまだ幼く、家族と離れ離れになるのは忍びない。あの子は夜、厠に行けぬと泣くのです。いつも、拙者の後をついて歩くのです……。言葉を尽くして順慶の前に並べた。

しかし、どんなに口にしても、十五郎は焦るばかりだった。それは、目の前の男がまるで表情を変えなかったからだろうか。同情するでもうるさがるでもない。ただ、無表情。からからに乾いた砂地が水にそうするように、十五郎の言葉をすべて呑み込んでしまう。それゆえに、まだ足りぬのかとばかりに言葉を継いでしまう。

喉《のど》が渇いてきて、声がかすれてきた。

言葉が途切れたのを見計らうように、順慶は盃を差し出してきた。

「若君、般若湯を一献」

銚子を差し出してきて初めて、般若湯が酒のことだと思い至った。

「まだ飲んだことがないのです」

正直に言い固辞する十五郎を前に、順慶は銚子を引っ込めて、くつくつと笑った。何かおかしなことを言っただろうかと訝《いぶか》しく思ううちに、順慶は鉈《なた》のように重く荒々しい言葉で斬《き》り込んできた。

「明智の跡取り殿は、こうしたお方であられましたか」

先ほどまでの穏やかそうな声音と打って変わり、まるで熊が唸《うな》るような威圧を秘めた、そんな声音をしていた。

「幼い、あまりに幼い。明智の惣領息子《そうりょうむすこ》がこれでは、先が思いやられますな」

「どういう意味でございますか。愚弄《ぐろう》なさるのなら承知――」

「しないと申されますか。愚弄しているのはどちらとお思いか。もしあなたの言が明智家の総意だというのなら、某《それがし》は今ここで、日向殿を斬らねばなりませぬ。されど、これは酒宴の上のこと。十五郎殿の言葉も、某の言も、酒の上の冗談と水に流しましょう。よろしいですな」

口では慇懃《いんぎん》を装い、盃を呷《あお》っている。だが、太刀の柄の近くで空いた手が遊んでいる。さすがに怖気《おじけ》を覚えた十五郎は、すごすごと引き下がるしかなかった。

酒宴が終わった後、十五郎は光秀に呼び出された。

行燈《あんどん》さえ灯らぬ書院の間に入るなり、十五郎の頬に激痛が走った。衝撃と共に畳に体を叩きつけられた段になって、ようやく誰かに頬を殴られたのだと理解した。

目が慣れ、部屋の中にいた人物の姿が露わになった。

拳骨を固め、目尻を吊り上げて十五郎を見下ろしていたのは――、光秀だった。

「そなた、自然の養子の話をなかったことにするようにと順慶殿に頼んだらしいな」

今まで見たことのない父親の剣幕に、十五郎は何も言えずにいた。どうやら口の中を切っているようで、鉄の臭いが口の中じゅうに溢《あふ》れている。不思議と痛みはなかった。

「そなたの言が、土岐の名族明智家の命運、そして明智家についてきてくれている家臣たちの命運を決めるのだぞ。そなたにはその重みが分からぬか。分からぬなら、今すぐ腹を切って祖霊に詫《わ》びよ」

そう言い放つや、光秀はばつの悪そうな表情を浮かべ、暗い廊下に消えた。ぴしゃりと襖が閉じた後、一人取り残された格好になった十五郎は、闇の中、じんじんと響く頬の痛みといつまでも戦っていた。ふと口元の辺りを拭うと、どろりとした生温かいものが手にこびりついた。赤黒いそれを強く握り、十五郎は床を強く叩いた。

「そんなことがあったのねえ」

妻木殿は頰に手を当てた。青い打掛を纏った姿は、やはり絵になる。

順慶が坂本城から去ってから数日の後、なにがなんでも妻木殿と話したくなって、居ても立ってもいられなくなってしまった。毎月のように妻木殿や明智屋敷の者たちの物資を運ぶ船便が坂本城から安土城まで発されていることを知り、自ら願い出る形でこの船の監督を願い出た。

案の定、安土城二の丸にいる妻木殿は面会に応じてくれた。

そして、数日前にあった一部始終をすべて説明した。

未だに順慶の言葉も、父の拳骨の意味も分からない。もしかしたら、妻木殿なら分かるかもしれない――。そう思ったればこそのことだった。

妻木殿はくすくすと笑った。まるで小娘のように、柔らかで邪気のない笑い方だった。

「日向守様は案外子育てが苦手でらっしゃるのね」

「どういうことですか」

「十五郎。あなたは筒井順慶殿がどんなお立場であられるのかを、まったく考えておらぬのです」

筒井順慶は大和の国守であるものの、周囲を三好氏や松永弾正《まつながだんじょう》といった大名に囲まれ、織田信長の大和介入によって、ようやく曲がりなりにも大和を支配する大義名分を得たところだ。

「だから、ここで養子の話が出てくるのです」

「どういうことですか」

「順慶殿としては、信長公《との》お気に入りの家臣である日向守様のお子を養子に迎えることで、織田家との縁が出来るでしょう。そうすれば、信長公も無碍《むげ》にできない。それに、日向守様からすれば、我が子を筒井家に送ることで親戚関係になるでしょう。親戚の方が話を通しやすいのよ。だから、この養子の話は誰にとっても良い話なの」

理屈はそうかもしれない。だが――。

「まだ不満、って顔をしているわね。まあそうでしょうね。でもね、これは、感情の話じゃなくて、損得の話なの」

「分かってます。でも、損得で子犬みたいに人があっちこっちに――」

目の前の女人はあからさまに明るい声を発した。

「ここに、明智のために、信長公の許に側室に入った女がいるわよ」

「あっ……」

十五郎が口をつぐんだのを機に、妻木殿は真面目な声音を取り戻した。

「確かに、一家がみんなひとつ屋根の下で暮らしていけるなら、本当に幸せなことよ。でも、今、そんな暮らしができる者はいない。守りたいもののために、自らのことを大なり小なり擲《なげう》っているの。みいんなそうよ」

「みんな？　父上も？」

「ええ、日向守様も、順慶殿も。私や自然もそう。きっと、あなたも」

「わしも？」

「ええ、きっと、いつか、私の言うことの意味が分かる」

妻木殿は両手を伸ばし、十五郎の顔を優しく包んだ。この前光秀に殴られた跡がひりひりと痛んだものの、妻木殿の冷たい手が気持ちよかった。

目の前の女人は何を擲っているというのだろう。

父上は、何を擲っているというのだろう。

そして、己は、これから、何を擲つというのだろう。

見えるはずのない未来《さき》を睨《にら》みながら、十五郎はただただ震えていた。

妻木殿はくすりと笑い、十五郎の頭を優しく撫でた。

「大丈夫。今に分かる。だってあなたは、あの日向守様のお子なのですから」

かくして、その日の妻木殿との面会は終わった。


それから十日ほどのち、坂本城に筒井から自然を迎える遣いがやってきた。

「健勝であれ」

奥書院の上座に座る光秀は、眉一つ上げることなく、自然にあれこれと心得を与えている。下座に端座する、いつもより華やかな装いに身を包む自然は、まるで仏様のように力なく微笑《ほほえ》み、時折こくりと頷いて答えとしていた。

忌々しいまでに天気がいい。縁側から降り注ぐ柔らかな日を睨んでいると、ふいに光秀が十五郎に声を掛けてきた。

「十五郎。自然を筒井殿の遣いのところまで案内せよ」

「かしこまりました」

本来、そんな役目は家臣のものだ。だが、反対する理由はなかった。立ち上がった十五郎は、光秀と目を合わせることなく自然を縁側に誘った。

二人して、連れ立って縁側を行く。これまで、弟がいなくなるなどと考えたこともなかった。それまでは実感のなかったはずの現実が、土壇場になって明確な形を持つようになった。先導する十五郎は目頭が熱くなるのを自覚しながらも、庭の松や枯山水に目をやって堪えた。

「兄様」

ふいに、自然から話しかけられた。

振り返りもせずに促すと、自然は穏やかな声音で応じた。

「これまで、御世話になり申しました。これからは、筒井家の養子として、二家のかすがいとなるべく、粉骨砕身いたします」

驚いた。一月余りの間に、小さいとばかり思っていた自然が、一つ大きくなっていた。親元を離れて他家の養子に入ることになったということが、自然に変化を与えたのだろうか。

思わず振り返った。後ろにいた自然は、今にも泣きそうな顔をして、そこに立っていた。

もう、いくら夜の闇が怖くて泣いても厠につき添うことはできない。

お前も、大事なもののために擲つのか?

そう訊《き》こうとして、やめた。

代わりに口を突いて出たのは、おどけの言葉だった。

「お前、そんな堅苦しい口上を言えるようになったのか。勉強したなあ」

自然は目をぱちくりとさせて口をあんぐりと開けていた。だが、ややあって、肩をゆするようにして笑い声を上げた。

十五郎はできる限り優しい声を発しようとした。だが、少しだけ声が震えていた。

「自然、もし、何か困ったことがあったら拙者を頼れ。文で知らせてくれれば、必ず返事を遣る。お前は、何も擲たなくていいんだ。もしどうしようもなくなったら逃げてくればいい」

気休めであることは、十五郎とて分かっている。だが、言わずにはいられなかった。

「かしこまりました、兄様」

自然の目尻にきらりと光るものがあったのは、十五郎の気のせいだったろうか。

その後、自然の引き渡しを終えた十五郎は、大手門を望む隅櫓《すみやぐら》へと登った。城の西に位置するこの櫓は街道や叡山の荒法師たちを監視するために人の出入りがあるようで、物置になっている他の櫓と比べれば格段に整理されていた。急な階段を上り、三階の窓から外を見遣ると、丁度自然を連れた筒井の一行が大手門をくぐっているところだった。

窓枠に肘をつきながら、十五郎はいつまでもその列を眺めていた。

雨も降っていないのに、弟を連れた華やかな行列は輪郭が滲《にじ》んで見えた。

第二章　天正九年　十五郎

光満ちる六畳間で、緊張に身を固くしながらも十五郎《じゅうごろう》は茶筅をふるった。作法通りに茶を練り上げ、目の前に端座している師匠、津田宗及《つだそうぎゅう》の前に進めた。しばし手に取った黒茶碗の景色を楽しんだ宗及は、縁に口を近づけ、喉仏を上下させた。

黒茶碗から口を離し、薄く微笑《ほほえ》んだ宗及は、目を何度もしばたたかせて十五郎の顔と茶碗の底を見比べている。茶碗の縁を懐紙で拭うと、ようやく穏やかな声を発した。

「茶の練りを相当修行なさったようやな。お見事でおます」

畳の上に十五郎は、ゆっくりと頭を下げた。

宗及から茶を教わるようになって早半年。最初の二月は戸の開き方が不遜である、畳の縁《へり》を踏んではならぬ、と口酸っぱく叱られ、結局茶を練るところまで教えてもらえなかった。だが、一つ一つ新たなことを覚えていくうちに、細かく定められた所作の一つ一つに意味があるのだと呑み込めてきた。茶碗の中に相手への尊敬や気遣い、もてなしの心を盛り込むものなのだと気づきを得てからは失敗《しくじり》も減った。

宗及は、微笑を湛《たた》えたまま続ける。

「もちろんわしとておべんちゃらを言うことはありますけど、若殿様の上達ぶりはほんまに素晴らしいもんや。このまま腕を磨かれれば、天下の茶人に至ることもできますえ」

「ありがたいお言葉です」

「まだまだ油断したらあきまへん。まだ若殿様は半年分の席しかやっておらへん。茶は春夏秋冬、一年の変化をも茶碗の中に織り込むもんやさかい」

十五郎は、喜びのままに頷いた。

この前の正月で十五郎は十二歳になった。相変わらず武芸にはまったく身が入らず、馬廻《うままわり》頭《がしら》の内藤から匙《さじ》を投げられかけているが、その代わり、茶と古典の学びは日々充実している。万葉集より始まった里村紹巴《さとむらじょうは》の和歌教授は新古今和歌集まで進んだ。幹に当たる古典の勉強は終わり、ここから枝に相当する数々の歌集を修めてゆけばいい、と紹巴は言っていた。最近では自作の和歌を詠むようにもなり、筋の良さを褒めてもらっている。

このまま、勉強三昧で暮らしてゆければいい。そんなことを思わぬでもなかった。

だが、そうはいかぬが世の常――。

静寂の中にあった茶室に、突如として現《うつつ》が鎌首をもたげてきた。

障子の外から十五郎を呼ぶ声がする。開いている、と声を掛けると、障子が少し開き、妻木《つまき》七郎兵衛《しちろうひょうえ》が隙間から顔を差し入れた。

「若様、殿が今すぐ来るようにと」

「今すぐ、か。もう少し宗及殿とお話がしたいのだが」

「いけませぬ」

強く言われてしまっては、十五郎も頷くしかなかった。

慌てて立ち上がると、宗及が鋭い声を上げた。

「あかん。所作がだいなしやで。まだまだ、修行が足りまへんな」

渋面を作る宗及に詫《わ》びを入れ、十五郎は茶室を後にした。

廊下を先導する七郎兵衛に十五郎は問いかけた。

「で、どこに行けばいい」

「二の丸の奥書院にて」

昼間だというのに薄暗い廊下では、何度も家臣とすれ違う。十五郎と行き当たる度、膳や寝具、行李を運ぶ家臣たちが足を止めて頭を下げてくる。

やがて、奥書院へと至った。

八畳間の中には、既に隠岐惟恒《おきこれつね》や内藤三郎右衛門《ないとうさぶろうえもん》といった十五郎付きの家臣、そして明智光秀《あけちみつひで》その人が座っていた。心なしか、惟恒や内藤の表情が明るい。何かいい知らせでもあったのだろうかと小首をかしげつつ光秀の前に座ると、地味な色の肩衣姿の光秀も心なしか口角を上げていた。

「おお、来たか」

光秀の発した言葉は、いつもと比してもなお暗かった。

「京で馬揃えをやることになった」

馬揃えというのは、大名家が時折行う閲兵儀礼のことだ。

十五郎の代わりに、惟恒が疑問の声を発した。

「なぜ馬揃えを京で？　この前安土で行われたばかりではありますまいか」

「ああ。何でも、禁裏からの御要請であられるらしい」

安土で開かれた馬揃えは、下向していた某公卿の無聊《ぶりょう》を慰めるためのものであったらしい。これにいたく感激した某公卿が、この馬揃えの壮麗なる様を禁裏内で縷々《るる》説明し、京で馬揃えをできぬものだろうかと諮ったらしい。もともと雅なもの、珍しいものに目のない公卿たちは一も二もなく馬揃えの京開催を信長に打診してきたらしい。

七郎兵衛が声を上げた。

「もしかしたら、帝《みかど》もご覧あそばされるやも」

「そうなのだ。そして、その馬揃えの支度を、信長公は我ら明智にとご指名なされたのだ」

宮廷儀礼が絶えて久しい中、この馬揃えは事実上の宮廷儀礼となり、信長はその儀礼を一手に担うことになる。禁裏と織田の蜜月が天下に宣言されるに等しい。さらに言うなら、そんな大一番の差配を任された明智もまた、織田家随一の家臣であるとお墨付きを得たことにもなる。

奥書院が歓声で沸く中、父、光秀の顔が浮かぬことに十五郎は気づいた。だが、その表情とは裏腹に、光秀は勇ましい言葉を口にした。

「信長公はこうおっしゃられた。〝大戦に当たるつもりでことに当たるがよい〟と。武士にとってこれ以上の誉れがあるか」

後ろの惟恒は光秀の様子に気づかないのか、声を弾ませた。

「いやはや、祝いでござる、祝いでござる」

「これこれ、そなたの悪い癖ぞ。まだ用意すら始まっておらぬというに」

たしなめる光秀の声音には、一抹の沈鬱《ちんうつ》さが混じっていた。

「そなたらを集めたのは他でもない。わしはこの馬揃えで十五郎を披露したいと考えておる。わしとともに先頭に立ち、明智の跡継ぎここにあり、と触れねばならぬ。ゆえ、十五郎、しばし、馬の稽古をせよ。帝の前で落馬などしては目も当てられぬ」

そう来たか。十五郎は暗澹たる思いに襲われた。

武芸一般があまり得意ではない十五郎は、馬の扱いにも慣れていない。この前内藤と遠馬《とおま》を走らせたものの、駿馬を宛《あて》がわれた十五郎が内藤の鈍馬に追い越され、結局坂本城に戻る頃には一刻ほどの差がついてしまったほどだ。次の日、内腿が痛み、まともに胡坐《あぐら》さえかくことができなかったのは言うまでもない。

光秀の下知《げち》に、下座に座っていた内藤が我が意を得たりとばかりに白い歯を見せた。

「この内藤、若殿様にみっちり馬をお教えいたしまする」

内藤の顔を見て、げんなりとする十五郎がいた。

それからしばらく、坂本城下の外れにある広い馬場で、内藤と共にひたすら馬を走らせる日々が続いた。

「人馬一体、それが馬の極意でござる。馬の腹を股でしっかり挟んで、太腿で馬の鼓動を感じるのです。さすれば馬の思いが分かるようになり申す」

言われた通りに股に力を込めても、筋骨優れた馬の背は容易く十五郎の足を跳ね返す。手綱を引っ張ってやっても、何も応えようとしない。何度か手綱を引いて、ようやくしぶしぶといった様子で駆け出すような有様だ。

「若殿は馬を信頼しておられませぬ。馬は、鞍に乗った人間の心に呼応いたしまするゆえ、たとえ恐ろしかろうが、馬を信じてやることが大事なのです」

言葉も通じない生き物をどう信じろというのだろう。今日の馬は機嫌が悪いようで、殊更に体を上下させるものだから、一歩一歩歩く度に尻が浮いて鞍に打ちつけられる。

「若様、お気持ちを強くお持ちくだされ」

つくづく己は馬に嫌われている……。そう独り言《ご》ちたその時、馬が突然暴れ出し、十五郎は地面に投げ出されてしまった。

「お怪我はございませぬか、若様」

馬上の内藤は鞍に乗ったまま手を伸ばしてきた。随分身を乗り出しているはずだが、まるで下半身が馬に縛り付けられているかのように内藤の体は馬になじんでいる。これが人馬一体というものか、と驚きながらも、十五郎はその手を取り、立ち上がった。袴を叩きながら、

「やっぱり、馬は苦手だ」

とぼやいた。

先ほど十五郎を振り落とした馬は、先ほどまでの癇癪を忘れたかのように、下草を黙々と食《は》んでいた。


穏やかな風が吹き、屋敷の垣を超えて伸びる枝に咲いた花が揺れている。

その年の二月、ついに京での馬揃えが開かれた。

十五郎は禁裏の東側にある陣中という空き地の入り口近辺に構えられた小さな陣幕の真ん中で、戦直垂《いくさひたたれ》に身を包み、床几《しょうぎ》に腰かけていた。周囲には隠岐惟恒や妻木七郎兵衛、内藤三郎右衛門といった十五郎付きの家臣たちの姿があるが、表情が一様に浮かないばかりか中には内藤のようにあからさまに不満げな顔をしている者すらある。平服でよいと伝えてあるのに、あえて真新しい具足を着込んでいる辺りに内藤の屈折が見て取れた。

この馬揃えには十五郎も居並ぶはずだった。光秀自身がこれを十五郎の披露目とすると息巻いていたのだ。だが、どうしたわけか話は流れてしまい、結局十五郎とその家臣団は馬揃えの露払いや野次馬の整理といった雑務に回されることになってしまった。

気分を変えたくなって、十五郎は陣幕から外に出た。

陣内周囲は既に人でごった返している。具足姿の明智家の徒武者《かち》たちが京の野次馬たちの前に立ち、その背後では騎馬武者がしきりに駆け回り、野次馬に威圧を与えていた。野次馬たちは身を乗り出しながら今や遅しと主役がやってくるのを待っているようだ。

己の陣幕に戻った十五郎は「父上のご様子を見てくる」と口にした。すると、青い戦直垂姿の妻木七郎兵衛が後ろについてくれた。

番方の武士が警固する陣中の中を歩き、馬揃えを今や遅しと待つ諸将のいる空き地へと至った。そこにも野次馬が大勢いたが、禁裏前のそれとは比べものにならぬほど少ない。それこそ織田家が誇る家臣や一族連枝が揃っている。それにしても、家中によって馬揃えへの考えが違うのが面白い。戦の臭い残る傷だらけの戦具足をそのまま着て胸を張る一団は、柴田権六勝家《しばたごんろくかついえ》の軍であろう。かと思えば、金ぴかの具足を纏《まと》う一団は、信長公の三男、北畠中将信雄《きたばたけちゅうじょうのぶかつ》のそれだ。

だが、馬揃えに並ぶ全員の胸にもれなく桜の枝が差してあり、彩を添えている。

これを提案したのは十五郎だ。武骨一辺倒の馬揃えもよいだろうが、それでは見飽きるしむさ苦しい。それに全体の統一感も出したい。ならば、茶室に生けられた花のように、さりげなく花をあしらうのはどうだろう。そう考え、光秀に提案したところ、そのまま話が通った。十五郎は家臣たちと共に桜の枝を折り、千を超える桜の枝を集めた。

薄い朱色の花を胸に咲かす武士の一団の横を歩くうち、やがて、目的の一団へと達した。

この一団だけは桜の枝ではなく、紫の紙で折った桔梗の花を胸に差している。

最前列にまで回ると、具足姿で馬にまたがる光秀の姿が目に入った。近づくと、十五郎に気づいた光秀は馬上でぎこちなく頷《うなず》いた。

「おお、十五郎か」

「警固についてはお任せください。家臣たちがしかと守ってくれておりますぞ。父上、桔梗の花、実にお似合いでございます」

「そなた発案の桔梗の折り紙もなかなかよい趣向ぞ」

明智家だけ桔梗の折り紙を胸にあしらおうというのも、十五郎の提案だった。桔梗は明智家の家紋にも使われている花だ。明智家の晴れの舞台を示すには、これ以上ない趣向だ。光秀も喜んでくれているらしい。表情に乏しいところのある光秀も、胸の花を触りながら、笑い皺を寄せている。

だが、ふいに光秀は顔を曇らせ、声を潜めた。

「すまぬな」

言葉の意味が容易に理解できただけに、十五郎は軽く頷くに留めた。晴れの馬揃えに加えることができぬことを謝っている。

父子の間に滑り込んだ据わりの悪い沈黙を破ったのは、光秀の後ろに控える騎馬武者だった。緑の復古調縅鎧《おどしよろい》に身を包み、豪壮なひげを蓄える光秀とそう齢《よわい》の変わらない武者は、光秀の家老を務める斎藤利三《さいとうとしみつ》だ。

「殿、晴れの舞台でござる。若様も、主家への最初のご奉公でございますれば、お二人とも胸を張られませ。男ぶりが台無しでござるぞ」

利三は顔をほころばせ、白い歯を見せた。

あっけらかんとした言だけで、淀んだ場を明るくした。これが憂い多い明智家の筆頭家老たる利三の面目躍如といったところだ。

「父上、お気張りください」

晴れ晴れと十五郎が声を掛けると、光秀は、虚を突かれたように笑った。

「はは、そなたもどんどん大きくなっていくな」

やがて、この場に母衣《ほろ》を纏った騎馬武者が駆けてきて、馬揃えの開始を告げた。

「では、行ってくる」

「行ってらっしゃいませ」

十五郎が頭を下げると、丁度明智の番がやってきた。

脇に退いた十五郎は、馬上にある父親の姿を見上げていた。あまりに眩しい。晴れがましく真新しい鎧を光らせながら、威儀を正して馬を歩かせる父の姿は、天下一の武将そのものだった。後ろに続く家臣も、皆光秀の背を惚れ惚れと眺めつつ、馬を歩かせている。斎藤利三は槍を掲げて野次馬たちの歓声に応え、その後ろにいる、同じく光秀付き家老の溝尾茂朝《みぞおしげとも》は常の通りに胸を張り、淡々と駒を進めている。

そんな明智家の行列の中、ある馬上武者が目に留まった。

明智の一軍を率いるその将は、胸にあった桔梗の折り紙を引きちぎり、地面に捨てていた。

何も言わぬまま、その男は陣内の表舞台に向かって行ってしまった。

あれは――。脳裏に刻まれた馬上の武者の姿を思い出し、何度も何度も顔を思い浮かべた。

明智左馬助《あけちさまのすけ》だ。元は浪人であったそうだが武勇を買われて明智家家臣に迎え入れられた。十五郎の姉の亀を妻に迎えたことで明智姓を与えられ、今では家老兼御一門衆筆頭という重責にある。文武に優れた名将の名は、織田家だけではなく、全国の大名に轟いている。

折り紙を捨てたのが気になったが、己にもお役目がある。

陣幕に戻った十五郎は、禁裏の門に吸い込まれてゆく織田家の家臣たちの姿を見遣っていた。明智衆の中には、与力として参加している長岡藤孝《ながおかふじたか》と忠興《ただおき》の姿もあった。胸の桜の枝を春風に揺らし、胸を張って馬を歩かせている。筒井順慶《つついじゅんけい》の姿もある。鎧の上に金色の袈裟を纏い、白頭巾をしたなりだ。また、御一門衆の筆頭として織田信忠《のぶただ》が他の一門衆を率いる形で禁裏へと門の中へ行進してゆく。武骨一辺倒の柴田勝家一行が陣内に現れた時には、この日一番の歓声が上がった。精鋭部隊の母衣騎馬武者が眼前を駆け回るたび、京雀たちはけたたましく口笛を鳴らした。

陣幕の中から馬揃えの様子を眺めながら、十五郎は一人、袴の腿の辺りを強く握った。

正直に言えば、馬の稽古は進まなかった。内藤にも「このままではまずいですぞ」と面と向かって言われてしまうほどだった。馬揃えに出なくてよくなったと聞かされた際、ほっとしたという思いがどこかにあった。だが、今、こうして馬揃えを眺めているうちに、別の思いが浮かび上がりつつあった。

強く握り過ぎたせいで、袴に変な皺がついてしまっている。

なぜ、拙者は馬揃えに参加できぬのだろうという自問が浮かんでは消える。

震える右手を左手で押さえながら、ひたすら十五郎は華やかな行軍を見遣った。

悔しい。己の内側に、どす黒い思いがひたひたと満ちてくる。

そう齢の変わらぬ忠興すらも参加している。筒井順慶の姿もある。子供の頃から言葉を交わしていた信忠などは一門を率いるようにして禁裏の門に消えた。まるで、皆に見捨てられ、置いて行かれたような心地さえした。

気づけば、拳骨を作り、左の手に何度も当てていた。

「若様」

振り返ると、七郎兵衛が首を横に振った。まつげを伏せ、痛ましげな顔をして。

正気に戻って振り返ると、家臣たちも一様に同じ顔をしていた。惟恒も、内藤も、他の家臣たちも、皆、表情を変えることもなく、淡々と華やかな行軍を見送っている。

あそこに立ちたかったのは、お前だけではない。

そう責められているような気がしてならなかった。

「すまぬ」

すべてが終わった後、撤兵が始まった。禁裏の門の正面脇に陣を張る十五郎は、宿所である妙覚寺に帰還する諸将を見送った。将の中には今日の十五郎の警固を労う意味か、いちいち歩みを止めて頭を下げてくれる者もあった。織田信忠などは、

「今日の警固、ご苦労であったな」

とわざわざ周囲に聞かせるような大音声を発し、馬上から軍扇を手渡してくれた。

最後に禁裏の門から信長が現れた。十五郎たちは陣幕から出て、主君の帰りを見送る構えを

取った。

漆黒の鎧を纏い鬼鹿毛《おにかげ》の馬に乗る信長は、前方をぼうっと眺めているばかりだった。周囲の家臣たちが十五郎を指して何事かを語りかけている。今日の警固の者でございます、何かお声をお掛けくださいませ、とでも取り成しているのだろう。十五郎は首を垂れ、信長から声がかかるのを待った。

だが、結局信長は十五郎の前を素通りした。

首を垂れる十五郎の耳には、鬼鹿毛の駒音が遠ざかるのが聞こえるばかりだった。

思わず、十五郎は顔を上げた。信長の背は、既に胡麻粒ほどに小さくなっていた。


「いやはや、いつ来ても絶景でありますな」

里村紹巴が海風を前に、満面に笑みを湛《たた》えた。紹巴の視線に寄り添うように海に目を向けると、凪《なぎ》の海の向こうにある内湾に、世にも珍しい砂浜の橋が架かっている。松の群生する細い砂浜が、弓なりの海岸線に弦を張ったようななりで延びており、その砂浜に堰き止められる形になっている内湾は半月形を為している。

鏡のように平らかな凪の海に、十五郎は目を細めた。

旅先ということもあり、肩衣姿に太刀を佩《は》いただけの軽装である光秀も、ほうと息をついた。

「思えば、見るのは初めてだ」

「左様ですか」紹巴は光秀から視線を外し、十五郎を見据えた。「若様、ここが日本三景の一つ、天橋立《あまのはしだて》でございます。しっかり見ておかれますよう」

内湾の入り口にできた陸橋の奇観は、海沿いでは今一つ実感できない。だが、いくつもの歌集で繰り返し歌われてきた地だ。今後和歌を学ぶ際の肥やしとなろう、と考えることにした。

「それにしても……」光秀は独り言ちた。「藤孝殿の数寄好みも善し悪しだな。まさか、かようなところに城を造ってしまうとは」

十五郎たちは今、天橋立のある宮津《みやづ》にいる。

きっかけは、明智家の与力に組み込まれた長岡藤孝からの誘いだった。文に曰く、丹後の平定をほぼ終え、ようやく宮津に城を構えることができたゆえ、その様を日向守殿にご覧に入れたい。ついては五月頃、宮津の穏やかな海を肴に酒宴を開き、歌でも詠もうではないか……。

この文を持ってきたのが、里村紹巴であった。この要請を受け、光秀、十五郎を始めとして、百人ほどの一行が宮津へと発したのである。

道行《みちゆき》を思い出しながら、多少なりとも乗馬の修練をしておいてよかった、と十五郎は胸を撫《な》で下ろしていた。坂本から宮津まで結構な距離がある。まず、京に出てから丹波の亀山城へと向かい、そこから宮津へ至る街道を北上することになるのだが、いかにも急峻な道を行かねばならない。途中、紹巴が「あそこがあの有名な酒呑童子《しゅてんどうじ》の大江山ですよ」と左手側の山を指した時には驚いた。古の人々が鬼の棲む山と恐れた山のさらに奥に宮津があるのだ。自ら馬を走らせることができないまでも、誰かに手綱を引いてもらえば十分乗れる。おかげでさほど苦しむことなく宮津へと至った。

十五郎は海から目を離し、宮津の町を見遣った。

宮津は驚くほどに開けていた。

もともとは漁師町なのか、海沿いに舟屋を備えた長細い家々が軒を連ねている。少し奥の方には街道沿いに蔵や大きな屋敷が並び、さらにその奥には田畑が広がっている。扇のような狭い平野を最大限に用いているようだ。

目的地である宮津の城は町の東、海沿いにあった。

宮津街道の終着点に建てられた宮津城は、海を後ろに配し、川を堀に見立てた平城だ。鼠色の瓦と白亜の漆喰《しっくい》が海の青によく映える。まだ普請すべてが終わったわけではないらしく、櫓《やぐら》のいくつかには竹の足場が掛かったままになっているが、最も高い台座に築かれた四層の天守は既にその威容を誇り、十五郎一行を見下ろしている。

この城の様子には、光秀も目を見張っている。

「ささ、参りましょうぞ」

紹巴の誘いのままに、一行は赤く塗られた大手橋を渡り、白の表門をくぐった。

「ようこそ、お越しくださいましたな」

くぐってすぐ、覇気のこもった声が十五郎の耳朶《じだ》を叩いた。

大手門からすぐの広場に、一人の男が立っていた。

青っぽい直垂姿だが、その男の上背と盛り上がった筋骨を隠さない。昔、暴れ牛を膂力《りょりょく》だけで押さえ込んだことがあるという俄《にわ》かには信じられない話も、あながち嘘ではないのかもしれぬ、と思わせるほどだ。だが、恵まれた体格の持ち主でありながら、あまり武の気配は感じられない。切れ長の目といい、調えられた泥鰌《どじょう》ひげや白いものの混じる髪といい、むしろ智の閃めきが前面に出ている。年の頃五十ほど、年齢はほとんど光秀と変わるまい。

十五郎が頭を下げると、その大男は相好を崩した。

「何でも、この前の馬揃えでは警護に当たられたとのこと。久しいな、十五郎殿」

「はっ。長岡侍従殿におかれましてもご健勝のご様子、何よりでございます」

「よくできた挨拶だの」

軽く手を叩くこの男は長岡侍従藤孝、長岡忠興の父である。元は名族細川氏の一族だが、度重なる京の政変に翻弄され、一時は困窮の日々を送っていた。織田信長が尾張から京に進出した頃、将軍家臣の形で臣従し、のちに信長家臣に列したことで、今や丹後を任される一国一城の主にまで返り咲いた男である。

恵まれた体格はまさに生まれながらの武士だが、むしろこの男は風雅の道の人として知られている。武家でありながら熱心に和歌を学び、歌の古今伝授を受けるまでの学識を誇っている。古今伝授は金で買えるものでも、権勢を笠に得られるものでもない。藤孝の学識が知れ渡っていたからこそ、諸人《しょにん》がこの伝授を認めたのである。

「さて、立ち話、失礼したな。天守に一席ご用意致しましたゆえ、お上りくだされ」

藤孝自らの案内で、本丸の天守にまで至った。

未だ三の丸や二の丸の建物は影も形もなかったが、堀や石垣、本丸御殿はその壮麗な姿を青い空の下に晒していた。大工や諸職人たちの活気ある声を聞きながら本丸御殿を横目に天守台への道を歩いていると、ふいに光秀が口を開いた。

「そういえば、玉《たま》は息災にしておるかな」

玉。光秀の娘で、忠興の許に嫁にやった娘だ。十五郎から見れば姉に当たる。

「元気にしておるよ。かの嫁は倅《せがれ》にはもったいない女人よ」

「過ぎた言葉、痛み入る」

「なんの」

藤孝と光秀の間には、遠慮のない親密さが滲《にじ》んでいる。二人は互いが困窮していた頃からの知り合いらしい。その頃、『もしも互いに落魄《らくはく》の身から抜け出せたならうちの倅にそなたの娘を』と約束していたらしく、玉と忠興の祝言はその約束を果たしたものだという。

藤孝の誘いのままに、天守に足を踏み入れた。

「おお」

光秀や惟恒を始めとする家臣が、感嘆の声を上げた。

十五郎もまた、天守の大門をくぐった瞬間から、あることに気づいていた。

天守の本義は櫓で、攻めてきた敵陣を見渡すための、戦の設えだ。ゆえに、普段は封印して物置として使っている場合が多い。実際、十五郎が住んでいる坂本城でも、暮らしの場はあくまで本丸御殿や二の丸御殿であり、天守の門は鍵を掛けている。だが、この天守は違う。入るなり、虎の襖絵《ふすまえ》が出迎える。履き物を脱いで襖を開くと、天守にありがちな黴《かび》臭さとは無縁の、明るい大広間が一行を出迎えた。

「家臣の皆様はこちらで待たれるよう」

藤孝の言に従い、惟恒たちは明るい大広間に遺《のこ》される。そして、光秀や十五郎といった連枝はさらに上へと誘われた。

何回か緩やかな階段を上ると、ようやく最上階に至った。

そこは、光に満ち溢《あふ》れた、まさに天上の世界だった。

外と部屋を仕切る壁は取り払われており、等間隔に並ぶ柱だけが中の二十畳ほどの板の間と外の欄干とを危うげに分け、屋根を支えている。見れば、部屋の隅に木製の板が何枚も立てかけられている。普段はあれで周囲に蓋をするのだろう。欄干越しに、宮津の湾、そして遠くに天橋立を望むことができる仕組みになっている。

人数分の膳が置かれた場に、既に一人の男が座っていた。

瞑目しながら膳の前に座していたのは、長岡忠興その人だった。気配に気づいたのか、ゆっくりと目を開くと、光秀たちに頭を下げた。

「これは、見事な趣向だ」

光秀がそう唸《うな》ると、心なしか藤孝は小鼻を膨らませた。

「これがしたかったのよ。丹後を拝領すると伺ったとき、何が何でも宮津に城を普請しようとな。天下三景の一つを望む城。これ以上ない城であろう」

十五郎は驚きを隠せずにいた。

古典を学び始めて一年にも満たないところだが、それでも古人たちが歌い継いできた天橋立は夢にまで見る。名だたる歌人が詠み込んだ天橋立とは、どんな光景なのだろう。歌詠みならば誰もが思い描くであろう光景を、この男は己の居城から毎日のように眺めることができる。これを数寄者の極致と言わずして何と言おう。

「さあ、連歌と洒落込もうではないか」

藤孝は一座を見渡し、天橋立を背後に置いてそう宣した。

この場にいるのは十五郎も含め、全部で六人。長岡藤孝、忠興親子に明智光秀、十五郎親子、連歌師の里村紹巴に、明智の名乗りを許された明智左馬助だ。

だが、ある男が異を唱えた。

「申し訳ございませぬが、拙者は下がらせていただきまする」

主君の返事すら碌《ろく》に聞かずに階段に向かって行ってしまったのは、明智左馬助であった。

この連歌の亭主となるはずの藤孝は困惑を隠さなかったが、光秀は肩をすくめた。

「あれは風雅に通じぬゆえ、許してやってほしい」

「なるほど。そういうことならば、仕方なかろう」

かくして、連歌が始まった。

連歌は会を開いた亭主と連歌を記録する執筆、連歌に通じた宗匠と客からなるが、この場には和歌の古今伝授を受けた藤孝と、連歌の第一人者である紹巴がいる。どっちを宗匠とするかも微妙な問題だ。どうするのだろう、と亭主の藤孝を眺めていると、嫌味な十五郎の視線を嘲

笑うかのごとくに、

「此度の会はいっそのこと、自儘《じまま》にやりましょうぞ」

と、連歌の堅苦しい決まりから脱するように持ち掛けたことで自然な形で始まることになった。

思えば、連歌会に参加するのは初めてだ。

これまで、里村紹巴と連歌の勉強をしてきた。連歌は上の句と下の句を交互に読んでゆくもので、上の句を読む場合は前の下の句との間で一つの和歌になるように、下の句を読む場合は前の上の句との間で一つの和歌になるように詠む。出来ることなら、前に出来上がった和歌の雅趣を踏襲しつつ、少しずつその世界を広げてゆくのがよいとされる。

まずは光秀が発句《ほっく》を詠み、次に忠興が下の句を合わせる。発句に対応する下の句を脇の句と呼び、発句の言わんとするところを読み取り、ふくらみを持たせるように詠むのがよいとされるが、忠興はその約束を見事に果たした。光秀が詠んだ初夏の寿ぎを、目の前の天橋立の奇景に絡めてみせた。

その後、脇の下の句を玩味しながら、紹巴が三の句を詠んだ。連歌においては発句・脇・三の句の三つ物からなるとされ、この三の句の広がり方次第で連歌会の成功が決まる。

脇で紹巴の三の句を聞きながら、十五郎は膝を打っていた。

紹巴はあえて三の句で冬の天橋立を描き出した。それによって、初夏の天橋立という現実の光景から連歌を切り離して見せたのだ。

三つ物が終わればあとは平句《ひらく》、即意即妙の切り返しや古典籍の知識が問われる箇所となる。順番がやってきた十五郎は、紹巴から教わった和歌集を思い起こしながら、先に句を詠んだ者の意図を踏まえつつ、少しずつ流れを変えるべく力を尽くした。

正直、何を詠んだのか思い出すことはできない。だが、時折光秀が驚きに似た表情を浮かべていたのをわずかに覚えているほどだった。

そうして気づけば挙句、最後の句へと至り、連歌会はすべて終わりを告げた。

「ふむ……」

亭主兼執筆の藤孝は、連歌を書き留めていた巻物を見返しながら嘆息した。

「日向殿や紹巴殿についてはもはや何も言うことはないが……。十五郎、そなた、相当歌を学んだ様子だな。特に二十八句の切り返しが素晴らしい。壬生忠見《みぶのただみ》の〝恋すてふ〟を本歌取りした上の句に、平兼盛《たいらのかねもり》の〝しのぶれど〟の本歌取りをぶつけてくるあたり、実によい機知であったと思う」

紹巴もしみじみと頷いている。

正直、詠んでいる最中は精一杯だったがゆえに記憶がない。だが、〝恋すてふ〟と〝しのぶれど〟は天下一の歌合と名高い天徳内裏歌合で真正面から戦った名歌だ。きっと、紹巴から耳にした知識を思い出し、咄嗟《とっさ》の返しとしたのだろう。

「どうやら、十五郎には風雅の才があるようだ」

古今伝授の主である藤孝に褒められた。

初の連歌会は、晴れがましさの中で終わりを告げた。

その日の夜、明智一行をもてなす酒宴が開かれた。

長岡の家臣は、なかなか多士済々だった。主君が風狂の人だからてっきり部下も風雅の道の者が多いかとばかり思っていたが、そんなことはない。酒宴の会場となった大広間、そこに面した庭先に十枚の的を用意し、火矢を射るという芸当を見せた者がいた。一本当てる度に大椀の酒を飲み干し、次々に的に当ててゆく。八枚頃にはへべれけに酔っているはずなのに手元を狂わすことなく、的を的確に燃やしてゆく。そうしてすべての的を落とした武士は、真っ赤になりながらも主賓の光秀に優雅に頭を下げた。

酒を飲んでの矢射りといういかにも武張った出し物にも拘らず、まるで下卑たところがない。

「さすがは風雅の長岡よな」

出し物の合間に、光秀も舌を巻くほどであった。

宴会も盛り上がりを迎え、長岡家臣も明智家臣も酔い始めた頃、ふいに十五郎の前に影が差した。見上げると、そこには満面に笑みを湛える長岡藤孝の姿があった。理由は分からないが、十五郎の背に怖気《おじけ》が走った。だがなぜ？　理由も分からずに戸惑っていると、藤孝は光秀にその顔を向けた。

「日向殿。茶でも一服いかがかな」

盃を口元に近付けていたその手が止まった。

「なるほど、悪くない」

歌うように述べた光秀は、自らの前に置かれた膳の上に盃を置き、ゆっくりと立ち上がった。既にかなり飲んでいるはずだが、まるで酔ったところはなく、足取りもしっかりしている。藤孝に誘われ、光秀は奥に消えた。

一人、主賓の場に遺された十五郎はしばらく一人で膳のものに口をつけていた。喧騒《けんそう》をどこか遠いものとして聞きながら。

しばらく一人でそうしていただろうか。やがて、十五郎に声を掛けてくる者の姿があった。見たことのない顔だ。明智の家臣ではあるまい。紺色の肩衣姿で腰に小刀を帯びているが、足取りがおぼつかない。見れば顔はすっかり赤ら顔になっており、目も充血している。かなり飲んだのだろう。

捨て置いていると、その侍は口を開いた。

「明智の若様は馬にも乗れぬと噂がありまするが、真《まこと》のことでございますか」

酒臭い息を吐きながら、節をつけるように述べた侍はその場にへたり込み、へっへっへ、と力なく笑った。

なおも捨て置いて香の物を齧《かじ》っていると、その侍は眉根を寄せた。

「侍の子ともあろう者が馬に乗れぬでは、家臣はさぞ居たたまれぬことでしょうなあ」

この頃には、妻木七郎兵衛を始めとした明智の家臣たちが異変に気づき、己の席から立ち上がり始めていた。宴会場の奥では、長岡衆の数名がこちらを見てにやにや笑っている。この酔っぱらいをけしかけた連中だろう。

酒を飲むと人はなぜこうも無謀なことをしてしまうのだろう、と十五郎は疑問に駆られていた。まだ十五郎は酒の味を知らずにいる。だから、酒宴の何が楽しいのかも分からず、たまにこうして無謀な飲み方をした者が不快なことをするばかりという印象しかない。

閉口している十五郎の前で、いよいよ侍は大虎になった。

「ええい、何か言わぬか、へっぴり侍めが」

これにはさすがに七郎兵衛を始めとする明智家臣が色を成した。

だが、次の瞬間、辺りには別の緊張が満ちた。

鞘音が部屋の中に響き渡り、どん、と重いものが落ちたような音がした。一瞬のことゆえ、何が起こったのか分からなかったものの、次の瞬間には事態を理解した。大虎になって十五郎の前に座っている長岡家臣の前に、一振りの太刀が突き刺さっている。青白く光る刀身が長岡家臣のすぐ近くにある。やはり何が起こったのか分からなかったのだろう。件の家臣はとろんとした目のまま、上を見上げた。

そこには、太刀を逆手に握り、太刀などよりもはるかに冷たい目をして家臣を見下ろす長岡忠興の姿があった。

ひいっ、と短い悲鳴を上げる家臣に、忠興は刃筋を傾ける。

「酒の上のこととはいえ、無礼が過ぎたな」

「え、いや、あの……」

刃を眼前にした家臣は、広間の奥の方にいる仲間たちに向かって目を泳がせたが、その者たちは類が及んではたまらぬとばかりに目を背けた。いよいよ、件の家臣は歯の根が合わなくなっていた。

「血で贖《あがな》え」

忠興が柄を強く握ったその時、十五郎が声を上げた。

「お待ちください」

忠興の目が眉月《まゆづき》のように細くなったかと思うと、その瞳孔が家臣の首筋から十五郎へと移った。

「何か」

「酒の上でのことであることはこの明智十五郎、十分に承知しております。一言の詫びさえ頂けるのであれば水に流しましょうぞ」

正直をいえば、こんな些細なことで血を見たくはなかった。

だが、忠興は次の瞬間、目を大きく見開き、口角を上げた。白い歯を見せつけるような、そんな笑みだった。だが、そのどす黒い目の奥には混沌が横たわっている。

「ならぬな」

次の瞬間、忠興の刀の刃が、家臣の体に吸い込まれていった。音もなく、悲鳴すら上げず、その家臣は畳の上に転がった。遅れ、じわりと体の周りに広がる赤黒いものが、家臣の運命を雄弁に物語っていた。

十五郎は、懐紙で刀身に掛かった血を拭き取る忠興を睨んだ。

「なぜ、なぜ殺したのですか」

「心得違いをしてはならぬな、十五郎」

忠興は赤く染まった懐紙を捨てた。ひらひらと宙を舞う赤い蝶は、やがて赤黒い湖の中に落ち、沈んでいった。

「そこな家臣は明智の家臣ではない。あくまで長岡の家臣よ。その生殺与奪は我が父と、嫡子であるわしのもの。そなたにはない」

「されど……」

「明智ならば、鷹揚な態度が取れよう。されど我ら長岡衆はそうはいかぬ」

「それは、どういう」

鼻を鳴らした忠興は白刃を鞘の中に収めると、呆然としている家臣に死体の始末を命じた。そして本人はと言えばつまらなそうに己の席に座り直し、白身魚のおつくりを口に運び、酒を呷《あお》り始めた。それはまるで、戸板で運ばれ、血の始末をしている家臣たちの働きを肴に酒を飲んでいるかのようだった。

すぐに死体は運ばれて替えの畳が張られた。だが、死穢《しえ》の臭いは、しばらくの間、その場に残っていた。

呆然と立ち尽くしていると、横に立ち、腕を組んでいた男が声を上げた。

「見事。長岡家は、ただの風雅の家ではないようだ」

横を見やると、そこには明智左馬助が立っていた。

どういうことだ、と問いかけると、左馬助は落ちついた声で続けた。

「処断は大名の腕の見せ所でござる。その点、与一郎殿の処断は実に見事でござった。ここで許してしまえば、今後、他家を侮る家臣ばかりになってしまう。その芽を最小の手数で摘んでしまわれた。お見事という他ない」

「一人、人が死んだぞ」

「何、安いものでござる。あそこで不心得者を処断したことで、今後の長岡の信用に繋がりましょう。そのことを、誰よりも与一郎様は理解しておいでであった」

黙々と酒を呷り、魚の煮つけに箸をつける忠興の姿が目に入る。

左馬助は息をついた。

「拙者は風雅には通じぬゆえ、この長岡行きにはあまり乗り気ではありませなんだが、今日はよきものを見させていただきましたぞ。若様、もしも明智を栄えさせせんとお思いならば、与一郎殿の爪の垢を煎じて飲まれるがよろしい」

反論しようとしたものの、既に左馬助は踵《きびす》を返していた。どこへ行くかと問うたところ、これからこの一部始終を光秀に説明に行く、と口にし、大広間を後にした。

十五郎は、腹の底でふつふつと怒りが湧いてきたことに気づいていた。

元より左馬助とは馬が合わない。やることなすことをすべて否まれているような気がする。

それに、時折、あの男から発される視線に、侮りや呆れの色が混じっているように感じることすらある。

なんなのだ、あの男は――。

十五郎とは違い、恵まれた筋骨を誇るその大きな背中を思い出していると、ようやく惟恒や七郎兵衛といった近臣が十五郎の許にやってきた。

お怪我はございませぬか、見苦しいことになってしまいましたな――。二人から浴びせかけられる労《いたわ》りの声も、今の十五郎には届かなかった。

結局、初日に起こった刃傷沙汰のこともあり、その後の天橋立行はあまり盛り上がることもなく終わってしまった。数日の宮津遊行は、後味の悪さを残したまま日程を終え、明智一行は本貫地である丹波へと戻った。


天橋立から戻ってしばらくは、穏やかな日々を過ごしていた。津田宗及から茶を習い、里村紹巴から和歌を学んだ。相変わらず武芸の方はあまり上達しなかったものの、他家の侍に侮られることが癪で、馬と槍の修練だけは力を入れるようにした。そのおかげか、温厚な馬ならば十二分に乗りこなすことができるようになり、時には坂本城から琵琶湖沿いを走るようになった。きらきらと光る湖面を眺め、流れてくる涼しげな風を浴びながら、こんなに馬乗りは清々しいものなのか、と驚かされた。

そんな八月のある日、坂本城にある報せが飛び込んできた。

「なんと」

話を耳にした十五郎は、居ても立ってもいられず光秀の私室である二の丸奥書院へと続く廊下を急いだ。

「父上」

襖を勢いよく開くと、いくつもの視線が十五郎を見上げた。

奥書院の中には、明智左馬助、斎藤利三、溝尾茂朝が居並んでいる。いずれも明智家中の中でも重臣に列している者たちが、光秀の前に控えている。

何かあったのだろうか、と訝《いぶか》しく思っていると、光秀は、おお、と声を上げた。

「よいところに来た。此度、信長公より因幡《いなば》の遠征を命じられてな。羽柴秀吉《はしばひでよし》殿の与力というのが業腹だが、よき機会よ。そなたは丹波亀山城に詰め、その上で我ら前線の援護を頼みたいのだ」

そのあっけらかんとした口ぶりが、ことさらに十五郎を傷つけた。言いたいことは山ほどあったはずなのに、喉から口にまで上ってこない。拳骨を固めてその場に立っていると、ようやく何かに気づいたのか、光秀は小首をかしげた。

「何かあったのか」

そう問われて初めて、肚の内で混沌としていた思いがようやく形になった。

「叔母上が、ご危篤であられる由」

「聞いておる」

光秀は瞑目して、短く息を吐いた。

安土城の明智屋敷に詰めている家臣からの連絡だった。数日前より伏せていた妻木殿の体調が日に日に悪化し、かなり衰弱しているらしい。今日の夜が山であろうと、届いた文は告げていた。

しばらく何も言わず、顎を撫でていた光秀であったが、やがて目に見えぬ何かを振り払うようにして、口を開いた。

「それがどうした、信長様のご命令があるのだ」

「何をおっしゃるのですか、妻木殿は母上の妹君であられましょう」

「分かっておるわ」

「父上は何も分かっておられませぬ。妻木殿は父上のことを」

言いかけ、思わず十五郎は口をつぐんだ。

光秀が、これまで見たことのないような表情をしていたからだ。まるで、ひびが走って今にも割れそうになっている大皿のようだった。それが、父親の感情の奔流だと気づいたのは、しばらく経ってからのことだった。

目尻を指で弾《はじ》き、光秀は続けた。

「関係あるまい。今はただ、因幡討伐の用意をせねば」

「父上には、人の心がないのですか」

ついて出た言葉が、奥書院の障子を揺らした。居並ぶ重臣たちも、ある者は瞑目し、またある者は呆れ顔を浮かべている。

能面のような無表情に変じた光秀は、ぽつりと言った。

「お前がないと思うのならば、わしに人の心などないのだろう」

「しからば父上。丹波亀山城へ行けという父上の下知には従えませぬ」

「なんだと」

「これより、安土へ向かいます。叔母上の最期を看取りとうございますゆえ」

「――勝手にせい」

父親の冷たく響く声を背中に受け、十五郎は奥書院から下がった。

安土に行く――。この宣言を受けた十五郎付き家臣たちは、皆一様に反対した。惟恒は『ここは殿のおっしゃることに従ってくだされ』と顔を青くして言上し、内藤は『武士の本懐は戦場での働き。これは家族への孝行などよりもはるかに尊いものでござる』と述べた。そんな中、唯一賛成してくれたのは妻木七郎兵衛だった。

『若様、行きましょう』

凛とした答えに救われる十五郎がいた。

坂本城と安土城を繋ぐ船は光秀の許しがなければ使えないゆえ、馬で安土へと向かうことに決した。

大手門を出て、琵琶湖を左手に南下してゆく。船で行けば大した道のりではないというのに、馬を使うとぐるりと迂回することになる。馬の鬣《たてがみ》の中に顔を沈めながら、震える手で手綱を握っていると、左横を走る七郎兵衛にたしなめられた。

「若様、馬に乗っている時に気もそぞろでは、何かあった時に即応できませぬ。お気を強くお持ちくだされ。必ずや、叔母上は若様を待っていてくださるはずです」

十五郎は気づいた。いつもは飄々《ひょうひょう》としている七郎兵衛の唇が、わずかに震えているということに。七郎兵衛にとっても、妻木殿は叔母に当たる。

「すまぬ」

「謝られることはございませぬ」

七郎兵衛は左手に見える琵琶湖に、そっけなく目を遣った。心なしか、七郎兵衛が長い影を背負っているような気がした。

数刻の馬乗りを経て、ようやく安土城に到着した頃には日が傾きかけていた。

安土城内の明智屋敷に向かった。届いた文によれば、妻木殿は数日前から明智屋敷に下ろされているらしい。屋敷の縁側の前に立ち人を呼ぶと、家臣の一人が奥から現れ、ひどく狼狽した様子で十五郎と七郎兵衛の二人を迎えた。妻木殿に面会したいと述べると、あからさまに困惑の色を隠さず、若様にもしものことがあっては……、と難色さえ示されたが、押し通った。

通されたのは、屋敷の一番奥の部屋であった。日の光が届かない、裏庭に面したその部屋はひどくひんやりとしていた。

障子を開いた瞬間、夜具に包《くる》まる女人の姿が目に入った。

黒々とした髪を散らし、額には紫の鉢巻きを巻いている。白い襦袢一枚というなりで身を横たえ、その上に真っ赤な夜具を被っている。白襦袢などよりもはるかに白い顔をして、いつの間にか骨相が浮かぶほどにまで痩せてしまっている女人があの綺麗だった叔母だと理解するのに、しばしの時間がかかった。

「叔母上？」

声を掛けると、その女人は目をゆっくりと開いた。

「ああ……。十五郎ではありませぬか……。おや、そちらには七郎兵衛もいるのですね」

「参りましたぞ、叔母上」

部屋の中に入ろうとすると、妻木殿は鋭い声を発した。訝しく思うほどに、その声は大きかった。

「部屋に入ってはなりませぬ。あなたたちはこれからの明智を支える大事な身。わたしの病を感染《うつ》すわけにはいきませせぬ」

空咳《からぜき》を繰り返す妻木殿の傍らに死神が佇んでいるのを十五郎は目の当たりにした。もはや、咳をするときに口に手を当てようともしない。垂れ流すように、不快の思いのままに咳をしているばかりだった。一つ、また一つと咳をする度に、命の削れる音がした。

縁側に佇む十五郎は、死穢の側に引きずり込まれようとしている女人の姿を、ただただ眺めているばかりだった。

「十五郎……」

「拙者はここにおります」

縁側から、部屋の中に横たわる妻木殿の姿を見遣った。もう、目を開けているのもおっくうなのか、先ほどまで見開いていた目は閉じられていた。

「わたしは……、役目を全うできたのでしょうか」

もはや、うわ言のようだった。

「信長公の側室としてずっとここにありました。それはすべて、姉上の婚家である明智家のため。そして、明智と縁を結んだ妻木家のため……。わたしは、明智の、妻木のために……」

「叔母上」七郎兵衛は声を震わせた。「もしも叔母上がいらっしゃらなければ、今日の明智家の繁栄はございませぬ。叔母上は、十分すぎるほどお役目を果たしてくださいました」

七郎兵衛の言葉はもう、妻木殿には届かないらしかった。妻木殿は夜着から腕を出すと、天井に向かって手を伸ばした。その細腕は、枯れ木のように細く、くすんだ色をしていた。

「ああ、日向《ひゅうが》様はどう思われますか。陸《りく》は、しっかりお役を果たすことができましたでしょうか」

目の前の叔母の真の名が、陸であるということを初めて知った。

「あなたのお言葉一つで、陸はよいのです。他には何も要らぬのです。日向様のお言葉が聞こえませぬ。日向様、日向様、日向様……」

伸ばしていた手が落ちた。妻木殿の口から、苦し気な寝息が聞こえ始めた。気づけば妻木殿の目尻からは、一筋の涙が流れていた。

家臣に止められ、この日の面会は打ち切られてしまった。

結局これが、最期の目通りとなってしまった。

次の日の朝、妻木殿は死んだ。あまりに突然のことであった。妻木殿の体を清めようと女中が手ぬぐいを盥《たらい》に浸したわずかな間に、逝《ゆ》かれてしまった。誰にも死にゆく様など見せたくない、そう言いたげな最期だった。

十五郎は妻木殿の死に顔に会った。死神が去った後の表情は、不思議と思い出の中にある綺麗な叔母そのものだった。

穏やかな妻木殿の死相を見下ろしながら、叔母の人生とは結局何だったのだろう、と自問した。明智の為、妻木の為。そう口にして、様々なものを諦め、こうして一人死んでいった叔母の人生とは何だったのだろう。

『一家がみんなひとつ屋根の下で暮らしていけるなら、本当に幸せなことよ。でも、今、そんな暮らしができる者はいない。守りたいもののために、自らのことを大なり小なり擲《なげう》っているの。みいんなそうよ』

生前、妻木殿が口にしていた言葉を何とはなしに思い出し、穏やかに眠る妻木殿に問いかけた。

「それで、よかったのですか。叔母上」

だが、記憶の中に佇む妻木殿は十五郎の問いに応えることはなかった。

光秀の因幡攻めは、一月ほどで終わった。坂本城に戻ってきた光秀に、妻木殿の死を伝えると、

「そうか」

とだけ答え、旅の疲れを引きずりながら、御殿の奥へと消えた。
十五郎は、その背中を反感と共に見送っていた。

第三章　天正十年　十五郎　壱

時折吹く冷たい北風が十五郎の羽織を揺らし、安土山を越えてゆく。縁側から庭に降り立った十五郎は、屋敷の屋根の向こうにそびえる煌びやかな五層の天守を見上げ、小さく溜息《ためいき》をついた。

天正《てんしょう》十年の正月、十三歳となった十五郎は、信長への年始挨拶のために父の光秀と共に安土城にあった。

光秀が安土城本丸に登っている間、本丸への昇殿許可が下りなかった十五郎は明智屋敷に留め置かれている。元服してから早二年になるが、正式の拝謁が叶ったのはわずかに一回。話によれば長岡忠興《ながおかただおき》は既に何度も信長に謁見し、様々な贈答を受けているという。

どういうことだろう。屋敷の中に戻り、部屋の中で脇息《きょうそく》に寄り掛かって悶々としていると、縁側から妻木七郎兵衛《つまきしちろうひょうえ》が声を掛けてきた。

「若様、そろそろ行きましょう」

「ああ、分かった」

ただ明智屋敷で無為に過ごしているのも馬鹿馬鹿しい。七郎兵衛や隠岐惟恒《おきこれつね》の勧めもあって、安土城にいる武将たちへ挨拶回りをすることにした。

青い素襖《すおう》に着替え直した十五郎が目指したのは、二の丸前にある織田信忠《のぶただ》屋敷であった。もちろんこの日も門前には篝火が焚かれている。

事前に約束をしておいたゆえ、特段の混乱もなく奥の客間に通された。柔らかな日の光に照らされる庭で枝を伸ばす梅の花を眺めしばし待っていると、奥から華やかな千鳥柄の羽織に金襴袴姿の信忠がやってきた。

ここのところ、とみに信長公に似てきた、と囁《ささや》かれるようになった。元より細面な点は一致しているが、おおたぶさに結い上げ泥鰌《どじょう》ひげを生やし、信長公好みの派手な装束に身を包む様は、似ている、というよりは似せている、というほうが正しいのだろうというのが近しい人間の見方だ。

「おお、明智の。久しぶりであるな」

「ご無沙汰《ぶさた》いたしております、今年も何卒よろしくお願いいたしまする」

「うむ。昨年の馬揃え、そなたの警固は見事であった。あれほどの大きな催し物で、さしたる混乱もなかったのは、そなたら明智衆の骨折りがあったゆえのことよ」

「ありがたき、御言葉にて」

信長とは一度拝謁しただけゆえ、詳しいことは分からないが、噂は聞こえてくる。信長は人を人と思わず、気分次第で人を責め、怒鳴り散らしているという。事実、大きな活躍が見られない重臣たちを譴責《けんせき》し、出奔や切腹させるところまで追いつめた例がいくつもある。それと比べれば、信忠の振る舞いは仁愛に満ちている。

「坂本城での茶会はなかなかよい会だったそうだな」

「誰から聞いたのですか」

「決まっておろう。宗及《そうぎゅう》よ。しきりにそなたのことを褒めておったぞ」

数日前、坂本城で釜始めが行われた。

津田宗及を主賓に据えたその茶会の準備を任されたのは十五郎だった。張り切って新春の花を揃え、茶器を磨いた。だが、何より気を払ったのは茶室の掛け軸だ。

信長幕下では、茶会を開くには信長によるお墨付きが要り、明智家は既にその許可を得ている。どんなに小さな茶会でも織田信長の許可を得ていることを客に示す必要があるため、信長から拝領した掛け軸を床の間に掛けることにし、茶道具もできる限り信長からの拝領品で揃えた。

もちろん、客である津田宗及はその趣向をすぐに見て取ったようだ。その上で、

『花入の梅がよろしい』

と、こまごまとした工夫を褒めてくれた。

「そなたの茶会の話は安土城でも持ちきりよ。あの宗及が褒めておる茶会にぜひ加わりたい、となし」

安土城に登ってからというもの、茶を所望する客がやけに多かったのはそういうことだったか、とようやく納得した。

上機嫌そうだった信忠だったが、はたと顔をしかめた。

「そういえば、そなた、父と拝謁できぬようだな」

「なぜそれを」

「当然知っておるさ。今は予が織田家を取り仕切っておるゆえな。父上がどういうつもりでそなたと会わぬのかは分からぬが、明智が織田家にとって重要な家臣であることは間違いがない。その惣領息子《そうりようむすこ》を粗略にするのはあまり好ましくない」

平伏すると、信忠は家臣を呼ばわり、やってきた家臣に何事かを耳打ちした。

しばらくすると、その家臣が一人の若侍を連れてきた。

黒い肩衣《かたぎぬ》に身を包むその青年は、やはり細面で、なぜか信忠と面影が重なる部分があった。しかし、天性の陽性を誇る信忠とは違い、陰鬱な影を背負っているためか、まったく違う印象を持つ。部屋の中に入ってきたその男は、十五郎からしても顔見知りだ。

「ご無沙汰いたしております」

「久しゅうござる」

無感動にそう返してきたのは、津田信澄《のぶずみ》だ。

織田信長の弟・信勝《のぶかつ》の子であるが、父が謀反を起こしあえなく殺されたことで、津田氏に預けられた。ところが、信長は反逆の弟が遺《のこ》した甥《おい》っ子を可愛がり、今では政《まつりごと》を一手に総攬する地位につけた。その信任の程は、安土城屋敷が信忠屋敷よりも本丸に近い場所に与えられているところからも窺い知ることができる。

信澄とは、一度だけ顔を合わせたことがある。

「姉上はお元気ですか」

「ああ、貴殿と会うと言うたら、よろしく言っておいてくれと言われたぞ」

信澄の妻は十五郎の姉、つまり、信澄と十五郎も義理の兄弟ということになる。

信忠はなおも話をしようとする十五郎たちを制するつもりか、咳払いをした。

「今日は他でもない。津田殿を呼んだのは、何とか父上と十五郎を面会させてやれないかという相談のつもりだったのだが。津田殿、何か聞いておるか」

その促しに、信澄は首をかしげた。

「いえ、特には。大殿様は常々お考えになられることを口にはなさいませぬ。家臣一同、これには辟易しているくらいで」

「なるほど、分からぬ、ということか」

「面目ございませぬ」

信澄が頭を下げるのを、信忠は鷹揚に手を振った。

「やはり、だとすれば、父上は未だそなたに初陣の経験がないがゆえ、ないがしろにしておるのやもしれぬな」

「ああ」信澄も手を叩いた。「ありえますな」

初陣。その言葉を耳にしたその時、胃の腑が縮む心地がした。

だが、そんなことに構わず、信忠はなおも続ける。

「父上はずっと戦の中にあられたがゆえ、戦に出ぬ者、戦で役に立たぬ者を歯牙にかけぬところがある。もし、そなたが戦で功を上げれば、きっと覚えめでたくなることだろう」

「し、しかし」十五郎は口を挟んだ。「戦など、起こるのですか」

すると信忠は、白い歯を見せて十五郎に顔を近づけた。その表情には何の屈託もない。

「ある。ここだけの話だがな」

信長は甲斐の武田を攻めるつもりでいるらしい。数年前の長篠《ながしの》の戦の大敗からこの方、武田は徐々に勢いを失っていき、境を接する他の大名たちにやり込められ、さらには内紛騒ぎまで起こっている。攻めぬ手はない――。信長は、三月をめどに兵を発し、武田の息の根を止めめんと考えている……らしい。

「実はな。武田討伐の総大将は、予だ」

信忠は気を漲らせながら、そう述べた。

事実上、信長は織田家の家督を信忠に譲った格好になっている以上、当たり前のことだ。だが、十五郎は意外の念を抱かざるを得なかった。

信忠もまだ若い。二十歳代も半ばの若武者が数万の兵を率いる御大将になる。信忠の活躍を見れば見るほど、元服したというのに行軍すらしたことのない己に嫌気が差す。馬揃えの時にも感じた疎外感が、またぶり返した。

「津田殿、どうだろう。今度、父上に、それとなく十五郎を予の与力として初陣を飾らせるべく諮ってはくれぬか。無論、予も父上に言上するゆえ」

「かしこまりました」

津田も頷《うなず》いた。

目の前で、己の初陣の日程が次々に決まってゆく。

嬉《うれ》しくないと言えば嘘になる。武士にとって戦は誉れに他ならない。だが、一方で不安もある。もちろん周りには七郎兵衛や惟恒、内藤といった家臣たちがいるのに、ふと、いやな想像をしてしまう己がいる。敵方に打ち崩され、恃《たの》みにしていた家臣と切り離されて単騎になった己に迫って来る、死に物狂いの武田武者の姿が——。

信忠は快活に笑った。

「安心せえ。予も初陣の時は怖かったが、やがて慣れるものよ。ここは予に任せるがよい」

信忠の笑い声を耳にしながら、十五郎は期待と不安で胸を一杯にしていた。


三月、十五郎は丹波《たんば》の亀山城にいた。

穏やかな川を堀代わりにした平城は、広い盆地の中に抱かれた亀山の地を代弁するかのような穏やかな相をした城だ。水の中に佇む白鷺のように優雅ななりをしている。

そんな城の二の丸で、十五郎は鬱々とした日々を過ごしていた。

「若様」

掛けられた声に思わず顔を上げると、里村《さとむら》紹巴《じょうは》が心配げに十五郎の顔色を窺っていた。

「大丈夫ですかな。先ほどから筆が進んでおらぬようですが」

左手に短冊を、右手に細筆を握っている様子が目に入る。まどろみから醒めた時のように、ようやく今、里村紹巴から和歌を紐解かれ、句を詠んでみるようにと促されていたことを思い出した。短冊は未だに真っ白で、何のとっかかりもなかった。もし何か言葉が書いてあればそこを足掛かりにもできるのに、と悔しい思いをしたが、ないものは仕方がない。

「すまぬ」

声を掛けると、紹巴は剃《そ》り上げた頭をゆっくりと振った。

「構いませぬ。乱れた心で和歌は詠めぬもの。今日はこれくらいにいたしましょうぞ」

紹巴は墨染の法衣の裾を払って立ち上がると、うやうやしい手つきで障子を開いて、部屋から出ていった。

「乱れた心、か」

十五郎は筆を筆箱に置き、短冊を文机の上に置くと立ち上がって縁側へ続く障子を開いた。うららかで温かな風が白砂の敷かれただけの殺風景な庭から流れ込んでくる。

結局、初陣の話は流れた。

確かに信忠の言うように、二月の半ば頃から武田を攻めるという話が明智家中に流れ、三月には明智家でも兵を調えて討伐に向かうことになったのだが、十五郎が加えられることはなかった。

光秀にも直訴をしたが、受け入れられることはなかった。信忠からは、己の力ではどうにもならなかったという詫《わ》びの手紙がやってきた。そうして光秀を始めとした錚々たる家臣が武田討伐に向かうのを見送った後、十五郎は父の言いつけに従い、丹波亀山城に入ったのであった。

縁側に座って溜息をついていると、遠慮のない足音が聞こえてきた。

「おお、十五郎か。そなた、暇をしているようだな」

声の方に向くと、そこにはこの城の城代を務める明智光忠《みつただ》が立っていた。年の頃は四十ほど。笑みを絶やさず、白い歯を見せる光忠は、碁笥《ごけ》の乗った碁盤を抱えている。

にかりと笑い、光忠は十五郎の横に碁盤を置いた。

「一局、やらぬか」

「小父《おじ》上、左様な気分ではないのです」

「だからこそ、やらねばいかんよ」

のんびりとした口調でそう口にした光忠は、いそいそと黒の碁笥を十五郎の脇に置き、差し向かいの形で腰を下ろした。

「一局だけですよ」

「ああ。頼む」

人の良さそうな笑みにほだされ、ついつい碁を打つことになってしまった。

光忠は光秀の従弟に当たる。

明智家には係累が少ない。美濃の名族土岐《とき》氏の流れを汲《く》むらしいが、戦乱の世となってから一族が離散し、光秀の代にはわずかな土地と小さな居館が遺されるだけにうらぶれてしまった。他の武将と違って一族郎党の少なさは否めず、光秀の妻の実家である妻木家を御一門扱いして穴を埋めようとしているくらいだ。そんな中にあって、明智家の血を引いている光忠は、正真正銘の一門衆とも言える立場を有している。

だが、この通りの昼行灯《ひるあんどん》ぶりだ。武将というにはあまりに茫洋としており、戦が起こった際にはこうして城の留守を預かることが多い。

十五郎はこの小父が嫌いではない。武将としてはどうだろうと思わぬことはないが、一人の人として見た時、のんびりとした人となりは城の中では珍しい類の人間だ。

「十五郎から打ちなさい」

「しからば」

定石通り、黒の石を、端から三、三の筋の交差する点に置いた。

「ほう、これは手堅い」

光忠は離れたところに白い石を置いた。穏やかな顔そのまま、我関せずの石と言えよう。

それから、無言で石を置き続けた。十五郎は黙々と己の領土を囲い続ける一方、光忠は漠然と、何の考えもなく石を配しているようにすら見える。戦うつもりがおありなのだろうかと訝《いぶか》しく思っているうちに、盤面は中盤戦へと差し掛かっていた。

いまのところ黒が優勢だ。十五郎の右手前四分の一ほどは、ほとんど十五郎の石が圧倒している。

碁盤の目を覗《のぞ》き込みながら、光忠は薄く笑った。

「うむ、これはわしの勝ち、かの」

かちんと来た。黒い石を盤上に置き、問うた。

「拙者のほうが優勢でしょう」

「そうかのう」

光忠は淡々と盤上に白い石を置いた。

その瞬間、十五郎は目の前が揺らいだような気分に襲われた。目をこすり、盤面をもう一度見据える。だが、この揺らぎはいつまで経っても収まることがない。気持ち悪さを覚えながら、碁笥から石を取り上げて張った。だが、この手がお見通しであったかのように、光忠は次の石を置いた。こんなやり取りが十手も繰り返された頃には、盤面は大きくその色が変わっていた。優勢を誇っていたはずの右手前の盤面は切り崩され始め、他の部分の盤面は白が着実に手を伸ばしつつある。

何が起こった？　訳が分からずに目を見張っているうちに、盤面はもはや十五郎にはいかんともしがたいほどに形勢が決してしまっていた。

「……参りました」

十五郎は頭を下げた。

「左様か」

勝ちを誇るでもなく、そっけなく光忠は応じた。

石をつまみ上げ、碁笥にしまってゆく光忠に、思わず十五郎は問いを発していた。

「どんな技を使われたのですか。どうやれば、あんな碁が……」

しばし下顎を撫《な》でていた光忠だったが、ややあって、応じた。

「わしは何もしておらぬ。十五郎、そなたがあまりに一つの局面に気を取られすぎておるのよ」

「どういう、ことですか」

さらに問うと、光忠は、淡々と言葉を重ねた。

「そなたの第一手の三、三だがな。あの手は確かに手堅い。されど盤面全体への利きに乏しい。もし碁が六筋の盤面であったなら三、三に打つのは正解だろうが、広大な十九筋の盤面にあっては、あまりにその手は利きが小さすぎる」

「利き、ですか」

「ああ。もちろん、広く利く手が最上の手とは思わぬ。広く薄い手は、結局利かぬからだ。だが、やはり、三、三は少々小さい」

「では、どうすればよかったのですか」

「そうさな」しばし考えた後、光忠は続けた。「大きく盤面を見ればいいのではないかな。そなたにとっては小さな局面が大事なのであろうが、実際には、大きな盤面によって物事は決まってゆく。それが碁と心得れば、見えてくるものもあろう」

もっとも、と光忠は言った。

「一つの局面しか見えぬは若いがゆえよ。きっと、歳を重ねるごとに見えてくるものもあろう。今日のわしの勝ちは年の功というものぞ」

すべての石を仕舞い終えた光忠は、碁盤を抱いて屋敷の奥へと消えていった。

一人取り残された十五郎は、ふと庭を見遣《みや》った。白砂が朱に染まっている。気づけば日が傾くような頃になっていたらしい。何の飾り気もない庭先を眺めながら、先ほどの光忠との対局を思い出していた。

確かにあの時の己は、右手前に作り出していた自らの優位にしがみつき、全体を眺めるということをしていなかった。気がつけばがちがちに囲まれて、もはやそこから打って出ることさえできなくなっていた。


三月から四月を鬱々と過ごしていた亀山の十五郎の許に、父の光秀から文が届いた。

速やかに安土に罷《まか》り越し度《た》く候。

何かあったのだろうか。近臣を引き連れ、亀山から京に出て、安土へ向かった。本来なら二日ほどの道のりだが、急なことであれば一大事と朝から晩まで歩き通し、安土の明智屋敷に到着したのは深更になっていた。

明智屋敷では、寝間着姿の光秀が迎えてくれた。

「早かったな」

「取るものもとりあえず参りました。父上も、武田征伐、お疲れ様でございます」

甲斐の虎、武田が滅んだ。この知らせは東海道を伝って京、亀山にまでもたらされた。武田といえば最盛期には数か国を支配していた大大名だ。ひっくり返るはずのない天地が逆転したような心地がした。十五郎ですらそうなのだから、世の人々の驚きは、それ以上のものであったろう。京の町は信長の壮挙を祝う祭りで浮かれているというし、公卿たちもこの征伐の成功を喜び、歌会や連歌会を開いているとは、里村紹巴の言であった。

立役者の一人は間違いなく、織田家でも五本の指に入る将である光秀のはずだが、当の光秀の顔は浮かない。

寝起きゆえのものだろう、と十五郎は気にも留めず、声を掛けた。

「父上、すみません、起こしてしまいましたな。また明日、ご挨拶を」

「よい、眠れなかったのだ。それに、この話は早いほうがいい。実は、そなたに頼みたいことがある」

「拙者に、でございますか」

「ああ。実は、徳川三河殿の饗応を仰せつかってな」

長らく武田と境を接し、此度《こたび》の武田討伐において格段の働きがあった徳川三河守家康が信長の招きで京に上って来る。何でも、陣中で開かれた徳川三河の歓待に信長がいたく感激したことに端を発するものらしいが、信長はこう口にしたらしい。

『徳川殿に、織田の饗応を見せてやれ』

光秀は口を震わせている。

「武田を滅ぼされた殿は、既に天下に手をかけておられる。実はこの陣の最中、一緒に戦を視察しておった近衛前久《このえさきひさ》卿がおられたのだが、殿は前久卿を呼び捨てになさったのだ」

「真《まこと》ですか」

「聞き間違えるはずはない。確かに、〝前久、大儀である〟と馬上から声を掛けておられた」

光秀の瞳は興奮のあまりに輝き、頰は赤くなっていた。

「前久卿は口答え一つせず、頭を下げるだけであったぞ」

近衛前久といえば関白左大臣や太政大臣を務めた公卿の中の公卿で、若い頃から様々な大名や寺社勢力とも渡り合ってきたその声望は帝をも凌ぐとさえ噂されている。その前久を呼び捨てにしたとなれば大問題になるはずだ。だが、前久は無礼を咎めもせず、言われるがままに首を垂れた——。その意味の重大さは、十五郎にとて分かる。

「殿が、天下の主になられるということですか」

「少なくとも、わしはそう見た。殿が、帝をも凌ぐ権勢をお築きになられるは今ぞ」

天下一の権勢人が命じる饗応。それはすなわち、天下第一の饗応ということになる。

「そなたには饗応を手伝ってほしい。徳川殿が上洛なさるまで時はない。そなたは和泉や丹後へ向かい、材料の買いつけに走れ。金に糸目はつけぬ。極上の魚や貝、野菜を集めよ。出来るか」

「もちろん、やらせていただきます、父上」

「うむ。頼んだぞ」

熱のこもった父親の言葉を浴びるのは初めてのことだった。総身に力が満ちるような錯覚に襲われながらも、十五郎は頷いた。

次の日から、徳川三河を歓待するための用意が始まった。

津田宗及、里村紹巴といった風流人や実際に料理を手掛ける料理人を集め、協議が行われた。会場となった安土城明智屋敷の大広間には、重臣たちが遠巻きに見守る中、料理人や風流人たちが口から泡を飛ばし議論を重ねている。

「我らが目指すは、天下一の饗応である」

開口一番、光秀がそう口にしたことで、臨席する者たちの目に炎が灯った。里村紹巴は古の歌合《うたあわせ》などの典籍を引いてこうすべしと意見を発すれば、料理人は平安の昔に比べて使ってよい魚の幅が広がったため古典籍は参考にならないでしょうと口を挟み、ではむしろ今様の侘び寂びを取り入れた食膳とするべきなんやないかと津田宗及が応じた。喧々諤々の議論に重臣たちは冷や汗をかき、上座にいる光秀は、時折下腹をさすりながら苦々しい顔をしていた。

一昼夜にわたる議論の末、ようやく料理人の提案を素地にした案で決した。

その上で、十五郎は己の役目である食材の買いつけに走るべく、料理人によって用意された材料一覧を祐筆《ゆうひつ》に書き写させ、己の重臣に配った。

「皆の者、ここが正念場であるぞ。料理人によれば、最高級の小鯛は宮津にあるという。内藤、そなたは宮津に走れ。長岡殿への文は拙者が書く。残りの面々は和泉堺に行き、食材の調達に走れ」

家臣たちに下知《げち》をして、十五郎本人は堺の津田宗及屋敷に滞在することになった。

「ほんに、大変やなあ。お侍さんていうんは」

家臣たちへの〝陣頭指揮〟を終え、縁側で一人座っていると、屋敷の奥にいた宗及に声を掛けられた。

「暇やさかい、茶でもいかがでっしゃろ。紹巴はんも飲みたいって言うてはりまっせ」

「ああ、頂きます、師匠」

部屋の中には、既に里村紹巴が座っており、目の前でくつくつと音を立てている茶釜を見遣っていた。紹巴の横に座ると、縁側近くに立っていた宗及がゆっくりと茶釜を挟んで二人の前に座り、茶を点《た》て始めた。

柄杓で湯を掬《すく》い、抹茶の入っている碗に注ぐ。その後、茶筅で練り上げた後、また柄杓で湯を掬ってより良い味に調える。茶とはこれだけの作業の中にすべてを込める作業だ。十五郎から見ても、師匠である宗及の手さばきは真似できるものではなかった。

「どうぞ」

差し出された茶碗の景色を楽しむ暇もなく、茶をすすった。

茶の清涼な香りが鼻腔をくすぐる。遅れ、茶葉の甘さが舌に伝わってくる。温かさもちょうどいい。喉を鳴らして飲んでも差し支えないほどの温かさが、茶碗越しに十五郎の細い指を温める。

気づけば、幸せな吐息をついていた。

「やはり、師匠のお手並みは別格ですね」

「嬉しいお言葉をいただいてしまいましたなあ」

にこりともせずに宗及は言った。

「はは、宗及殿は嘘がつけぬご様子。されど、茶の道はそれほど峻厳な道なのでしょうなあ」

けらけらと笑う紹巴も、結構なお点前《てまえ》、と口にして茶碗を畳の上に置いた。

ふと、十五郎は気になったことを口にした。

「そういえば、なぜお二人は、明智のお手伝いをして下さるのですか。お二人はお忙しくらっしゃるのに」

堺にやってきて二日になる。その間、宗及も紹巴も、毎日のように出払っていた。こうして三人が揃って屋敷にいるのは珍しい。

目を丸くした紹巴は宗及と顔を見合わせ、ぷっと噴き出した。つられるようにして、宗及も密やかに笑う。きょとんとする十五郎の前で、紹巴は続けた。

「まあ、これまでのお付き合いがあるから、と答えるのが一番でしょうな。されど」

紹巴の言を、茶碗を仕舞う宗及が引き継いだ。

「それだけではありまへん。明智殿は、風流のことがお分かりになられはる。そういうお人が出世してくらはると、わてらのような立場の人間は楽なんや。何にも言わずとも、風流の大切さを分かってくらはりますからな」

「されど、それは信長公とて——」

宗及の鋭い視線が、十五郎を捉えた。

「若さん、ここからする話、内緒にできまっか」

威圧におされ、小さく頷くと、宗及は続けた。

「織田信長いうお人は、風流人かどうかようわからなくなることがあるんや。あのお人のお城は確かに色んなもんに溢《あふ》れとる。狩野永徳《かのうえいとく》の襖絵、幸若舞の為の舞台、茶室に連歌会が開けるような大広間。本当に何でもありや。確かにあの人は風流なもんに囲まれている。でもな、あん人は、風流に頭を下げるつもりなんかないいうのが、わての見立てや」

「どういう、ことです」

「言葉のままや。風流人いうんは、風流に骨抜きにされて、一生を風流に捧げようとする人のことや。数寄者いうんは、風流の貴《たか》さを知っている者のこと。だとすれば、信長公はどちらでもない。その点、明智殿や若さんは、風流の貴さを知っておられる。そやから、肩入れするんや」

言わんとするところを摑むことは出来なかったが、信長という人間のことを否んでいることはなんとなく理解ができた。だからこそ、この場限りで忘れよう、そう決めた。

事実、宗及の言を聞いていた紹巴はこれ見よがしに顔をしかめ、広げた扇で顔を覆った。

「いや、そこまでおっしゃるとは。宗及殿は怖いもの知らずですな」

茶化すような口調が、部屋の中に満ちていた不穏な気を追い出した。

饗応の日がやってきた。

食材をすべて揃え、料理人に引き渡した。これまで様々な饗応に当たってきた料理人も、こんなによい食材が集まるとは思ってもみなかった、と目を見張っていた。金に糸目をつけず、ときには売り手が決まっているものを横取りする形で買い入れた甲斐があったというものだ。短期間ですべての食材を用意したのには、光秀も珍しく十五郎を褒めちぎった。

すべてのお役目を終えた十五郎は、安土城の明智屋敷にいた。

本当は父と一緒に饗応役として本丸に上がりたかった。だが、光秀に「それはならぬ」と言われてしまった。食材の買い付けなどの雑務をさせておいて、晴れの舞台に立たせてくれぬのか。初陣を逃しに逃してきて、頭角を現すよい機会だというに、父はそれすらも踏みつけにするのか、と不満ばかりが心中にくすぶっている。

饗応は昼から始まると聞いている。部屋から縁側に出て空を見上げると、お天道様は高く昇っている。そろそろ饗応が始まる時分であろう。気づけば十五郎は日輪に向かって手を合わせていた。

その日は落ちつかない時を過ごしていた。気を紛らわそうと紹巴から頂戴した歌論書を読んでも内容が入ってこない。茶を点てようと茶碗を外箱から取り出そうとしたものの、手が震えて紐がうまくほどけない。よしんば取り出せたとしても、こんな手では茶碗を割りかねぬと諦め、一人、縁側に腰かけ、柱に寄りかかりながら枯山水の庭を見遣っていた。

「若様」

気付けば眠ってしまっていたようだ。いつの間にか目の前の庭には夕闇が迫っていた。鉛の鉢巻きが巻かれているかのような重みを頭に覚えながらも声の方を見上げると、心配げにこちらを見下ろす七郎兵衛の顔があった。

「殿が、若様にお話があるとかで」

「父上が?」

両の頬を軽く叩いて眠気を追い出し、光秀の待つ書院へと向かった。

書院の上段には、既に光秀が座っていた。夕日の日差しが差し込む部屋の中はなんとなく薄暗い。十五郎は遅れた旨を謝り、下段に座って平伏した。

「お呼びでしょうか、父上」

そうして顔を上げたその時、十五郎は声を上げそうになってしまった。

上段にある光秀の顔には、憂慮が色濃く滲《にじ》んでいる。朝、天下一の饗応ぞ、とはしゃいでいるようにすら見えた父の顔とは思えぬほどだった。日の加減のせいだろうか、と訝しく思い目を細めても、父の顔はすっかり窶《やつ》れ、疲れ果てている。

「いかがなさったのですか、父上」

重ねて問うと、たどたどしい口ぶりで、光秀は述べた。

「これより、戦に向かうことになった」

いつもより数段口数の少ない光秀の言を繋ぎ合わせたところでは、饗応の途中、安芸の大名、毛利と戦っている羽柴秀吉《はしばひでよし》から救援願いがやってきた。幾度目になるか分からないというその

文を目にした信長は、徳川三河へ饗応をしているところである光秀に、
『日向《ひゅうが》、これより貴様は、毛利討伐に向かってもらうぞ。三河殿の饗応役は他の者に引き継がせるゆえ、安心せい』

と言い放ったのだという。

まさか――、十五郎は血の気が引くのを自覚しながらも問うた。

「何か、しくじりがあったのですか。それで殿からお叱りを受けてこんなことに――」

「いや、左様なことはない。〝少々饗応が豪華すぎる〟とは言われたが、機嫌を損ねたことはない。だが――」

「だが、何なのです」

光秀は黙りこくってしまった。腹の辺りをさすりながら。

ただ事ではない。目の前にいる父親は、これまでにないほどに打ちひしがれている。途中で饗応役を外されたことが堪《こた》えたのだろうか。だが、大きなしくじりをして更迭されたならまだしも、光秀自身が大過なく役目を果たしたと言っている。饗応役から戦陣への転身は、むしろ武将としては誉れなのではないか。

「安芸の毛利がよほど強いのですか」

「いや、そんなことはない。今、あそこを攻めておるのは羽柴秀吉殿。文では苦戦と書いてきおるが、実際には救援など必要あるまいよ」

羽柴秀吉といえば、今や光秀と双璧を為す外様武将の筆頭だ。百姓上がりとの噂もあるが、

あれよあれよと出世を果たし、いまや対毛利戦線を支える総大将にまで上っている。一度、無理攻めをして煮え湯を飲まされてからというもの、堅実な戦いぶりで敵を少しずつ消耗させるという戦略を取っている。そのおかげか、秀吉軍は総じて士気も高く、兵力の欠けもほとんどないという。

「ではなぜ、羽柴殿は援軍を願うのです」

「今、羽柴殿は備中《びっちゅう》高松城という要衝を攻めておる。大方のところ、この戦が終わりそうなのであろう」

「終わりそうなのに、援軍を？」

「落城するところを援軍に見せつけるつもりなのだろう。文を送って戦果を報告するより、遥かに験《けん》がある」

将の立場でなくば見えぬ綱引きがあるのだろう、ということはかろうじて理解ができた。曖昧に頷いておくと光秀は忌々し気に己の腿を叩いた。

「とにかく、これより、我らは戦の用意をしなくてはならなくなった。十五郎、そなたに頼みがある」

十五郎は身構えた。初陣を飾れ、今度こそそう声を掛けてくれると信じたればこそだ。

だが、十五郎の期待は粉々に砕かれた。

「そなたは丹波亀山城に入り、遠征軍の支援に回れ」

思わず、十五郎の口から恨み言が飛び出した。

「拙者を初陣させてくれぬのですか、父上は」

「言うな」

光秀は首を振って話を打ち切ろうとした。だが、この日の十五郎は違った。

「なぜ、拙者だけが子供扱いなのですか。もう既に元服も済ませたではありませぬか。だというのに、なぜ戦に連れて行ってくれぬのです。馬にも乗れるようになりました。槍の修練も人並みには済ませております。父上のご迷惑にはなりませぬゆえ、何卒、この十五郎を戦へ連れて行ってくださいませ」

もはや哀願だった。

だが、光秀は結局首を縦に振ることはなかった。

「いかぬのだ」

不機嫌そうに眉根をひそめて席を立つと、光秀はそのまま十五郎を残して縁側に消えた。

一人、明けの色に染まる書院に取り残された格好になった十五郎は、己の心中に吹き荒ぶ問いの嵐に襲われていた。

なぜ、なぜ、なぜ。

その答えが、どうしても見つからない。


十五郎たちは亀山城に戻った。

家臣たちの反応は様々だった。文句をあけっぴろげに口にする者はなかったが、内藤などは不満げな顔を隠そうとせず、戦場となれば誰よりも活躍してみせるのに、と言わんばかりに、庭先に飛び出してたんぽ槍を振り、獣の唸《うな》りのような叫び声を上げていた。内藤の思いは家臣皆、大なり小なり同じらしい。日々のこまごまとした雑務に身を粉にする惟恒も、十五郎の身の回りの世話をする七郎兵衛も、浮かない表情を顔に張り付けている。己だけは、と笑顔を作ってみても、亀山城内の沈んだ空気を前にしては、その意気もしぼんでしまう。

やることはたくさんある。丹波や近江に散らばる明智家の領地から、ここ亀山に兵が集まる。その受け入れの用意だ。惟恒に命じて城の長屋の掃除を徹底させ、本丸御殿の枯山水も調えさせた。

やがて、続々と部将たちがやってきた。斎藤利三《さいとうとしみつ》や溝尾茂朝《みぞおしげとも》が早かった。だが、なぜか斎藤も溝尾も顔が浮かない。さしもの猛将たちも戦を前に武者震いしているのだろうかと小首をかしげるうち、沈鬱《ちんうつ》な顔をしている明智左馬助《さまのすけ》もやってきた。明智三家老の顔が揃って浮かないのにはさすがに閉口し、茶に誘ったものの、三人からは示し合わせたように謝絶の返答がやってきた。

亀山城に鎧《よろい》の札の音が響くようになってしばらくした頃、里村紹巴が十五郎を訪ねてきた。

「連歌会、ですか」

十五郎がそう口にすると、紹巴は恭しく頷いた。

「へえ。戦勝祈願ということで、日向様も是非とも連歌会を開きたい、と」

「場所はどこで」

「愛宕山《あたごやま》にて行う手はずになってございます」

愛宕山といえば、京でも最も高い山で、火除けの権現様でも知られる愛宕権現の総本社がある。なぜそんなところで、と疑問にも思ったものの、紹巴の弟子が愛宕神社の末寺の何某《なにがし》というところの住持で、その縁で実現した連歌会であるという。

「よろしいのではないでしょうか。父上も神頼みをしたいこともあるでしょう」

どこか突き放したような物言いになってしまったことを後悔した。だが、紹巴は十五郎の微妙な機微に気づいた様子もない。

「他人事ではございませぬぞ。若様にもこの連歌会に参加していただきます。日向様もそれを望んでおられますゆえ」

行かぬ、とは言えなくなってしまった。

亀山城は惟恒と内藤に任せ、七郎兵衛だけを供にし、愛宕山に登ることになった。

愛宕山は京の外れに位置している。そこまで行くのも一苦労。馬を用い、何とか人が二人すれ違える程度の崖路を進むうち、渓谷に抱かれるようにして建つ一の鳥居が見えてきた。隅の塗装が剝がれ、木目が露わになっている鳥居には、愛宕権現の額が掛かっている。

五月の終わりだというのに肌に触れる風は冷たい。

馬を近隣の村の者に預け、参道を登っていった。

参道と聞いていたから、てっきり道が踏み固められているとばかり思っていたのだが、実際には獣道に毛が生えたような道のりだった。杉や山毛欅《ぶな》の梢で薄暗くなっている、足元もおぼつかない山道を、先導する末寺の遣いと共に歩いている。

「たまには山登りもいいものですな」

紹巴はのんきなことを言うが、既に十五郎は息が上がっていた。太腿から膝にかけて熱を持っている。いちいち滑る足元を凝視しながら登るうち、背中まで凝ってきた。横を歩く七郎兵衛も同様のようで、時折着物の衿《えり》をばたつかせ、顎の下にたまっている汗を拭いている。

倒れた大木の下を通り、崖迫る山道を滑らぬように通り登っているうちに、少し開けたところに出た。木々の間から京の都の様が見える。白い光に包まれるように広がるその姿は、手に収まってしまうのではないかというほどに小さい。疲れを忘れ、しばし見遣っていると、

「ここが丁度折り返しのところですぞ」

と紹巴が余計なことを口にしたおかげで、どっと疲れがぶり返した。

一刻ほど歩くと、獣道同然であった道の様子が変わってきた。山道は明らかに人の手によって調えられ、並べられた石が段を成している。しばらくさらに進むと、石工の丁寧な鑿跡《のみあと》残る石段が現れた。

やがて、真っ黒に塗られた大門が見えてきた。深緑の中にある黒門はよく目立つ。思わず声を上げてしまった。

「もう少しでございますぞ」

涼しげな顔をした紹巴の言う通り、そこから頂上まではすぐだった。

最後の階段を登り切ると、石灯籠の並ぶ参道が一行を出迎えた。七郎兵衛などはあからさま

にほっと息をついている。しばらく進むと、社務所や末寺、末社の並ぶ一角が見えてきた。

「ここが、今回の連歌会の場でございますぞ」

紹巴はある末寺の前で足を止めた。

思わず嘆息してしまった。必要なものを七郎兵衛に持たせて登っても辛い道行《みちゆき》だったこの山の頂上に、どうしてこんな壮麗なものを作れるのか……と訝しく思うほど、目の前の建物はその威容を誇っている。建てられてしばらくの時が経っているのだろう、冠木門《かぶきもん》の柱の色は黒く色を変じており、塀の上の屋根はびっしりと苔むしている。

「明日、連歌会を行いますぞ。本日は旅の垢を落とし、ごゆるりとお過ごしくださいますよう」

「父上は、どうなさっておられるのであろう」

「これから山を登られるはずでございます」

饗応役を下ろされ、毛利討伐を命じられたあの日から、十五郎は光秀と顔を合わせておらず、あの日の激しいやり取りを謝ることもできてない。ここ数日の亀山城での戦支度、そして愛宕山を登る間にも、少しずつ思いが変わりつつある。

父上が望むのならば、いっそ亀山城の留守居でもいいではないか、と。

十五郎は、とにかく光秀と話がしたかった。

だが、機が訪れることのないまま、その日は暮れていった。

次の日、十五郎一行が宿泊した末寺の書院の間にて、連歌会が開かれた。

亭主はこの寺の住持で紹巴の弟子という行祐なる者が務めることになっている。一番の下座である亭主の横には、光秀付きの家臣である東行澄《あずまゆきずみ》が座っている。亭主の横に座るのは、連歌を書き留める執筆という役目を仰せつかっているしるしだ。会場に足を踏み入れた時、東と目が合った。目礼を返すと、若い執筆役は恭しい礼を返してきた。

席は二列差し向かいになるように用意されているようだ。下座に腰を下ろし、しばらく待っていると、やがてぞろぞろと今日の連歌の参加者たちがやってきた。里村紹巴は主賓の差し向かいである第二の上座に腰を下ろした。そこは連歌会の流れを決める宗匠の席次だ。まっとうな人選であると言える。また、紹巴と一緒にやってきた者たち、紹巴の弟子だろう――、は、主賓席を避け、各々己の席に腰をかけた。

主賓がやってくるのを待つ。

紹巴は薄く目を閉じ、空いたままの主賓席を見遣っている。他の連歌師たちは隣の者に耳打ちをしたり、何か戯言《ざれごと》でも話しているのかくすくすと笑い声を上げていたが、ややあって、足音が近づいてくるに従い、皆、しゃんと背を伸ばして前を見据えた。

襖が開いたその時、皆が頭を下げた。

ややあって顔を上げたその時、思わず十五郎は目を見張った。

開かれた襖の向こうに立っていたのは、まぎれもなく父、光秀に他ならない、はずだった。

だが、十五郎は、本当にあれが父だろうかと疑ってしまうほど、そのなりは様変わりしている。

連歌師たちがざわついた。また、連歌の輪から外れ、次の間に控えている七郎兵衛も目を見張っている。亭主の行祐と宗匠の里村紹巴が落ち着き払っているのはさすがだが、場が浮足立ったのは致し方ないともいえた。

黒の素襖《すおう》に身を包み、侍烏帽子をかぶった光秀は、幽鬼のようだった。肌は土気色に変じ、皺を浮き立たせている。虚ろな目の下には真黒な隈があり、口をへの字に結んでいる。そのくせ口の端は半開きになっており、黄色い歯が覗いている。その立姿《たちすがた》には覇気がなく、がくりと肩を落としているようにも見えた。

一座をゆっくりと、まるで老人のように見渡した光秀は、ぽつりと言った。

「すまぬ。遅れてしもうたようだ」

おぼつかぬ足取りで光秀は主賓席に腰を下ろした。

かくして、連歌会が始まりを告げた。

こうした連歌会においては、発句を詠むのは主賓、つまりは光秀の役目となる。皆の視線が光秀に集まる。

光秀は肩を落としながら、長考に入ってしまった。普通、主賓として呼ばれたのなら、発句を事前に考えてくるのが通例だ。座が少しずつ白けてゆくのが十五郎にも見て取れた。いつもならばこうした座の機微に通じているはずの光秀が、まるで動こうとしない。我関せずのつもりか、それとも周りのことが目に入らぬほどに、他のことに気を取られているのかは分からないが、この日の光秀は周りをやきもきさせても、恬《てん》として恥じないところがある。

どうなさったのですか、父上。

思わず、そんな言葉が口から出かかった。

いったいどれほどの時がかかっただろう。やがて、光秀は一句、ひねり出した。

「時は今　天が下《あめがした》なる　五月《さつき》かな」

だが、光秀は首を振り、訂正した。

「時は今　天が下しる　五月かな」

戦勝歌の発句として、これ以上のものはない。

今はまさしくこの世は五月である、と表面上は当たり前のことを言っているようであるが、天には雨が掛かり、雨の季節である五月を関連付けている。それに「天が下しる」という語も、「天下を治める」、「天下を平らげる」という風に解釈したのなら、毛利討伐成功の予祝にもなる。「なる」から「しる」への変更は、掛詞《かけことば》の多い「しる」が適当だと考えたのだろう。

これほどの秀句をひねり出したというのに、光秀の顔はなおも浮かない。それどころか、痛みに耐えるように顔をしかめている。

ただならぬものを感じながらも、連歌会は脇句へと進んでいく。

亭主である行祐が、矢継ぎ早に詠んだ。

「水上まさる　庭の夏山」

光秀の上の句を受け、五月雨の降りしきるこの季節では、庭にある築山《つきやま》にはさぞ水が溜まり、漲っていることであろう、と返している。これも、戦勝歌として理解するなら、ただの勝利ではなく、圧倒的な大勝ちを収めるであろうという寿ぎを、水嵩に例えているとも取れる。これ以上ない脇句だ。

この時、光秀の表情に変化が訪れた。

何かに気づいたように目を見開き、目の前に置かれていた短冊に何かを書きつけている。そして、穴が開くほどにその短冊を見据え、わなわなと口を震わせている。

そして、第三句は、宗匠である紹巴の役目だ。

しばしの黙考の末、ぽつりと紹巴は口を開いた。

「花落つる　池の流れを　せき止めて」

そこかしこから嘆息の声が上がった。

十五郎はこれまで教わった和歌を浚《さら》ううち、千載和歌集の能因《のういん》「桜散る　水の面には　塞き止むる　花のしがらみ　掛くべかりけり」が思い起こされた。第三句は、この能因の句を本歌取りにしている。

不満がないこともない。例外はいくらでもあるが、発句、脇、第三句までは季語を揃えるのがよいとされているが、紹巴は季語を夏から春に転換した。もちろん、他の約束事が守られているからこそ許される逸脱だし、何より描き出した光景があまりにも雅だ。この場にいる者で、季語のねじれを気にする者など誰もいない様子だった。

「はは」

笑い声が上がった。

皆の視線が声の主に集まる。

この日の主賓、明智光秀に。

「いかがなさいましたかな」

紹巴は目を大きく見開き、光秀に目を向けた。

光秀は、顔をほころばせていた。土気色に変じていた顔色もすっかり良くなり、苦悶の表情もどこかに消え失せていた。憑き物が落ちたかのように穏やかな顔を取り戻した光秀は、訥々《とつとつ》と口を開いた。

「秀句でございますな、紹巴殿」

「これを秀句と認めうるお方ゆえ、某はあなた様と、こうして連歌を詠んでおります」

なおも光秀は笑った。

「なるほど。歌とは面白いものでござるな」

それからの連歌会は、当初の危うい雲行きに反し、第四句からは紹巴一門の連歌師たちの遊び場となった。ある者が古歌の本歌取りを披露すれば、また他の者は別の本歌取りで切り返し、ある者が技巧を凝らした句を披露したかと思えば、次の者はわざと技巧に乏しい句を返す。目の前で繰り広げられる連歌は、まるで槍の試合を見ているかのようだった。連歌は智慧の試合なのだ、と改めて気づかされる。目まぐるしく句の情景が変わっていき、新たな意味が加わってゆく。十五郎は一流の連歌師たちが描き出す情景の奔流に、しばし身を横たえていた。

そして、瞬く間に九十九句目がやってきた。

「色も香も　酔を勧むる　花の本」

花見の宴会を描写した上の句であるとともに、連歌の締めくくりである挙句を意識したものであるともいえる。特に今回の連歌は戦勝の為の奉納連歌だ。最後の締めくくりには、寿ぎの文句が来なければならない。

最後の句を誰が詠むか――。この場にいる皆が、紹巴を見据える。

だが、当の紹巴はゆっくりと首を振った。

「ここは、まだ一句も詠んでおられぬ若様に詠んでいただくのがよろしかろう。ですな、行祐殿」

紹巴は亭主である行祐に目を向けた。だが、行祐はこの寺の住持とはいえ、紹巴の弟子筋だ。まさか嫌とは言えまい。実際、行祐は紹巴の意見に賛同した。

このお役目が回ってくることは、なんとなく悟っていた。

連歌において重要とされるのは、一から八までの句と、最後の挙句だ。連歌の終わりを告げる挙句については、主賓に近しい立場の者が詠むのが通例だ。この会の場合、光秀の家臣である東行澄も該当するが、行澄は既に第八句を詠んでいる。

恐らく、紹巴は最初から己に挙句を詠ませるつもりだったのだろう。目を向けられてもなお表情を変えることなく前を向いているばかりの紹巴から目を離し、十五郎は最後の句をひねり出した。

「国々は猶　のどかなるころ」

先の句も受けていると同時に、光秀の詠んだ発句も踏まえている。戦勝歌として詠まれた連歌は、挙句でも戦勝歌として終わるのが収まりもいい。この討伐が行われることで天下が平らかになり、国々はなおのどかになるであろう、という願いでもある。

紹巴は小さく頷いた。どうやらしくじりはないらしい。

かくして、愛宕山で開かれた連歌会、愛宕百韻は終わりを告げた。

連歌会が終わってすぐ、皆で愛宕神社へと参詣に向かった。満面に笑みを湛《たた》える光秀を筆頭に神前に手を合わせ、皆で神籤《みくじ》を引いた。十五郎は末吉、他の者たちもまちまちの結果であるようだった。だが、光秀はもう一度、さらにもう一度神籤を引き直し、三度目の正直でようやく満足したようだった。

「どうされたのですか、父上」

そう呼びかけると、光秀は快活に答えた。

「ああ。一回目の籤が凶、二回目が末吉であったゆえ、大吉が出るまで引くことにしたのよ。三度目で出た。なかなか引きが強いと思わぬか」

光秀の手には、大吉と記された神籤が握られていた。

やはり、父はおかしい。

具体的に何が、とはいえない。だが、普段の父とは何かが違う――。

すると、目の前の光秀は、ぽつりと言った。

「十五郎、そなただけが頼りだ。桔梗紋《ききょうもん》を背負うのは、そなたなのだ」

光秀は踵《きびす》を返し、紹巴たちのほうへと向かって行ってしまった。
結局、十五郎は、この光秀の言葉の意味するところを聞きそびれてしまった。

第四章　天正十年　十五郎　弐

天正《てんしょう》十年六月二日夕方。薄雲が空を覆っていた。

丹波《たんば》亀山城二の丸御殿の書院の間で、十五郎《じゅうごろう》は眠い目をこすりながら書状に目を通していた。

いくら主たる家臣たちが戦に出ているとはいっても、政《まつりごと》の手を止めることはできない、ささいな水争いや訴訟がきっかけで一揆が起こることとてあり得ると隠岐惟恒《おきこれつね》に釘を刺されてからは、どんな書状でも、とりあえず目を通してから印を捺すようにしている。

それにしても――。かすみ目をこすりつつ、十五郎はぼやいた。なぜ、父上の軍はあのような刻に出立なされたのだろう、と。

この日、明智光秀《あけちみつひで》率いる羽柴秀吉《はしばひでよし》救援軍が亀山城を発した。だが、問題はその時刻である。深更に出立したのである。朝になるのを待ってもよいはずであったし、そもそもこの援軍は火急のものではないと光秀自身が述べていた。あえて深更に出る理由を問い質したものの、光秀をはじめ、斎藤利三《さいとうとしみつ》、溝尾茂朝《みぞおしげとも》、明智左馬助《あけちさまのすけ》の三家老は一切答えようとしなかった。

だが、考えて何がどうなるでもなかった。己の仕事を果たしてしまおう、そう決めた。この丹波の地は明智家の平定から時が経っておらず、未だに反抗的な態度を取る国衆《くにしゅう》も多い。光秀がいないからと手をこまねいていてはそれらの者どもの離反を招きかねない。政もまた戦を防ぐ大事な御役目と心定め、書状の山と格闘していたその時、突如、締め切っていた障子が勢いよく開いた。

「何事ぞ、騒々しい」

外の明るい日差しが中に降り注ぎ、十五郎の目を焼く。文机《ふづくえ》から顔を上げると、そこには惟恒と妻木七郎兵衛《つまきしちろうひょうえ》、内藤三郎右衛門《ないとうさぶろうえもん》の三人の姿があった。

すぐに三人の立姿からただならぬ気配を感じ取った。惟恒は血の気を失い茫洋と立っている。七郎兵衛は深刻げに眉をひそめ、そして内藤は心なしか鼻息荒く口角を上げていた。

三者三様の家臣の有様に不穏なものを感じた十五郎は、文机をどけて三人に向き合い、

「何かあったのか」

と問うた。

十五郎の言葉に応えたのは、顔を青くしている惟恒だった。見れば、侍烏帽子が傾いているのに気づいている様子もない。

「殿が、謀叛を起こされた由」

耳を疑い、思わず出た言葉はわずかに震えていた。

「何を言っておるのだ。父上は今、毛利《もうり》の討伐に向かっておるはずではないか」

「それが……。京からの報せによれば、羽柴殿の許に向かうはずであった明智の軍が京に現れ、信長《のぶなが》公、そして信忠《のぶただ》公の滞在なさっておられる宿所を突如攻めたとのことで」

目の前が真っ暗になった。

父が謀叛？　信長公と、信忠公を襲った？　俄《にわ》かに信じられない。信長の顔は思い浮かばなかったが、信忠の豪放な笑みが過ぎる。

「なぜ、父上がそんなことを」

「今、早馬を殿に送りました」愁いを帯びた顔で、七郎兵衛は続ける。「しばし、ご返答まで時を頂く必要がございましょう」

七郎兵衛は顔を伏せた。どうやら、三人は誰も光秀の心の内を知らぬらしい。それはそうだ。息子の十五郎にさえ、逆心があることを打ち明けていなかった。

なぜ？　なぜ？　なぜ？　疑問が渦を巻く中、なぜか口角を上げている内藤が口を開いた。

「今にして思えば、謀叛の機としては絶好でござろうな」

織田信長の有力家臣は今、皆京近辺から離れている。滝川一益《たきがわかずます》は武田討伐の後始末のために東国におり、柴田勝家《しばたかついえ》は上杉との戦線を維持するため越前に、羽柴秀吉は毛利との戦に足止めされており、もっとも京に近いところにいる丹羽長秀《にわながひで》も四国の長宗我部《ちょうそかべ》を攻める用意で摂津に滞在中だ。ついでに言うなら、信長の同盟者である徳川家康《とくがわいえやす》も微行で堺に逗留しているに過ぎず、信長の近辺には周囲を守るわずかな供回りの他には手勢はほとんどない。つまり、京近辺にはほとんど織田方の兵がいないことになる。そこを突いたのであろう、というのが内藤の弁だった。

「情勢を聞いているのではない。なぜ父上は左様なことを、と聞いておるのだ」

「拙者は殿ではございませぬゆえ分かりませぬ。しかし、今はやるべきことがあるはず」

声を弾ませながら、内藤は、戦でござる、と口にした。

「これより戦仕度をしなくてはなりますまい。殿、訴え文を読む暇などございませぬぞ。この内藤に下知《げち》を。戦支度を全軍にお命じくだされ」

威圧に押し切られる形で十五郎が頷《うなず》き返すと、内藤は軽い足取りで縁側を駆けて行ってしまった。

その背中を忌々し気に見やりながら、七郎兵衛は口を開いた。

「内藤《あれ》は武辺者ゆえ、戦となると血が騒ぐのでしょう。ご安心くだされ、我らでもって内藤は抑えまする」

「――父上は、拙者を信じておられなかったのだな」

「そんなことは……」

「あるだろう。もし信じていたのなら、事前にこの話を教えてくれておったはず。あるいは、なおも拙者のことを子供扱いしておるか。そのどちらかぞ」

十五郎の心中は千々に乱れていた。己を蚊帳の外にしてばかりで、いつまで経っても己を子供扱いしてばかりの父に対する怒りが、心中を黒一色に塗りたくる。

「若様……」

二の句を継げずにいる七郎兵衛の顔には、「お前の言う通りだ」と書いてあるように見えて仕方がなかった。

「しばし寝る。一人にしてくれ」

二人を下がらせたのち、体を丸め、足を抱えるようにして、午睡に入った。瞼が重いはずなのに、まるで眠れずに、悶々とした時を過ごした。

夜になって、早馬がやってきた。

その者から受け取ったのは、略式の文である折紙だった。そこには、ゆえあって謀叛を起こしたこと、信長の宿所である本能寺を炎上せしめ、信忠が立てこもった二条御所を焼き討ちにしたこと、数日の内に二人の首級《しるし》を挙げ、天下に号令するつもりであること、十五郎は変わらず亀山を守備せよという願いが、見慣れた癖字で書かれていた。案の定、文の末尾には光秀の名が付されている。

光秀の字にはまるで乱れがない。長らく父の手蹟を見てきたからこそ分かる。この文をものした時の父は、明鏡止水の心持だろう。まるで名筆の筆跡をそのまま写したような力強い文字を見るにつけ、なぜか十五郎は父に突き放されたような心地に襲われた。

やってきた早馬に、十五郎は折紙の文を託した。

なぜ、このような謀叛を起こしたのか。十五郎が知りたいのはただそれだけだった。

一日が経ち、二日経ってもなお、光秀からの返事はなかった。七郎兵衛は落ち武者狩りにでも遭ったのかもしれませぬと述べたが、それが気休めの類であることは百も承知だった。

京で起こったことの詳細は、戦火から逃げてきた町人たちからも聞けるらしい。上気した顔で報告してくる内藤の言をまとめるなら、謀叛から三日が経ってもなお、信長の首は挙がっていないという。信長が宿所に用いていた本能寺は寺域内に城と見紛うような御殿があり、鉄炮の為の火薬を備えていたという噂もあった。その火薬に引火したのだろうか、本能寺は驚くほどよく燃えたらしい。

「これはまずうございますな。このままでは、信長公がお亡くなりになった証がないということになり申す」

「何が問題なのだ」

「たとえば、この後、殿と誰かが盟を組むとしましょう。されどそれは信長公が死んだことを前提としたものになるはず。もし万が一信長公が存命であられ、名乗り出られようものなら、盟そのものがご破算になりかねませぬ」

「つまり、信長公の首が挙がらねば、父上はおちおち盟を組むこともできぬ、と」

「少なくとも、しばらく諸将は様子見となりましょうな」

内藤と血生臭い話を繰り広げながら、気づけば己が現状に慣れかけていることに気づかされた。

それから数日後、驚天動地の報せが飛び込んできた。

「何？　羽柴秀吉殿が毛利と和睦？　今、京目指して進軍中、だと」

その報せをもたらしたのは、内藤が放った斥候であった。

「真《まこと》のことか」

「間違いございませぬぞ」

「俄かには信じられぬが」

思わずそう呟いていた。

毛利と羽柴秀吉は長らく戦ってきた宿命の相手だ。こうも容易《たやす》く和議がなるはずはないのは事情を知らぬ若造でさえ察しうるところだ。光秀も秀吉が毛利と手を組む日が来ると見通していなかったがゆえに、謀叛を起こしたはずなのだ。だが、羽柴秀吉はその不可能を可能にした。

「どうする」

亀山は丹波の中心地、すなわち京を目指す道筋の一つだ。当然羽柴軍がこの城を襲ってから京に向かうことも十分に考えられた。

「籠城しかありますまい」内藤は力強く答えた。「京の入り口の一つを塞ぎ、守り切る。我々に定められた役目はまさしくこれでありましょうぞ」

羽柴軍が丹波でなく摂津に回ったと報せが入った頃、光秀から文が届いた。

「なんだと……」

十五郎は声を失った。光秀の文には、到底承服できぬことが書いてあった。

城兵のほとんどは丹波亀山城に遺《のこ》した上、十五郎と近臣は京に向かって負傷している明智光《みつ》忠《ただ》を助け、近江《おうみ》の坂本城へ戻るべし。亀山城での籠城すらできない。近臣のみ、ということは、戦力として期待されて坂本城に戻るわけではない。

「父上は、どこまでもわしを子供と思っておいでなのか」

折紙をくしゃりと丸め、十五郎は呟いた。

命令を無視するわけにもいかなかった。惟恒、七郎兵衛、内藤の他、数名を自らの手勢とし、残りは亀山城の守備に当てると、十五郎は京目指して馬を走らせた。十名にも満たぬ微行であったが、その道行《みちゆき》は比較的穏やかなものだった。京へ向かう途中にある沓掛《くつかけ》で落ち武者狩りに出くわしたが、始終不満げにしていた内藤が、自慢の大槍を振るって追い払ってくれたおかげで無傷で京に達することができた。

京の町は、異様な瘴気《しょうき》に満ちていた。

あれほど闊達であった下京の賑わいは、まるで火が消えたように絶えている。昼間だというのに表通りの家々は雨戸を閉じており、見れば、どの雨戸にも足で蹴破られたような穴が開いている。乱暴狼藉の跡だ。道を歩く者もまばらで、時折明智の桔梗紋《ききょうもん》を胴にあしらった足軽たちを見かけるほかは、あばらの浮いた野良犬がとぼとぼと歩いているくらいだった。

これが花の都なのかと落胆しつつも今出川通りを北上して上京に向かう途中、焦げたような臭いが風に運ばれてきた。

通りから、屋根が落ちている黒焦げの建物の姿が見えた。あれは間違いない、本能寺だ。

「見に行かれますか」

「ああ。あそこに行けば、光忠小父《おじ》のおられるところも分かるだろう」

七郎兵衛の促しに乗って、今出川通りから離れ、本能寺のほうへ馬を進めた。

近づけば近づくほど、本能寺の崩落ぶりが明らかになってゆく。かつては寺域をぐるりと囲んでいた版築の塀は、何か所か崩れ落ちて中の様子が露わになっている。相当な火事であったようで、植えられていたのだろう木々も、幹だけを残して消し炭のようになり、戦場に取り残された旗指物のように立っていた。本堂に目をやれば、火が回ってしまったのか屋根の中央が崩れるように半壊しており、かろうじて立っている柱も、風が吹けば倒れてしまいそうになりながら、屋根の重みに耐えていた。もう少し進むと、開け放たれた寺の正門が見えてきた。柱や扉には未だに刺さったままの矢が数多く残されている。嵐のような矢玉に晒されたのが目に見えるようだった。

本能寺の周囲には、桔梗紋の旗印をはためかす騎馬武者たちや、桔梗紋の胴を纏《まと》った足軽衆が陣を張り、どこから湧いて出たのかわからぬ野次馬たちを槍で牽制している。京の町人たちも怪我をしてはつまらぬとばかりに遠巻きにしている。

そんな中、十五郎たちはあえて野次馬の前に出た。

本能寺前にたむろしている足軽たちが十五郎一行に気づいて素槍《すやり》の穂先を向けてくる。一瞬躊躇したものの、後ろに控えていた七郎兵衛が声を上げた。

「拙者たちは明智十五郎様の御一行である。ここの頭は誰ぞ」

ややあって、寺の中から陣羽織に戦直垂《いくさひたたれ》姿の将が現れた。見覚えがある。亀山城での年始挨拶の際、大広間の後ろの方で頭を下げていた男だ。向こうもこちらの顔を覚えていたらしく、煤で汚れた顔を袖で拭い、その場に跪《ひざまず》いた。

「光忠小父《おじ》はどこにおられる。お怪我をなされたとのことだが」

本能寺を囲む頭は、ここから程近い寺の名前を告げた。

寺に向かう道すがら、十五郎の手綱を引く七郎兵衛が顔を曇らせた。

「本能寺にあれほど人が残っているということは、まだ信長公の首は見つかっておらぬことになりますな」

「と、いうことは……」

盟が成らぬやもしれぬ。いつぞやの内藤の言を思い出し、背中に冷たいものが走った。

十五郎は振り返り、焼けた本能寺の方角を見遣った。その方角には嫌な雲が垂れ込めている。

「行きましょう。若様」

不安を振り払うように、決然と七郎兵衛は口にした。

光忠が運び込まれたという寺は、今出川通りを挟みつつも、本能寺から程近い中京にあった。戦の被害はなかったようで、門といい、伽藍といいまったくの無傷だった。

外から呼ばわると、白いひげを蓄えた老住持が現れた。だが、名乗った後も歓迎してくれるような風は一切なかった。近所の檀家を迎えるような態度で十五郎一行を迎え、寺の中を案内した。

「明智様方の怪我人を受け入れましてなあ」

本堂の戸を開くと、うめき声が十五郎の耳に届いた。しばらくするうちに目が慣れてきて、奥の仏像の穏やかな笑みが見えるようになった頃には、足元に広がる地獄絵図もまた露わになった。本堂の中はほとんどがらんどうになっており、血染めの晒を巻かれてうめいている男たちが芋虫のように蠢《うごめ》いていた。どう見ても死期の近い人々に、若い雲水《うんすい》たちはしきりに声を掛け、口に匙を運んでいる。

抹香の香りと共に、血と膿の匂いが鼻についた。

見れば、本堂の隅、仏画が描かれた屏風で区切られた一角には、ぴくりとも動くことなく筵《むしろ》の上に横たえられ、顔に白い麻布を掛けられた者たちの姿があった。足軽なのだろう、粗末な服に身を包んだ痩身《そうしん》の男の肌は黒く色を変じ始めており、枕元に置かれた小さな香炉が煙を吐き出していた。

思わず口を押さえる。

「必ず、この恩義には報いるゆえ……」

十五郎を眺めながら、老住持は穏やかな口調で続けた。

「必要ございませぬ。ただ、御曹司殿にご覧いただきたかったのです。貴殿らがこの地獄をこの世に現出させたのだと」

胸を射抜かれたような痛みが走った。

後ろで内藤が殺気を発したものの、手で制した。

ふむ、と鼻を鳴らした老住持は、奥の部屋へと十五郎たちを招き入れた。

北に面したその部屋は、八畳ほどの小部屋だった。だが、本堂で雑魚寝させられている者たちよりは、はるかに待遇もよい。枕元には水の張られた盥《たらい》に血染めの手ぬぐいが浸してあり、慈母のごとき目つきで夜着の中に包まる者をつきっ切りで看る若い雲水の姿があった。だが、十五郎たちの姿に気づくや、雲水はまつげを伏せ、席を外した。

部外者がいなくなってから、十五郎は声を発した。

「光忠小父」

夜着がごそごそと動いた。もう一度声を掛けると、横たわっている人物は夜着を自らの力で剝がした。

「よくぞ生きていらっしゃいました」

「あ、ああ」

小さくなった。それが、光忠の印象だった。

かつてはもう少し福々しく、智の香りがした。だが、今の光忠からは色濃い暴の香りが漂っていた。見れば、衿《えり》をからげた左肩を晒《さらし》で巻いており、血が滲《にじ》んでいる。

「どうなさったのですか」

「ああ、しくじってしもうたわ」

光忠がたどたどしく口にするところでは、本能寺を焼き討ちにした際、寄せ手として兵を率いていた最中、功に逸って炎上する本能寺に突入し、織田方の手ひどい反撃に遭ってしまったのだという。近くにいた家臣数名は死に、光忠も左肩に矢を受けた。

「膿んでしもうたようでな、熱に浮かされておった。ようやく熱も下がったのだが……。高い束脩《そくしゅう》よ。物事を広く捉えよと説教しておきながら、わし自身がこの体たらくであるわ」

「ご無事で何よりでした。――ところで光忠小父、なぜこんなことになったのでしょう。なぜ、父上は信長公を攻めたのでしょうか」

「分からぬ」光忠は首を振った。「信長公を攻めたと聞かされたのは、実はこの寺に運ばれてからのことであった。それまで何も知らされなかったゆえ、徳川三河を攻めたのだと合点しておったくらいぞ」

光忠の言が正しいとすれば、ごくごく近臣の者にさえ、今回の謀叛の内実を説明していないことになる。光忠は御一門衆の中でもかなり席次が上のはずなのに知らされていないとなれば、光秀直近の家老くらいしか知らされていなかった惧れさえある。

そこまで思い至った時、どこかほっとする十五郎がいた。だが、結局のところ、それは父に疎まれている我が身を慰めるための材料を探しているだけだと気づかされ、そんな心根で光忠と相対している己に嫌気が差した。

「光忠小父」努めて冷静に十五郎は言葉を紡いだ。「父上より、光忠小父を坂本城までお連れするようにと命じられております。御具合が悪いのは承知の上。ついてきてくださいますな」

光忠は、天井を見上げた。しばし、遠い目をすると、短く嘆息をした。

「ああ、よかろう。我らは既に使えぬ石でしかない。ならば、戦の盤面から離れ、碁笥に戻るのが吉というものであろうよ」

次の日、十五郎一行は、光忠を戸板で運びつつ、坂本城を目指した。寺に遺した負傷兵たちのうめき声は、いつまでも十五郎の耳の奥に響いていた。

京を離れる時、西の空が途端に暗くなり、遠雷の音が響いた。

「これは大雨になりますな。降られぬうちに道を急ぎましょうぞ」

惟恒に促されるがまま、逃げるように東へと急いだ。


久方ぶりの琵琶湖は、空の色を映し、灰色に濁っていた。心なしか波も高い。

胸騒ぎを覚えながらも坂本城に入った頃には、夜も近付いていた。

門をくぐったその時、家臣たちから歓迎の声が上がった。見れば、懐かしい顔の者たちもいる。亀山城に連れていくことのできなかった家臣たちは、久々に故郷に戻ってきた子供を迎える親のような顔をして十五郎一行を出迎えてくれた。

雲が渦を巻く悪天の中、坂本城の五層の天守は白亜の無垢さを湛《たた》えたままで屹立《きつりつ》している。東の安土城、西の坂本城と謳われた近江の双璧を成す名城は、雲行きの怪しい天気の中でも、その威容を誇り続けていた。

旅の垢を落とし、人心地ついた頃には夜になっていた。

白無垢の寝間着に身を包み、書院の間の脇息《きょうそく》に寄りかかった頃には、外はすっかり真っ暗になり、雨が降り始めていた。

下座にある惟恒は、皺だらけの顔をしかめ、縁側の外の雨模様を見上げていた。

「これは、大雨、ですなあ」

廂《ひさし》から滝のように雨水が落ち、庭先の地面を穿っている。縁側はすっかり濡れ、闇の中、ぬらぬらと行灯《あんどん》の光を滲《にじ》ませていた。

十五郎も頷いた。

「ああ。父上が心配であるな」

相変わらず、いくらこちらから送っても、光秀から文が戻ってこない。だからこそ、自らの家臣を用いて周辺の情勢を調べるしかなかった。その点、内藤は大変役に立つ。

現在の情勢を知れば知るほど、惨憺たる気分にならざるを得なかった。

唯一の救いは、柴田勝家と滝川一益が動けないということだろうか。越前に陣を張っている柴田は上杉と対陣しており、わずかにでも隙を見せれば噛みつかれる。一方で東国にいる滝川は武田びいきであった国衆が反乱を起こしているらしく、畿内へ引き返すことができずに立ち往生している。

当座の敵は、羽柴秀吉であるといっていい。だが、敵もさるもの。摂津の織田恩顧の大名を糾合したのみならず、四国に向かうはずが変事に際して摂津から動くに動けなくなっていた丹羽長秀をも味方に引き入れ、今や、羽柴秀吉を中心とする反明智軍は数万の威容を誇っている。

一方の明智陣営はかなり苦しい。

与力の長岡藤孝《ながおかふじたか》、筒井順慶《つついじゅんけい》はどちらも動かない。光秀からすればこの謀叛において必ずや助力してくれると見込んでいたはずだ。しかし、実際のところはといえば、藤孝は息子の忠興《ただおき》ともども剃髪をして信長への弔意を示し、さらには忠興の正室である光秀の娘、玉《たま》を幽閉したことで、自らの立場を鮮明にした。一方の筒井順慶は再三の勧誘にも応えようとせず、大和《やまと》から出馬する様子がない。

さらに――。

『津田信澄《つだのぶずみ》殿が、生害《しょうがい》された由』

部下の報告を聞いた際、十五郎は思わず感嘆の声を上げてしまった。

本能寺で変事が起こった際、信澄は丹羽長秀とともに堺にいた。ところが、信澄の妻が光秀の娘であることを理由に、丹羽が謀殺を図ったようであった。恐らく、信澄は何も知らされてはいなかったろう。もし事前に光秀の逆心を知らされていたなら、何かしら行動を取ったはずだ。丹羽と共に進退窮まり、手をこまねいていたというのが何より信澄の置かれた状況を物語っている。それを知りつつ謀殺という愚行に走った丹羽長秀へ怒りを一瞬だけ覚えたものの、十五郎は首を振った。そもそも、このような事態を出来《しゅったい》させたのは、己の父の行いのせいだった。

周囲の情勢を調べるということは、見知ったものたちの死と向き合うことでもあった。その中には、二条御所で奮戦し、切腹して果てた織田信忠の最期も含まれている。謀叛人の子という立場では弔うことはおろか、偲ぶことさえ許されないような気がして、坂本城の本丸仏間にある仏壇に手を合わせようとして止《や》めた。

近しい人の死に揺らぎそうになりながらも、十五郎はなおも天下の情勢を頭の上に思い浮かべた。

摂津の大名衆を糾合した羽柴秀吉は、淀川を北上し、京へと進軍してくる構えだ。迎え打つ光秀たちは京への入り口を扼《やく》する山崎天王山近辺に陣を張った。態度をはっきりさせない筒井順慶は結局明智軍に合流することなく、傍観に回ったらしい。純粋な数は羽柴軍のほうが多いが向こうは寄せ集め、一方の明智軍はほぼすべてが自らの手勢だ。さらにこの雨では、どちらが勝つものか、容易には測ることができない。

「父上は、凍えておられぬだろうか」

雨の中、鎧を纏《まと》って南を睨《にら》む父親の姿が思い浮かんだ。

「すまぬ、忘れてくれ」

投げやりにそう述べ、雨降りしきる庭の外へと目をやっていると、廊下から足音が聞こえてきた。その遠慮のない音はどんどん此方《こちら》へと近づいてくる。

「若様」

「どうした、珍しいな。そなたがそんなに慌てるとは」

襖を開いたのは七郎兵衛であった。挨拶もそこそこに部屋に入ってくるなり、七郎兵衛は十五郎に耳打ちをしてきた。

すべてを耳にした十五郎は、思わず七郎兵衛の顔を覗き込んだ。目の前にある七郎兵衛の顔は、ここ数日の間絶えて見ることのなかった、屈託のない笑みそのものだった。

「真か、それは」

「はい、間違いありません」

召し物を着替え直し、しばらく書院の間で待っていると、やがて縁側から一人の少年が現れた。旅の垢を落としていたのだろうか、頬がわずかに濡れ、服も藍色の羽織に折り目の正しい袴に代えられている。すっかり見違えた。一年半ほど前に別れた折には、互いにまだ分別の利かぬ子供だった。二つ違いだから、今年で十一歳になる。だが、既に前髪は落とされていた。

躊躇なく下段に座った少年は、ゆっくりと頭を下げた。

「ご無沙汰《ぶさた》いたしております、兄上」

「息災であったのだな、自然」

目の前に現れたのは、筒井順慶の養子に出されていた、弟の自然だった。

「だが、なぜここに」

筒井順慶が傍観に回っているという知らせを聞いた時、二度と会えぬと覚悟を決めていた。戦がどう転んでも、他家の養子であった子の運命は暗い。それだけに、無事に戻ってきたことが奇瑞のように思えてならなかった。

「それが――」

筒井家内部で、謀叛人光秀の次男坊の処遇が大問題となった。一時は素首《そくび》を斬り落とし光秀に送ればよいという過激な意見も台頭し、長岡藤孝が嫁である玉にしたように、幽閉すればそれでよいのではないかという穏便な意見もあった。そんな中、筒井順慶はこう述べた、らしい。

『坂本城にお送りして差し上げろ』

かくして、わずかな供回りと共に、自然は坂本城への帰還が成った。

「おお、順慶殿には感謝せねばなりませぬな」

話を聞いていた惟恒は、今にも泣き出さんばかりに声を震わせた。だが、当の自然本人が首を横に振った。

「恐らく、義父順慶は、明智との関わりを煩わしく思われたのでしょう。ゆえに、玉虫色の解決を図ったのではないでしょうか」

声変わりすら怪しい高い声で、自然は朗々と続けた。

「手元に拙者を置いていれば、羽柴殿が勝った際、妙な疑心を抱かれかねませぬ。されど、拙者を坂本城に返せばどちらにも言い訳が叶いましょう。羽柴に対しては〝縁を切るために坂本へ返した〟、明智へは〝大和では御身が危なかったゆえ、一時坂本に避難させた〟と申し開きできますゆえ」

筒井順慶の深謀遠慮を見たとともに、弟の姿に目を瞠《みは》っていた。

養子生活の労苦が目に見えるようだった。きっと、筒井家臣団の冷たい視線に耐え、周りの人々の顔色を窺うがごとき日々だったことだろう。一年半の間に見違えるほどに成長した弟に感嘆を隠せずにいるうちに、そういえば、と自然が口を開いた。

「順慶殿より、兄様へ伝言がございます。〝これでそなたの願い通りになったな〟とのこと。自然にはなんのことか見当もつきませぬゆえ、このままお伝えいたします」

過日の記憶が蘇る。弟を連れていかないでくれと順慶に頼んだあの日。順慶は間違いなく、あの日のことを言っている。

だとすれば。

「皮肉なお人だ」

苦笑いを浮かべるしかなかった。

弟が帰ってきたことは嬉《うれ》しい。だがこれが、明智家という巨船のもやいが一つ外れ、沖に流されつつあることを意味していることが分からぬほど、十五郎は子供というわけではなかった。

そして、漕ぎ手をなくした巨船は、やがて大きなうねりに巻き込まれるであろうことも。

雨はまだ、降り続いている。なおも止む様子はない。


次の日の夜、坂本城に悲報がもたらされた。

明智軍、敗北。

早馬は、明智家の命運を非情に告げた。破れ母衣《ほろ》を背負い、無数の矢傷が体中に走る武者は、絞り出すように京郊外の山崎で開かれた戦の大敗を語った。

この報を惟恒、七郎兵衛、内藤、そして自然とともに聞いた十五郎は、もたらされた話を呑み込むのにしばしの時を要した。

先日より雨の中対陣していた両軍であったが、この日の夕方、戦端が開かれた。織田信長の弔い合戦を期した摂津衆の活躍により明智方は甚大な被害を受け、勝竜寺《しょうりゅうじ》城へと退却した。もっとも、羽柴方の受けた被害も相当なものであったようで追撃の手は緩かったようだが、明智方の兵たちは負け戦を悟り次々に逃散、もはや明智方の兵はほとんど残っていなかった。俄かな立て直しは不能と悟った光秀は、わずかな手勢と共に勝竜寺城を脱出、今のところ行方は杳《よう》として知れない……。

これ以上ないほどの敗北と言わざるを得ない。光秀は持ちうる限りの兵力を率いていたはずだが、総崩れになってしまった。つまり、もう明智家側には打つべき石が一つも存在しないことになる。

「どう、なさいまするか」

諦めの色を隠さない惟恒は、ぽつりと問うてきた。

上段に座っていた十五郎は脇息に寄りかかり、格天井《ごうてんじょう》を見上げたものの、容易に答えは出てこない。真っ白になりそうな頭に無理矢理今の状況を押し込んで、思索をやめまいともがき続ける。

羽柴秀吉の許に参上し、命を乞う？　馬鹿馬鹿しい。謀叛人の子だ。間違いなく首を刎ねられてしまう。坂本城の城兵を集めて糾合し、秀吉相手に一戦仕る？　坂本城にいるのは後方にいる守備兵、戦いに行くなどという心構えのできておらぬ者ばかりだろう。一つずつ取りうる道を塞ぐうち、結局坂本城に拠る者たち行く先は一つしかないことに気づいた。

「籠城、か」

堅城を恃《たの》み、城に籠る。それしか採りようがない。

だが、ふいに廊下側の襖が開き、奥から反対の声が上がった。

「石が利いておらぬな」

左手を吊った、光忠だった。陰鬱《いんうつ》な表情を隠さない光忠は、右腕に碁盤を抱えている。ふらふらとした足取りで縁側に向かい、雨がちの空を見上げながら、碁盤に石を並べ、ぶつぶつと何事かを口にしている。誰かに話しかけているというよりは、己の夢に引きこもっているようだった。

光忠の声が念仏のようにも聞こえ、陰鬱な評定の場をさらに沈ませた。

十五郎にとて分かっている。籠城は愚策中の愚策だ。

籠城が効力を発揮するのは、他の城や本拠地との連携が取れている場合だ。本拠地を守るための壁として、あるいはどこかからやってくる救援に期待するのならこれ以上ない策だが、敵が京、摂津を掌握し、丹波との連携が断たれた今、この坂本城はどんづまりの城になってしまう。ここで籠城したところで、時をいたずらに稼ぐばかりでいずれは負ける。光忠の言う『石が利いていない』とは、これを指したものだろう。

「光忠様のおっしゃる通り。ではやはり、打って出ましょうぞ」

内藤が前に出て頭を下げる。だが、七郎兵衛が十五郎との間に割って入った。その声音には鋭い怒りが滲んでいる。

「内藤殿、坂本城の城兵で、左様なことができると思われるか」

「できずともよい。武士として、華々しく死ねるのならこれ以上なく本望よ」

「馬鹿な。頭を冷やされよ」

七郎兵衛の尖った声に顔をひくつかせた内藤は、無造作に拳骨を握り、七郎兵衛の頬を殴りつけた。止めようと割って入った惟恒や、騒ぎを聞きつけて部屋に入ってきた家臣たちを足蹴にし、時には投げ飛ばしながら、内藤は怒鳴り散らした。

「俺は、天下の明智の旗印の下で戦える日を待っていたのだ。だというのに、連歌に茶三昧の若様の御守りなんぞやりとうなかった。天下の大戦で名を上げたかったのだ」

ようやく内藤の本音を知ることができた。だが、喜びはない。むしろ、落胆が十五郎の肩にのしかかってきた。

「内藤」

十五郎の口から、冷たい声が出た。十五郎自身が面食らうほどに冷え冷えとした声は、部屋の中に満ち、殊更に響いた。

あれほど暴れていた内藤も、十五郎を見遣るや息を呑み、正気を取り戻したように肩を落とした。その機を見計らい、十五郎は穏やかに言葉を発した。

「すまなかった。拙者の御守り、さぞつまらぬ日々であったろう。今更詫びても手遅れかもしれぬが」

「堪えてくれ。頼む」

十五郎は上段で頭を下げた。

家臣からすれば仕え甲斐のない主君であったろう、と十五郎は心中で独り言《ご》ちた。既に元服も済ませているというのに戦に出ることなく、毎日のように茶や和歌に現《うつつ》を抜かしている。己が不甲斐ないせいで、家臣の望み一つ叶えることができず、こうして無理を命じることになっている。

惟恒の衿を摑んでいた内藤は、手を放し、周囲の侍たちの手を振り払うとその場にどかりと座った。床を殴ることでやり場のない怒りを示し、ついには泣いた。虎の咆哮のような泣き声が部屋に満ちる。

男泣きの声が部屋にこだまする中、七郎兵衛が十五郎に問いかけてきた。

「これから、どうなさいましょうか」

逃げる選択肢があることは、十五郎も気づいている。家臣の多くをこの城に遺し、近臣たちと共に秀吉の手の届かぬところまで逃げ切ることができれば、命だけは助かるかもしれない。だが、父が戦に負け、明智の名は地に落ちた。再起もままならぬ中、逃げたところで何の意味もない。

ならば――。十五郎は決めた。

「籠城を取るべし」

秀吉を最後まで手こずらせてやろう。最期の最期まで抵抗して、明智は敵ながらあっぱれであったと言わしめよう。

十五郎の覚悟を読み取ったのか、七郎兵衛は強く頷いた。

次の日から、坂本城では籠城の準備が始まった。守備兵や近隣の町人を徴発し、町や城に土塁を作り、敵方の侵入に備えさせた。天守に登り作業の様子を見下ろしていると、ふいに違和感に襲われた。多くの人々が駆り出されているはずなのに、活気がまるで伝わってこない。死人が土塁を積み、丸木柵を立てているようにさえ見える。

城の外を見れば、ぽつぽつと敵軍の姿が見え始めている。まだ、城を囲む様子はない。遠巻きに陣を張り、味方の到着を待って、囲むに十分な兵力が揃ったところで、一気に攻める肚だろう。

死の迫る城は、このような貌《かお》を見せるのか――。十五郎は、勝てるあてのない戦に臨まんとしている城を見下ろしながら、一人溜息《ためいき》をついた。


数日後の昼過ぎ、奇貨が十五郎の許にもたらされた。

坂本城には山崎の戦での敗残兵が合流してきている。あの戦では槍を合わせる機会のなかった兵たちが十五郎たちの動きを知り、もう一花咲かせるべく集《つど》っているようだ。そんな中に、十五郎は見慣れた顔を見つけた。

「無事で何よりぞ」

書院でこれまでの労苦を労《ねぎら》う。だが、目の前の男――溝尾茂朝は、濁った眼をうつろに十五郎に向けるばかりだった。

上段から見下ろしたその時、思わず声を失った。着ている戦直垂《いくさひたたれ》は枝葉や刀傷でところどころが破れてほつれ、小具足《こぐそく》姿で烏帽子はいつの間にか失われており、藪を漕いだのか、顔には無数の切り傷がついている。そして何より、顔からは覇気が失われていた。明智の三家老として名を馳せ、見送りの際には馬上で胸を張って全身から自信を漲らせていた名将が、わずかの間に二十は年を取ったように感じられた。

何も言葉を継《つ》ぐことが出来ずにいるうち、溝尾は畳の上に突っ伏し、堰《せき》が切れるように泣いた。

なにがあったのだ、と何度も問うと、震える声で溝尾は口にした。

「若様、拙者を手討ちにしてくだされ」

「どういうことぞ」

「拙者は、みすみす殿を見殺しにしてしもうたのです」

溝尾が言うには――。

山崎の戦で敗北し、勝竜寺城からも脱出した光秀一行は、一路本拠地の坂本を目指した。その中に溝尾の姿もあったのだが、京の東、近江に向かう途上にある小栗栖《おぐるす》の山道を抜けている最中、落ち武者狩りに出合ってしまった。そこで致命傷を得た光秀は己の再起不能を悟り、溝尾に介錯を命じた。溝尾は首を抱えて坂本城まで落ち延びんとしたのだが、落ち武者狩りの追及が厳しく、首を泣く泣く道中の藪の中に隠し、こうして一人、坂本城まで戻ってきた。

「なんと」下段で話を聞いていた惟恒が声を尖らせた。「ご家老は、殿のお首級《しるし》をお捨てになられたというのか」

やめよ、とたしなめ、十五郎はなおも平伏したままの溝尾を見下ろした。その体は小刻みに震えている。

「面目次第もございませぬ。若様、何卒、何卒拙者に慈悲を」

「そなたを殺せというか」

溝尾は顔を上げた。その顔は、涙でくしゃくしゃになり、目は赤く充血している。

「殺さぬ。そなたの命を取ったとて、父は帰ってこぬ。むしろ、よくぞ父の最期を伝えてくれた。礼を言う」

溝尾は糸の切れた傀儡《くぐつ》のように首を垂れた。

そしてもう一人、坂本城に重臣が舞い戻ってきた。

七郎兵衛に手を引かれるようにして、十五郎は城の背後にある琵琶湖畔へと走った。

砂浜に立ち、七郎兵衛の差すままに目を琵琶湖に向けると、その穏やかな波間から、馬首と兜が波に浮き沈みしている。敵か味方か分からないゆえ、内藤をはじめとする武者たちに弓をつがえさせている。だが、その姿が近づいてくるにつれ、弓兵たちは息をついて弓を緩めた。

栗毛の馬と共に砂浜に上がった鎧武者は、全身を水でずぶ濡れにしている。面頬の奥の目をらんらんと輝かせる様は、十五郎の供回りを呑んでしまうだけの力がある。おもむろに面頬を外したその武者は馬の手綱を手から離すと十五郎に跪いた。

「明智左馬助、参りましたぞ」

「ご苦労であった。まさか琵琶湖から来るとは思ってもみなかった」

「城近くの街道筋が既に羽柴方に押さえられておりましたからな。致し方なく」

言葉の割に、口ぶりには力がある。

「これまで、何をしておった」

思わず、そう問わずにはいられなかった。

水の滴る鎧姿の左馬助が跪いたまま語り出すところでは——。

本能寺の焼き討ちの際には率先して働いた。それからは、近江の平定に動き、安土城の接収などに従事していたものの、山崎の戦での明智軍敗北の報に触れ、安土城を放棄した。

「あの城では戦えぬと判断いたした。あの城は、あまりにも防御に向かぬし、蒲生《がもう》を始めとした近江衆の動きも気になった。ならば、坂本城のほうがまだ籠城できると断じ、ここまで参った次第」

「ありがたい。左馬助が来てくれれば百人力というもの」

「百人力などあったところで、焼け石に水でございますがな」

突き放すように左馬助は笑った。

左馬助との目通りを終えた十五郎は、城に戻ると戦直垂に身を改め、茶室に籠った。

客などいない。ただ、己の為に茶を点《た》てる。

火も自ら用意した。炭をいけてやってしばらく待っていると、茶釜がすんすんと音を立て始めた。蓋を開いてやると、気泡が二つ三つ、虫が走るように湯の中を泳いでいる。宗及の極意によれば、小さな気泡が茶釜の中で踊るくらいの熱さの湯が、最も茶葉の甘さを引き立てるという。

茶杓で抹茶を茶碗に入れ、柄杓で湯を掬《すく》うと、茶筅《ちゃせん》で茶を練り始めた。辺りに青々しい葉の香りが満ちてゆく。ようやく練れたところで、もう一度柄杓で湯を掬って茶碗の中に注ぎ、二回ほど茶筅でかき回すと、誰も座っていない差し向かいの席に茶を勧めた。

これまで光秀に茶を献じたことがなかった。そんなことを思い起こしながら、今度は己の為の茶を点てるべく、茶碗を手元に引き寄せた。

光秀が死んだ。

覚悟はしていたはずだった。山崎の戦で明智軍が大敗を喫したと耳にした時から、こうなることは頭では分かっていたはずだった。だが、現実として己の前に示されると、また別の思いが浮かんでくる。

目の前の茶は、練り方がよくないのか、だまになってしまっている。いくらかき回しても消えることがない。仕方なく、湯を足して四回ほどかき回し、一気に呷《あお》った。苦々しい味が時々舌に乗り、びりびりとした感触を残す。

茶の香りだけは、いつものように辺りに満ちている。何もかもが、終局に近づいているというのに。

六畳一間の茶室。その床の間には、菖蒲の花が描かれた軸がかかっている。

「時は今　天《あま》が下しる　五月かな」

ふと、愛宕山《あたごやま》での連歌会での光秀の発句《ほっく》を思い出した。

天が下しる。〝天下が平らかである〟という意味とも取れるが、読みようによれば〝天下を平らかにする〟とも解釈できる。である、と、する、では大違いだ。もし、あの時の光秀が、する、という思いを込めてあの句を詠んでいたとしたら――?　思えば、「時は今」の「時」も気になる。あれはまさか、「土岐《とき》」を掛けてはいなかったか。明智家は美濃の名族土岐氏を名乗っている。だとすれば、あの上の句は、土岐氏である己が天下を治める五月、と解釈できはしないだろうか。

この句を詠んだ時の光秀の反応も思い出される。直前まで物憂げにしていた光秀は、百韻を終えた後は妙に晴れやかではなかっただろうか。

「父上」

聞きたいことは山ほどあった。だが、もう、光秀はどこにもいない。

父親のために供えた茶は、いつしか湯気が立たなくなっていた。

その日の夜、七郎兵衛から報告を受けた。

「内藤殿の放っておられる斥候の報告によれば、羽柴軍本隊が坂本に向かっているとのこと。明日には、坂本にまで達するとの見通し」

冷たい感触が背中に走った。これまで目を背けてきた死の一字がのしかかる。

行灯一つつけていない書院で脇息に寄りかかり、月一つ見えない空を見上げながら促すと、七郎兵衛はわずかに声を詰まらせながら、続けた。

「近江の織田恩顧の大名たちも気炎を上げている様子でございます」

これも容易に想像がついた。安土城近辺を始めとする近江一帯は、信長の近臣の領地として分配されていた。本能寺の焼き討ち近辺では浮足立ち、その機をついて左馬助が安土城を奪っていたから大きな叛乱はなかったが、光秀が死んだ今、近江衆は大っぴらに動くことができる。

「城兵の様子はどうなっている」

「それが……次々に逃散をいたしており」

「だろうな」

天守の上から眺めた兵の様子から、察しはついていた。誰だって命は惜しかろう。逃げられぬのは、あくまで主君の都合であって、下々の者には関係がない。

十五郎はゆっくりと立ち上がった。

「いずこへ」

「夜の琵琶湖を眺めとうなったのだ」

「夜の一人歩きは危のうございます」

眉をひそめる七郎兵衛を前に、力なく、十五郎は笑った。

「どうせ、明日には儚《はかな》くなる身よ。もし今宵《こよい》消え失せるなら、それはそれでわしの命運だっただけのことではないか」

腰に太刀を佩《は》き、戦直垂の上に陣羽織を纏った十五郎は、何も言えずにいる七郎兵衛を残して本丸を出て、一人、琵琶湖畔へと向かった。

月明り一つない夜、畔《ほとり》に立った十五郎は、寄せては返す波音を聞いていた。

坂本で育った十五郎にとって、琵琶湖の波音は子守歌だった。波濤の歌声に耳を傾けるたびに、その身に刻まれた記憶が蘇る。死に別れた母のわずかな面影、嫁に行った姉たちの寂しそうな顔、そして妻木殿の最期。そのすべてが波間に刻まれている。

白い砂浜に腰をかけ、十五郎は目を凝らした。だが、月明り一つない中では、闇がすべてを呑み込まんと口を開いているばかりだった。

風が頬を撫《な》でてゆく。

しばらく闇に目を向けていると、後ろで枯れ枝を踏んだような音がした。

恐ろしくはなかった。波風に身を洗っているうちに、恐怖もこそげ落ちてしまったようだ。

ゆっくりと立ち上がり、腰の太刀に手をやることもなく振り返る。

そこには、見慣れた人物が立っていた。

「左馬助殿」

明智左馬助だった。夜だというのに小具足を外すことなく、謹厳な顔を崩そうともしない。

腰には飾り気一つない太刀を佩いている。夜の帳《とばり》のせいで、顔色を測ることができなかった。

どうなさいましたか、と声を掛けると、左馬助は無感動に口にした。

「溝尾殿が、腹を召され申した」

「左様か」

あまり驚きはしなかった。

死なせてくれ、手討ちにしてくれ、とうわ言のように繰り返していた溝尾のことを心配し、宛《あて》がった部屋の外には人を配していた。だが、家臣の目をかいくぐり、己の腹に刀を突き立てたのだろう。溝尾の魂が救われることを、今はただ祈っていた。

「そういえば、斎藤利三殿はどうなさったのであろうな」

三家老の一人で、唯一行方知れずになっている。

「さあ。皆目見当もつきませぬ。が、あの男には期待しても仕方ありますまい。生きていたとしても、この籠城に間に合うとは思えませぬな」

砂浜に落ちている小石を拾い上げた左馬助は、真っ暗な水面に向かって石を投げた。ぼちゃん、という音だけが辺りに満ちる。

「明日が、いよいよ最期の刻でござる」

「ああ」

喉の奥がかすれて変な声になってしまったが、左馬助が気にしている様子はない。

明日、この城は囲まれる。城を支えるべき兵は満足な頭数を揃えることができぬばかりか逃散すら起こり、家老の内の一人が戦う前に腹を切ってしまうような内情の城に、だ。もし戦となればひとたまりもあるまい。

砂浜に腰を落とした左馬助は自分に言い聞かせるように口を開いた。

「拙者には、家老としての責がござる。武運拙く、明智家は負け申した。敗軍の将として、晩節を汚すことはできませぬ。拙者は、武門にある者として従容たる死を選ぶ所存でござる」

「そうか。よき心がけぞ」

もはや逃げ場はない。父が死んだ。もはや明智家の命運は風前の灯火。そんな中で生きていようとも思えない。ならば、華々しく散り、明智家の最期を飾るのも一興かもしれない。天下に知られた名将明智光秀の息子が、無様な死に様を晒してはならぬだろう――。そんなことをつらつらと考えていると、左馬助は予想だにしないことを口にした。

「若様に、お伝えせねばならぬことがあり申す。殿のことでござる」

「父上の？」

思わず頓狂な声を上げると、左馬助はぽつりと続けた。

「殿はいつでも、若様のことを案じておられた。であるからこそ、殿はあのようなことをしでかしてしまわれたのです」

「どういうことだ？　拙者の為に謀叛を起こした？　拙者はそんなもの、何一つ望んでおらなんだぞ」

「ええ、若様は望んでおられなかったでしょう。されど、恐れながら、若様はあまりにお若いがゆえ、見えておらなんだものがあまりに多い。殿は、若様の目には映らぬ危難から、若様を守るお心づもりだった」

以前、光忠にも似たようなことを言われたような記憶がある。広い視野を持て、と。

もしや――。

「何か、拙者に大きな見落としがあるというのか」

「然り」

痛いほどに、波の音が耳に響く。

「なんだというのだ。なぜ、父上は謀叛など起こされたのだ」

「お話しいたしましょう。されど、どこからお話ししたらよいのやら。殿が謀叛をご決心なされたのは、ごくごく最近のこと。されど、今にして思えば、随分前から謀叛への道筋ができていたように思えてなりませぬ」

「話してくれ」

重ねて頼むと、左馬助は、かしこまりました、と口にした。

「いつからお話しするのがよろしいか。きっと、若様が前髪を落とした、二年ほど前から話を始めなければなりますまいな」

かくして、左馬助は、己の見た光景を訥々《とつとつ》と口にし始めた。

波が寄せては返す。まるで、左馬助の語る物語を、波間に呑み込まんとしているかのようだった。そして左馬助は、己の物語を波に刻むように、ゆっくりと言葉を紡いだ。十五郎はただ、そんな左馬助の言葉に耳を傾け、静かに己の身と心を寄り添わせた。

いつの間にか、琵琶湖の波音が遠くなった。

第五章　天正八年　左馬助

秋風が吹き抜けてゆく。

幾重にも張り巡らされた堀、矢が刺さったままの土塁を横目に土橋の上を馬で進む左馬助《さまのすけ》は、ずれた侍烏帽子《さむらいえぼし》を正して城を見上げた。丸木で組まれた櫓《やぐら》は真っ黒に焼けており、土塁に張り付くように配置されていた敵兵の姿はない。ふと後ろを見ると、槍を担いで続く部下たちの顔も明るい。

既に破れているとはいえこれより敵陣、不測の事態がないとも限らない。気を緩めるなと怒鳴ろうとして、左馬助に並ぶように馬を進める明智光秀《あけちみつひで》に止められた。この日の光秀は藍色の肩衣《かたぎぬ》という軽装で、数日前、重そうな鎧《よろい》を纏っていた姿とは程遠い。

「やめい。今日くらい大目に見よ」

いつもは軍紀にうるさい光秀も、静まり返った城を見上げて薄く笑みを浮かべていた。

気持ちは分からぬではなかった。

この横山城は丹波《たんば》の西部にある大城で、光秀が任されていた丹波攻めにおいても最後の大勝負と目された地だ。丹波に盤踞していた国衆《くにしゅう》たちもここが分け目と悟ったか、連合軍でもってこの城に籠り大激戦となった。一時は敗退するなどの屈辱を喫した末、力攻めの末に明智方が奪い取った。

この日は敵方が退去した横山城接収の手筈になっている。光秀からすれば苦難に満ち、心労で体調を崩しながらも繰り広げた大戦であっただけに、平定された横山城を前に思うところもあるのであろう。

光秀一行は土橋から城に入り、馬上から曲輪を見て回った。なかなかの堅城だ。幾重にも防衛線が敷かれている様子が見て取れた。

二の曲輪に達したところで、光秀は馬を止めた。

かつては屋敷が建っていたようだが、既にそこには黒焦げた瓦礫があるばかりだった。開城の際に敵方が自焼していったらしい。敵方は火の不始末であると述べていたが、徹底した焼亡ぶりを見るにつけても、光秀には何も渡さぬという敵方の強い意志を感じた。

だが、そんな悪意を前にしても、光秀は眉一つ動かさなかった。

「手間が省けるというものよ」

そう言ってのけ、涼しげに瓦礫の跡を見遣《みや》っていた。

言葉の意味を取りかねているうちに、光秀は淡々と続けた。

「今後、この城は丹波支配の要となろう。この城を造り替え、天下の堅城とせねば」

丹波攻めは光秀の主君、織田信長《おだのぶなが》の命令だと聞いている。丹波平定の暁にはそのすべてを貴様にくれてやろう——、というのが信長の約束であったというが、その話を仄聞したとき、左馬助は背中に冷たいものが走ったのを覚えている。戦においては「切り取り次第」といって、敵から奪ったものをすべて己の懐に入れてもよいという命令が下されることはあるが、あくまで城単位、村単位でのことだ。畿内から美濃尾張にまで根を張り、家臣に国規模での切り取り次第を命じる登り龍の破格振りに時折感覚が追い付かぬ左馬助がいる。

左馬助は別家に仕えていたが、主家を出奔したのち、織田家の中でも新参である明智家に加わった。明智家を選んだのは、古い家でない分変なしがらみもなく、実力で評価してもらえると踏んだからだ。その予想は当たり、武勲を重ねる左馬助に光秀は馬廻頭《うままわりがしら》の地位でもって報いてくれている。

光秀は馬からひらりと降りた。馬の首を撫《な》で、薄く笑った光秀は、なおも馬上にある左馬助に目を向けた。

「のう、左馬助。そなたに難しい役目を任せたいのだが、受けてくれるか」

「なんなりと」

左馬助も馬から飛び降り、その場に跪《ひざまず》いた。

ややあって、光秀は口を開いた。

「この横山城を、そなたに任せたい」

左馬助は最初、耳を疑った。次に、冗談とも思ったが、光秀は謹厳そのものの表情を崩さなかったし、そもそも光秀は酒の席ですら軽口を叩くことをしない。事の重大さに気づいた時には、肩の震えを抑えることができなくなっていた。

勿論、城を与えられるわけではなく城代格だろうが、武士にとって城持ちはこれ以上ない誉れだ。それに、最前線の城を任せようとしている光秀の心の内も思った。最前線の家臣は敵方の籠絡に遭いやすい。事実、古今東西、前線に配置された家臣の裏切りによって崩壊した大名家も多い。前線を任されるということは、それだけ大将からの信頼が篤い証である。

だが、理性の部分で引っ掛かりもある。

左馬助の思考に先回りするように、光秀は焼け残った黒焦げの柱が数本立っている屋敷跡を見遣った。

「ここを平定するのは難事であろう。国衆たちの反発も大いにあるはずだ。あるいは、これから、戦漬けの毎日になるやもしれぬ。それでもそなたに頼みたいのだ」

否やはない。左馬助には明智家に対する愛着がある。

これまで仕えてきた他家では縁故や一族を優遇し、功を上げた者に報いることをしなかった。だが、明智家は違う。最も血を流した者に報いてくれる。今、己の心中に芽生えているのが忠義というものなのだろうか、と左馬助は自問した。

「心して当たらせていただきます」

左馬助が頭を下げると、光秀は破顔して、そうか、と口にした。その言葉はどこか温かだった。

「実はもう一つ頼みがある。――亀を知っておるな」

光秀の慈しみに満ちた言葉振りに、池にいる亀ではあるまいと考え、左馬助は頷《うなず》いた。

明智光秀には子が何人かあり、その一人に亀という姫がいる。摂津にいた荒木村重《あらきむらしげ》の息子のところに嫁に出されていたが、村重が謀反を起こした際、送り返されてきた。今は坂本城で静かに暮らしているはずだ。

「亀を貰ってはくれぬだろうか。他家、しかも謀反人の家からの出戻りではあるが、不憫でな。形ばかりでもよい。祝言を上げてはくれぬだろうか」

控えめな光秀の意味を、左馬助は思った。

どう考えあぐねても、一門衆として扱うということに他ならない。ずっと流浪の身であったがゆえに光秀の一族郎党は多くない。光秀はそんな枢要な地位を左馬助に与えようというのだ。

「よろしいのですか」

「ああ。そなたの働きが群を抜いておることはこの光秀、百も承知よ。これからも、明智のために奮起してくれ」

光秀の顔を見上げることができず、ただただ地面を睨《にら》んでいた。そうでもしないと、熱い涙がこぼれてしまいそうだった。

一月後に開かれた亀姫との婚儀を経て、左馬助は元の苗字を捨て、明智左馬助と名乗り替えをした。婚儀の際、亀姫と碌《ろく》に目を合わせることもできなかった。初夜の際も、主君の娘が横に寝ているという恐れ多さに慄《おのの》き、結局自らの夜着の中でまんじりともできぬまま次の日を迎えるほどだった。あれよあれよと婚儀が終わると新妻と共に丹波に戻り、横山城の改修に当たった。いかに堅城であったとはいえ、所詮は国衆が独力でこしらえた城、土塁で形作られた小山に過ぎず、縄張りも古めかしいものだった。周囲に睨みを利かせ、明智の威徳を見せつけるためにも最新鋭の城に改造すべしとの光秀の命を受け、坂本から穴太衆《あのう》を呼び寄せて石垣を組み、壮麗な門や天守を備えた大城を造り上げた。これを見て満足げに頷いた光秀は、

『横山などという名は改め、これからこの城は福知山城と呼ぶがよい』

と左馬助に命じた。

福地山城と共に名乗りを改める格好となった左馬助は、白亜の櫓を見上げながら丹波の平定のために力を尽くした。共に城代として置かれた藤木何某《ふじきなにがし》と協力して国衆たちの監督に努め、長い戦乱によってはっきりしなくなった境界の調停や水争いの解決、寺社の安堵といったこまごまとした雑務を積み重ねてゆく。これらの日々は、槍働きで身を立てる武将の働きとは勝手が違った。だが、これもまた武士の役儀と言い聞かせながら、毎日のようにやってくる書状の山に目を通し、花押を書きつける日々に身を慣らしていった。

大石段を上っているうちに、太腿が熱を持ち始めた。福知山城で書状と格闘する日々が足を萎えさせてしまったか、と惨憺たる思いでいると、その様を溝尾茂朝《みぞおしげとも》に笑われた。

「おお、剛力武者《ごうりきむしゃ》の左馬助がこれしきの段差で息を上げておるわ。たまには遠乗りをせねばいかぬぞ」

溝尾も木綿の肩衣姿で腰に太刀を帯びているだけの軽装だが、顔には全く疲れの色がない。そんなに歳の変わらない溝尾の健脚を左馬助は羨ましく思う。

溝尾は光秀の家老だ。古くから仕えていたらしく信任は厚い。常日頃より影のように光秀に仕えているが、光秀が無口であるのに対し、溝尾は饒舌で陽気、むしろ粗忽《そこつ》ささえある。とはいっても、他家の取り次ぎでも手腕を発揮し、古くは足利義昭《あしかがよしあき》と織田信長の間を繋いだのも、この男だという。

「申し訳ござらぬ。ここのところ、書状とばかり戦っておりましてな」

「なるほど、それはいかぬな。遠乗りでもして英気を養わねば」

溝尾はある段で足を止めた。追いついた左馬助が溝尾の様子を見遣ると、足元に目を落として手を合わせているところだった。足元の石段には、地蔵がはめ込まれている。なにを？と訊くと、溝尾はまたからりと笑った。

「皆が踏みつけにする地蔵様に手を合わせれば、霊験あらたかと思うてな。いつもここに来た時にはこうしておる」

妙に信心深いのか、それともひょうげの類なのかは左馬助には判別がつきかねた。横倒しにされ、あおむけの形で用いられている地蔵は微笑を湛《たた》えたままでそこにある。

ふと来た道を振り返ると、眼下の光景が露わになった。大石段の両側に配された壮麗な武家屋敷。さらにその向こうに広がる雄大な琵琶湖が秋の日差しを反射する。日差しのまぶしさに目を背け、山の方に目をやると、赤塗りの欄干が上部に張り巡らされた五重の天守が屹立《きつりつ》していた。

ここは、安土城である。

十日前、福知山城で領国支配に当たっていた左馬助の許に文《ふみ》が届いた。安土城の明智屋敷までやってくるように、との光秀の指示だった。従わないわけにはゆかないが、この忙しい時に困る、というのが左馬助の本音だった。福知山で迎える初の年貢徴収の季節だけに、福知山城内には緊張が漂っている。そんな中で城代が離れるのは好ましいことではなかったが、もう一人の城代の藤木何某が『拙者に任されよ』と背中を押してくれたおかげで、大過なくここまでやってくることができた。

それにしても――。左馬助は安土城のいやらしさを思った。

この城は、家臣団の序列を見て取れる仕組みになっている。

大手門の左右には羽柴秀吉《はしばひでよし》、前田利家《まえだとしいえ》の二枚看板が屋敷を構え、中腹の辺りには徳川家康《とくがわいえやす》や柴田勝家《しばたかついえ》、丹羽長秀《にわながひで》の屋敷が並んでいる。これは織田家重臣・与力大名の立ち位置をそのまま表したものに他ならない。武士は体面を気にする生き物だ。この屋敷の並びを見た家臣たちは、釈迦力《しゃかりき》に働いて一つでも高い区画へと昇るべく力を尽くすことだろう。家臣の競争を煽るべく造られた、この城の歪《いびつ》さを思った。

光秀の屋敷は、家康屋敷のすぐ上にある。冠木門《かぶきもん》をくぐり、屋敷の中に足を踏み入れた。その際、浮かぬ顔をした若君と、その若君について回る家臣たちの一団とすれ違った。

左馬助たちは足を止めて黙礼をした。若君たちが門を通り過ぎた後に頭を上げると、前で頭を下げていた溝尾が若君一行の背を眺めながら、これ見よがしに顔を曇らせた。

「若君にも困ったものだな」

光秀長男の十五郎《じゅうごろう》はこの年、元服の儀を執り行い光慶《みつよし》の名乗りを得たものの、信長への目通りを果たせずにおり、十五郎付きの家臣たちは信長近辺の家臣に取り次ぎを願って回っている。今日は織田信忠《のぶただ》の屋敷に向かうとのことだった。信長が重臣の嫡男に会おうとしないのは異例のことらしく、明智家の重臣たちの間でも頭の痛い問題となっているという。何か考えがあるのだろうかと訝《いぶか》しんだものの、左馬助に信長の考えが分かろうはずもなかったし、そもそも十五郎付きの家臣でもないから関係もない。頭から十五郎のことを追い出した左馬助は、奥の謁見の間へと上がった。

上段と下段に分かれた謁見の間は、静寂が横たわっている。上段には脇息《きょうそく》が置かれており、主の来訪を今か今かと待ち構えていた。溝尾と共に下段に座り、しばし言葉を交わしていると、やがて縁側に一つの影が差した。光秀かと思い身構えたものの、予想は外れた。

部屋の中にやってきたのは、家老の一人、斎藤利三《さいとうとしみつ》だ。この日は青い素襖《すおう》に烏帽子というなりだが、いかにも武骨なこの男には今ひとつ似合わない。やはりこの男は鎧に身を包む姿が一等似合っていると心中で独り言《ご》ちていると、斎藤は左馬助たちに挨拶すらせず、下段の間にどかりと腰を下ろした。

「おお、利三。よう来たな。来れぬやもしれぬと文が届いた際には気を揉んだぞ」

溝尾が話しかけると、斎藤は不機嫌に応じた。

「ならば、この忙しい時節に呼ぶでない」

「すまぬと思っておるよ」

「分かっておらぬ。今、丹波は刈り入れを控えておる。そんな時に城代がふらふらと歩き回る法はない」

斎藤は丹波の黒井城を任されている。状況は福知山と似たようなものなのだろう。

溝尾は首を振った。

「そなたがおらずば始まらぬよ。そなたは明智家の筆頭家老であろうが」

「まあ、のう」

斎藤はようやく不満の色をひっこめた。

溝尾と並んで古くから明智光秀に仕えてきたのが斎藤利三だ。溝尾が光秀の楯だとしたら、斎藤はさしずめ光秀の太刀であろう。光秀が重用されたたびたび用いられてきたのには、斎藤利三という猛将の武力が買われたからでもある。斎藤利三は織田家に仕えた美濃の稲葉一鉄《いなばいってつ》のもとで雷名を轟かせていたが、良将を得んと欲していた光秀が高禄で引き抜き、これに怒りを発した稲葉が信長へ裁定を願い出たという逸話まである。同輩の家臣を奪い取るという掟破りをしてまで求められた将――、という評判が、さらに利三の名声を高いものにした。だが、光秀からしても高い買い物ではあるまい。利三は土佐の大名長宗我部元親《ちょうそかべもとちか》の外戚である石谷氏と縁戚関係を結んでいる縁で、織田家との取り次ぎを果たしている。また、直情径行、言葉を換えれば竹を割ったような飾らない性格は部下にも愛され、明智家の顔にもなっている。

新参者の本音を言えば、あまり斎藤のような男は好きになれない。斎藤の在り方は家中に寄り掛かっている。冗談の類ではあるとはいえ我儘を述べ、それが見過ごされているのを見るにつけ、様々な家を渡り歩いてきた左馬助を爪弾きにした一門衆の振る舞いを思い出してしまう。だが、明智の名を得た左馬助もまた、今はもう一門の側だ。いい加減、僻《ひが》みを捨てねばならぬと思案しているうちに、今度こそ縁側から主君が現れた。

やってきた光秀は、素襖に烏帽子という正装だった。横鬢《よこびん》に白髪が混じり始めたその姿はまさに老人といった風情だが、全身から発せられている気のおかげで溌溂とした気配を放っている。上段の間に腰を下ろした光秀は、開口一番詫びの言葉を発した。

「利三、そして左馬助、忙しい時に呼び立ててすまぬな」

「まったくでございますよ、殿」斎藤は甘えるような声を発した。「今、丹波は色々と忙しゅうございます。猫の手を借りたいとはまさにこのことでございまして」

苦笑いを浮かべたまま、光秀は頷いた。

「わかっておる。だが、信長様《おやかた》が、そなたらを呼ぶようにとお達しでな」

〝八方睨み〟とも謳われる、利三の大きな眼が見開かれた。

左馬助も内心、驚きで満たされた。信長はあくまで主君の主君であって、直接の主従関係はない。だが、その信長が直接会いたいと言う。栄誉には間違いがない。

「用意せえ、信長様はお待ちであるぞ」

光秀を先頭にした一行は信長の待つ天守へと登っていった。途中、織田信忠邸や津田信澄《つだのぶずみ》邸、壮麗な二の丸御殿を行き、本丸に続く門番に止められることもなく御殿へと向かう。いつも信長は家臣との会談には二の丸御殿を使うらしく、前を行く光秀も、

「本丸御殿の曲輪に入るのはずいぶん久しぶりぞ」

と、横鬢から汗を流していた。

案内人は本丸御殿の脇を抜け、天守にまで一行を導いた。

「信長様はこちらにおられます」

天守は余程の者でないと立ち入りを許されないという。そんな場所に陪臣ごときが足を踏み入れてもよいのか、と恐れの気持ちが湧いてきたが、今更引き返すこともできない。左馬助は溝尾や斎藤と共に天守の中に足を踏み入れた。薄暗い入り口で履き物を脱ぎ、冷たくじめじめとした階段を上ると、すぐに開けた場所に出た。

吹き抜けになった空間の真ん中には、人の背の五倍はある金と漆の多宝塔が建ち、やってきた者たちを見下ろしている。その周囲には二階間や三階間の欄干が張り出しており、その欄干からは金銅の飾りがぶら下がっていた。その様は、まるで屋敷に置かれた仏壇の中に迷い込んでしまったかのようだった。

多宝塔を見上げ呆然としていると、案内人が声をかけてきた。

天守の中は、まるで迷路のようだった。城の御殿も似たようなものだが、天守は御殿が何重にも重なったものであるだけに、複雑さは幾倍にもなっている。右へ左へ、階段を上り下りする間に、ようやく五階の客間に通された。

そこは南向きで、上段と下段を有した二十畳敷きの部屋だった。上段には狩野《かのう》派の誰かが描いたのであろう龍の屛風が置かれ、開かれた窓からは秋風迫る琵琶湖の様子が一望できる。この日の琵琶湖は透き通るような青の空を映し、穏やかな色を誇っていた。

しばし光秀たちと共に下段で待っていると、やがて、高い足音が聞こえてきた。光秀が平伏したのに従い手をついて頭を下げていると、高い足音が客間に入り、やがて上段の間でぴたりと止んだ。

「面《おもて》を上げよ」

男のそれにしては甲高い声に従い、左馬助が顔を上げると、上段の間に一人の男が座っていた。

萌黄《もえぎ》と赤の片身替わりに紺の袴という略装で威儀を正して座るその男は、眠たげに目をしばたたかせていた。大男でもなければ小男でもない。年の頃は五十ほどだろうか。これまで戦場で遠巻きにしか見たことがなかったがゆえ、殊更に若々しい大男だとばかり思っていたが、目の前の男のありふれた印象に驚かされた。

大きな鼻をした男は、少し口角を上げ、名乗った。

「織田信長である」

龍の屛風を背にした信長は、扇を袴から引き抜いて太腿の上で立てた。

また平伏をすると、信長はさらに甲高い声を発した。

「斎藤、久しいな」

平伏していた斎藤利三が顔を上げた気配があった。

「長宗我部相手の取り次ぎをきちんと果たせ。ここのところ随分かの者は調子づいておるようだが、わしの意は伝えておろうな」

「は、はっ」

斎藤の狼狽と困惑は声音になって表れている。畳を睨んでいると、左馬助の頭上に例の甲高い声が降りかかってきた。

「ということは——、そなたが左馬助か。顔を上げよ」

左馬助が顔を上げると、顎に手を遣り、楽しげに口角を上げる信長の顔がそこにあった。その姿はまるで、名物の刀を前にした好事家のようであった。目を輝かせ、扇の先をぐりぐりと己の太腿に押し付けながら、信長は口を開いた。

「知勇兼備の猛将と聞いておるが——。なかなかどうしてよい武士《もののふ》ではないか。出来ることなら我が許に置いておきたいものだが」

「なりませぬ。左馬助は一門衆でございますれば」

光秀が冷ややかに述べると、信長は、つまらぬ、とばかりに眉を少し上げた。

「戯れぞ」

そう述べた信長は、斎藤、溝尾、左馬助を見渡し、咳払いをした。

「そなたら三人は光秀の股肱《ここう》。これより光秀には大役を与えることになるゆえ、なおも精勤に励むがよい。詳しくは、後で来る信澄《のぶずみ》に聞け」

それだけ述べると、信長は上段を立ち、足早に廊下に消えた。

信長が去った。それまでは気づかなかったが、手の中にじっとりと汗をかいている。これまで数々の大戦に身を投じてきたが、こんなに気持ちの悪い汗をかいたことはなかった。

短く息をついた光秀は、誰にともなく労いの言葉を口にした。

しばらくして、客間に一人の若侍がやってきた。青の肩衣姿のその男、津田信澄は顔見知りだ。というのも、信長の甥である信澄は光秀の娘を娶っており、左馬助からすれば義理の兄弟に当たる。

さっきまでの張りつめた気配から打って変わり、和やかな気配が場に満ちる。

知ってか知らずか、信澄も柔らかく笑みを浮かべながら、信長からの申し送りを読み上げる。

大まかに、信澄の述べたことはこのようなことだった。

光秀の丹波攻略の大功を賞し、これまでの支配地である近江坂本や山城北部はそのまま安堵、さらに丹波全域を光秀の支配地とすること、この地にいる国衆たちの支配や動員も光秀に任されること――。

ここまではこれまでの権益の確認に過ぎなかった。むしろ、そこから先が問題となる。

信長の目代《もくだい》であった信澄は、表情を硬くした。

「丹後《たんご》の長岡《ながおか》、大和《やまと》の筒井《つつい》を与力とする」

与力とは、戦が起こった時に指揮下に入る将のことである。長岡も筒井も明智の家臣ではないが、ある程度は家臣同様に使うことができるようになるということだ。光秀が信長の代行者として行動できるという権限を得たことになる。

さらに――。信澄はこう言葉を重ねた。

「光秀殿に、正式に〝惟任《これとう》〟の苗字が下賜されることになります」

後で聞いたところでは、〝惟任〟というのは九州にかつていた名家の苗字であるという。丹羽長秀に同じく九州名族の〝惟住《これずみ》〟の苗字が与えられたのに合わせたものだという。惟任という苗字がいかほどのものかは分からないが、織田家の譜代重鎮である丹羽長秀と同じ名誉に浴した。つまりこれは、光秀が織田家の中で家老格にまで格上げされたことを意味している。

「信長様《おやかた》は、光秀殿に畿内の安寧を期待しておいでです。近江の一部、山城の北部、そして丹波の地をお与えになられ、京近辺の大名を与力につけられたということは、足元を固めてくれると期待なさっているということ。――なおもお励みくださいませ、義父上」

「承りましてござる」

光秀は硬い表情をして頭を下げた。だが、その顔には晴れがましさを見て取ることもできた。

信長、信澄との会談を終えた光秀たち一行は天守を後にした。その後、明智屋敷に戻るものとばかり思っていたが、光秀は二の丸御殿へ上がると言い、溝尾と斎藤を先に帰させた。

「左馬助、付き合うてくれ」

二の丸御殿に上がり、客間でしばし光秀と共に待っていると、やがて老女を連れた女人がやってきた。つややかな黒髪、赤の打掛が映える。優しげに微笑《ほほえ》む様には、人を包み込むような愛嬌がある。

腰打掛の女人は部屋に入るなり、老女に下がるように言った。不安げに老女が去った後、女人はその場に腰を下ろし、光秀に恭しく頭を下げた。

「これはこれは。ご無沙汰《ぶさた》いたしております」

「久しくしております」

光秀が堅苦しく応じると、女人は一瞬顔を凍らせた。だが、すぐに元の優美な表情を取り戻した。

「余り堅苦しい挨拶は好みませぬ。昔のようにお話しくださいませ」

「そうは参りますまい。あなた様は今や、信長様《おやかた》の御側室であらせられるのですから」

「――そうですね」

そっけなく答えたこの女人は妻木殿《つまき》という。妻木氏の一員で、光秀亡き妻の末の妹にあたるのだが、光秀が織田家に仕官してしばらくして、織田家の側室に送り込まれた。それからは織田と明智を繋ぐかすがいとして、様々な場面で力添えをしていると聞く。

光秀は妻木殿に身を近付け、小声を発した。

「此度《こたび》の件、随分妻木殿にはお骨折りいただいたようで、感謝至極でござります」

「構いませぬ。わたしの命は明智家、そして織田家のためにございます。両家が栄えているのならば、わたしの立つ瀬があるというものです」

妻木殿は、織田家への人質であると同時に、織田家の内実を伝え、明智を織田家内部から援護するという難しい立場に置かれているにもかかわらず、十全にこなしている。今回の〃惟任〟賜姓や長岡、筒井の与力化にも何らかの寄与を果たした様子だ。

「あと――」光秀は深刻気に眉をひそめた。「十五郎の謁見の件、何卒取り次ぎを願いたく」

妻木殿は己の胸を叩いた。

「お任せください。何とか、信長様にお話ししておきましょう」

頷いた光秀は、後ろに控えている家臣に命じ、三方を妻木殿の前に差し出した。かかっている紫の袱紗を取ると、三方の上に載っているものが露わになった。それは、鼈甲《べっこう》の櫛であった。市井の者が使うような粗末なものではない。持ち手の辺りは影彫りされたのちに、螺鈿や石がはめ込まれて牡丹の形を成しており、櫛の歯も丁寧に削り出されている。

これは、と妻木殿に問われるままに、光秀は答えた。

「京のさる商人から買い上げましてござる。妻木殿に似合うと思い、お持ちしました」

「へえ、よい櫛ですね」

三方から櫛を取り上げた妻木殿は、しばしその櫛の姿を眼前に晒した後、垂髪《すいはつ》にした髪に差し入れた。するりと通る櫛を何度か梳きながら、へえ、と声を上げた。

「ありがたく頂戴いたしますわ」

「もし、足りぬものがあれば何なりと」

光秀が述べたその時、妻木殿は髪を梳く手を止めた。先ほどまで光を反射していた黒髪は光沢を失った。

「足りぬもの――。そうですね、来年の春にでも、昔のように、光秀様と花見をしとうございます」

　妻木殿は光秀から見れば妻の妹になる。まだ織田家に仕官する前、光秀は海のものとも山のものとも知れぬ牢人であったという。その頃のことを妻木殿は思い出しているのであろう。

　そう当て推量する左馬助を前に、光秀は曖昧な笑みでもって妻木殿に応じた。

「左様ですな」

　すると、妻木殿は殊更に明るく言葉を返した。

「相変わらず、ずるいお人」

　それから、たわいのない――左馬助があえて同席する理由のない――会話がしばらく続いた。

　だが、この面妖《めんよう》な面会は、時を告げる老女がやってきたことで終わりとなった。

「いい気散じとなりました。また、お越しくださいませ」

　妻木殿が恭しく頭を下げると、

「また、参りましょう」

　と光秀は応じ、立ち上がった。慌てて左馬助も後ろに続く。

　光秀と共に二の丸の廊下を歩きながら、ふと左馬助は主君の背を見遣った。だが、そこに光秀の感情や思いの形を見出すことは難しい。

　光秀の妻は既に亡い。下々の者どもの婚姻ならば、先妻が死んだ後、その妹を後妻に迎える例も多い。後妻にとって残された先妻の子は甥姪《おいめい》に当たるゆえに邪険にはしないし、残された子も叔母相手ならばなつくがゆえだ。妻木殿も、光秀の後妻に収まるかもしれぬ地位にあったことになるが、光秀があれよあれよと出世したことで運命はねじ曲がり、信長の側室に召し出された。

当人に問い質すことはできないが、光秀は妻木殿のことを憎からず思っているし、妻木殿は妻木殿で光秀に淡い思いがあるのではないか、というのが左馬助の見立てだった。光秀が妻木殿を見遣る際の優しい視線、妻木殿がその視線に応じた際の優美で温かな笑み。けれど、二人の間には自制が働いていて、ある一線を絶対に越えようとしない。左馬助を連れて妻木殿に会いに行ったのも、光秀自身、何かの弾みで、その一線を飛び越えぬように用心しているとも見えた。

二人の関係についてあれこれ考えていると、前を行く光秀が振り返った。

「どうした、左馬助」

「いえ、なんでもございませぬ。ぼうっとしておりました。信長公に初めてお目にかかりましたものですから」

どうやら左馬助の言い逃れを信じたらしい。前を向いた光秀は大きく頷いた。

「あのお方の目は恐ろしいからな。が、やがて癖になるぞ」

曖昧に頷くと、光秀は続けた。

「一度あの目を前にすると、もう他の主君の下で働けなくなる。あれはな、常に前にあるものを見定めておる目よ。昔も先も関係ない。ただ、今を見て、断を下す。己を天秤にかけられることがこんなにも張り合いになると知らされたのは、信長様の勤めでのことよ」

光秀の声は弾んでいた。

織田信長といえば、気に食わぬ家臣は過去どんなに功績を上げていたとしても放逐するが、今現在輝いているならば軽き者でも重く用いようとするお人だ。その態度は、謀反を起こした荒木村重のことを一度は許そうとした、その寛大な態度にも表れている。

思わず背が冷えた。己が仕えている主君が、己の命を以て博打を打つことに快感すら覚える気狂いだと知ってしまったからだ。だが、よく考えれば長らく信長の下で働き、比叡山の焼き討ちや紀州攻めでも鎧を赤く染め、怨嗟を浴びながらも役目を貫徹した男だ。

「左馬助、あれが信長様ぞ。覚えておくとよい」

光秀は己がことであるかのように、主君を誇った。

それから数日の後、左馬助は光秀と共に、安土城内にある長岡家の屋敷にいた。

「いや、この度は真《まこと》に助かりましたぞ、光秀殿」

豪放に笑い飛ばすこの男は長岡藤孝《ふじたか》。この長岡屋敷の主人であり、丹後の支配を任された大名である。六尺はあろうかという筋骨隆々たる体を折り曲げるように座り、肉付きのいい掌を己の腿に打ち付けた。

「おかげで信長様との目通りも首尾よく果たせて感無量。礼を申し上げる」

「いや、礼には及びませぬ。長岡殿と拙者の仲ではありませぬか」

「昔から変わりませぬな」

光秀と藤孝は二人してずっと敬語を使い合っている。藤孝はこの度光秀の与力となったにもかかわらず、である。それもそのはず、元を糾《ただ》せば藤孝は管領細川家の一員で、御公儀の奉公衆として活躍していた頃、浪々の身である光秀を引き上げたという経緯がある。最初は藤孝のほうが立場は上だったのである。だが、二人が信長に仕えるようになってから地位が逆転した。藤孝は立場上敬語を使わねばならず、光秀は敬語の癖が抜けない、というのが実際のところだろう。

二人の微妙な関係は、その席次にも表れている。上段に座るようにと光秀に薦めてくる藤孝と、それを固辞する光秀の間で押し引きがあり、結局二人して下段の間に座ることにし、光秀が上座を占めることでようやく話がまとまった。が、二人の気脈は通じている。敬語を使い合っているのは家臣の手前で、もし二人きりとなれば互いに堅苦しい敬語を脱ぎ捨てて、友垣《ともがき》のように遠慮のない言葉を交わすのであろうことは、なんとない二人の声音からも見て取れた。

むしろ、左馬助が気になったのは、藤孝の横に座る青年であった。

前髪が取れて少しという風情の若者で、線が細い。だが、左馬助の心中をゆるがせにする何かがある。そう気づき、しばらく眺めているうちに、怖気《おじけ》の正体が目であることに気づいた。普通、どんな人間の目にも光や熱がある。野心や感情といったものを映しているのだろうというのが左馬助の見立てだが、目の前の青年の目は、深い海を見下ろしているかのように黒く、底が見えない。隠しているわけではなく、自然体で測ることができない。

光秀の横でずっとその青年の顔を見遣っていると、不意に声がかかった。声の主は、藤孝であった。

「おや、左馬助はうちの息子を見るのが初めてであったか。ほら、名乗らぬか」

促され、ようやく青年は名乗った。

「長岡与一郎忠興《ただおき》」

藤孝と親子。思わず藤孝と顔を見比べてしまった。すると藤孝は苦笑を浮かべた。

「似ておらぬとよう言われる」

藤孝は筋骨隆々の大男といった体つきだが、忠興は線が細く、絵巻物の貴公子といった風情をしている。それに、藤孝の放つ気はさながら炎のようであるのに対して、忠興はまるで氷のようだ。親子でこうも性質が異なるものか、と見遣っていると、藤孝は短く笑った。

「顔は似ておらぬが、似ているところもある。武芸はなかなかのものぞ。幼い頃から学ばせておるからな。ここのところ、家中でも相手にできる者がおらず困っておる。――そうだ、左馬助が稽古をつけてくれぬか」

「左馬助が？」

「いかぬか」

「否でないが――」

光秀は左馬助に顔を向けた。その顔には、困ったという本音が書いてあった。

左馬助は首を振って答えに代えた。

本当は厄介なことこの上ない。他家の御曹司を怪我させては後々面倒だが、主君の命令となれば如何に難事とはいえ果たさねばならない。

かくして、忠興との試合が始まってしまった。

襷を打った左馬助にたんぽ槍が渡された。庭先に降りて構えると、五間ほど先で、たんぽ槍を試すようにしごく与一郎の姿が目に入った。稽古前だというのに、涼しげな表情を崩そうとしない。だが、槍の繰り出しは決して速くない。

すぐに終わらせよう——。

試合の始まりを告げた声と同時に左馬助は間合いを詰め、一閃を繰り出した。これまで多くの武者を屠《ほふ》ってきた必殺の突きが、忠興の左胸に走る。

だが、難なく後退した忠興が、左馬助の伸び切った槍をかいくぐり突きを返してきた。しかも、先ほどの突きとは比べ物にもならぬほどの速さで。

あれは策略に過ぎなんだか、と気づいた。もしも突きの速さが同等だったならやられていたことだろうが、槍を引き戻し、策を打つだけの時はあった。手元に槍を戻すと、忠興の突きの軌道を槍の柄で押さえ込んで替え、石突きで庭の砂を巻き上げた。そうして怯んだ隙に一気に間合いを詰め、たんぽ槍の先を突き付けた。

「勝負あり、だな」

縁側に立っていた藤孝はそう宣言した。

槍を突き付けられる格好になっている忠興は、それでもなお悔しげにすらせず、涼しげな顔をしていた。だが、ややあって左馬助に頭を下げると槍を背負い、踵《きびす》を返した。最後まで感情を見せることなくこの場を辞していった。

「ご苦労であった」

屋敷のほうに戻ると、光秀が迎えてくれた。お前ならばやってくれると思うた、と言わんばかりの笑みだった。

少し気になったのは藤孝の態度だ。試合のことであるとはいえ、御曹司に砂をかけてしまったのだ。だが、藤孝は恬淡《てんたん》としており、左馬助を咎めようという気はないらしい。

「噂に違わぬ豪傑だな。まさか、あ奴の槍を初見で見切るとは」

あえて口にはしなかったが、左馬助はあることに気づいていた。

忠興の繰り出した返しはわずかに微温《ぬる》かった。全力で繰り出しているのではなく、手の内を残した一撃のようであったのだ。つまり、あの青年はなおも本気を出していないことになる。

左馬助の心中を知らず、藤孝は腕を組んで、与一郎の消えた物陰を見遣った。

「あれは今、武芸のみに血道を上げておる。少々まずいと思うておってな」

まずいのですかと聞くと、藤孝は頷いた。

「いずれにしても、この稽古はいい薬になったろう」藤孝はしみじみと述べた。「これで、武芸のみではいかぬと気づいてくれればよいのだが」

内心、左馬助は反発を持った。

大名と雖《いえど》も武士だ。である以上、戦働きがすべてであろう。昨今の大名のように、茶や連歌に現《うつつ》を抜かすのは本道ではない。

左馬助は、忠興にこそ共感を覚えてならなかった。

左馬助は道端に立つ赤く染まった紅葉を見上げ、思わず息をついた。京や丹波では紅葉はもう少し遅い。やはり山の上では少しだけ季節の移ろいは早いらしい。馬上から山稜を見遣ると、赤や黄色の糸の織り込まれた錦が辺り一面に広がっていた。

十月、左馬助は光秀と共に大和にやってきた。もちろん、主君の光秀についてきた形である。大和国守筒井順慶《じゅんけい》に対し、信長はある命令を下した。本拠とする城以外の破却である。大和は様々な小勢力や国衆が入り乱れ、それゆえに乱の絶えない地であった。拠る城がなければ反乱は起こりえない、という信長の考えに沿った破却命令である。それと同時に、順慶に対して検地の実施を求めた。大和の地の石高が確定して税収がはっきりするのと同時に、それまで大名の介入を阻んでいた者たちを屈服させることができるがゆえだった。いくら大和が平定されたとはいえ国衆たちの反発は大いに予想されたゆえ、明智光秀、滝川一益《たきがわかずます》の織田家重臣二人が奉行となり、検地の見届けをすることになったのである。

だが――。馬にまたがり左馬助の横にある光秀の顔が浮かない。どうしたのかと問いかけると、光秀は力なく応じた。

「ああ、佐久間殿、林殿の仕儀を思っていたのだ」

思わず、同調の声を発してしまった。

天正八年八月、譜代重臣の佐久間信盛《さくまのぶもり》や林秀貞《はやしひでさだ》といった面々に対し、信長が譴責《けんせき》を行った。

特に信盛に対しては十九条にも及ぶ折檻状を送り付け、その怠慢を責めた。標的となった家臣たちは信長の威を恐れ、ある者は出奔し、ある者は剃髪をした。

このなさりようは、安土城下に激震をもたらした。佐久間、林といえば信長の覇道を支えてきた重臣であるというのに、まるで犬の子を捨てるがごとき信長の仕儀に家臣たちは戦々恐々としている。そんな中でも余裕があるのは羽柴秀吉や柴田勝家、滝川一益といった出来人《できびと》ばかりだ。てっきり己の主君も余裕をもって眺めているのかと思いきや、相当憂慮しているらしい。

紅葉を眺めながら心中で主君の心の疲弊を慮《おもんぱか》っていると、踏ん切りをつけるように首を振った光秀が左手を指した。

「あそこにかつて城があったはず、行ってみよう」

向かった先は、田の真ん中に浮かぶ島のような小城であった。大名や国衆が戦略のために置いた城というよりは、この辺りの村人たちが戦のあった時に拠るための砦のようで、曲輪が二つ三つあるばかりで馬出しなどもない、素朴極まりない土の城であった。馬で上に登るうち、左馬助はあることに気づいた。城は小高い丘の頂上に造られており、かつては曲輪の境目には土塁と空堀があったようだが、既に土塁は壊され、空堀の上に土がかかっている。わずかに堀の痕跡は残っているが、馬での上り下りも楽にできる程度の落差しかない。

「随分と丁寧な城割をしておりますね」

「それほど、筒井は信長様を恐れておるということだ」

堀を埋め立てられた山城は、まるで血を流した巨人が命乞いに平伏しているようにも見えた。

急ごう、と言い、光秀は馬首を返した。

「そういえば」城から降りる途中、左馬助は光秀に問いを発した。「若様をなぜ同道させぬのですか」

光秀長男の十五郎のことだ。

「ああ。此度の任は危険ゆえ、あえて同道させなんだ」

「危険、ですか。されど、初陣にはちょうど良かったのではありませぬか」

「ああ、まあな。だが、ようやく馬乗りを覚え始めたところでは、逆に邪魔となろう」

十五郎は元服しているというのに、未だに戦に出ていない。武芸を覚えさせようとしているようだが板につかず、茶人の津田宗及《つだそうぎゅう》や連歌師の里村紹巴《さとむらじょうは》に師事しているらしい。武芸の稽古を捨て置き、茶や連歌に邁進しているのはあまり褒められたものではないが、あくまで主君の子のことゆえ、強くは出なかった。

街道を進み数刻、やがて目的の城が見えてきた。石垣を備えた壮大なその城は、まさに当世流行の城の形であった。それまで街道の端々で見かけた土の城とはわけが違う。白亜の壁、三重の櫓、壁に切られた鉄炮狭間。これは、安土城や坂本城で見ることのできる城の工夫そのものだ。忘れ去られている土の城の代わりに現れた真新しい城は、大和の新しい仕儀を否が応でも際立たせている。

この城は大和郡山城である。

門前にいた兵に声をかけると、門が開いた。光秀と共に中に入り、二の丸御殿へと案内された。真新しく、何も絵の描いていない襖の続く大廊下を歩いていると、案内役の小姓が言い訳がましく「引っ越してきて日が浅いため、調度が整っておりませぬ」と述べた。

通された部屋もまた、質素なものだった。上段と下段を備えているから謁見の間で間違いあるまいが、襖はやはり白いままで、上段の間の床の間には軸はおろか花も活けていない。しばらく下段の間で待ち構えていると、ややあって、家臣たちを引き連れ、僧形をした若い男が縁側からやってきた。

「お待たせして、申し訳ございませぬ」

じゃら、と音がしたのに気づいて見ると、右手に数珠を持っている。

僧形の男が下段の下座に腰を下ろすと、光秀は薄く笑みを浮かべた。

「順慶殿。壮健そうで何よりですな」

「いやはや、ありがたい限りでございます」

頭を下げた男は浅い咳を繰り返した。しばし扇で顔を隠していたものの、咳の途切れた時に顔を上げると、先ほどまで紅の差していた頬は真っ白になっていた。

この男こそが筒井順慶である。

「遠路はるばる、ようお越しくださいました。既に滝川殿も到着しており、大和の国々を見て回っておられます」

「おお、左様で。では、我らもさっそく任に当たらねばなりませぬな。――ところで、文にあった謀反人たちの件は」

順慶の目が暗く光った。

「はい、すべて、上げてあります」

「順慶殿が表に出られては後々の障りになりましょう。我ら明智衆にお任せいただきたい」

「ありがたきことでございます」

順慶は頭を下げた。

次の日から、左馬助たちは大和の国内を走り回った。謀反人たちの討伐のためだ。

かつて大和には松永弾正《まつながだんじょう》という姦雄がいた。足利将軍家に仕える三好《みよし》家の家宰を振り出しに、将軍家を弑《しい》し、主家を裏切り、独立独歩の大名として織田信長に仕えていたものの、大和で謀反を起こして信長に攻められ自刃した。この際、大和の国衆の中にも松永弾正に呼応した者たちがいた。これらの者たちの多くは筒井順慶に従おうとせず、織田の権威にもそっぽを向いている。

砦にも似た土の小城を囲みながら、鎧姿の左馬助は苦々しい思いでいた。国衆たちの多くはせいぜい百人ほどを動員できるだけの小勢力に過ぎない。芥子粒に過ぎぬ彼らが気炎を発したところで、織田が、そして明智が揺らぐはずもない。この日は既に二つ城を開き、当主を連行している。どうせこの城も、すぐに降参してくるはずだ。負けることが分かっているのに、なぜ抗うかと叫びたくもなった。

やはり、この城の主も降伏した。一刻ほどのち、家臣を引き連れて一人の男が出てきた。色落ちした木綿の肩衣を纏い、自ら縄を打って門をくぐった男は、左馬助とそう年齢は変わらない。

近付いてきた一行を押し留め、左馬助は一喝を放った。

「貴殿がこの城の領主であられるか」

左様、とだけ答えた男は、縄を身に打っているというのに、まるで委縮した風はなかった。

「なぜ、抗う」

つい、疑問が口を突いて出た。

しばしの思案の後、国衆の男は答える。妙に明瞭で清らかな声だった。

「それしか、選ぶ道がなかったのだ」

「どういう意味だ」

「余計な問答は不要でござる。それとも、織田の武者は、舌と口で戦われるのか」

冷ややかに言われてしまっては、これ以上問いを重ねることもできなかった。

それから数日後、左馬助を始めとする明智家臣たちが、ほうぼうを回って集めた松長弾正寄りの国衆たちを、大和郡山城近くの原へと連れて行った。明智家の手で陣幕を張り、木瓜紋《もっこうもん》の旗指物をいくつも立ててある。陣幕の中には緋毛氈の敷いてある一角があり、そこでは刀の目釘を唾で湿らせる素肌武者が己の出番を待っていた。

左馬助は見届け人の座る床几《しょうぎ》に腰を下ろした。しばしの間無言で待っていると、やがてこの場に光秀と順慶が現れた。この日の順慶も、僧形を崩していない。

「本当にご覧になられるのですかな」光秀は順慶を一瞥《いちべつ》した。「あえてご覧にならずとも」

「いえ、見ておかねばなりませぬ。大和国守としての責《せめ》でございますれば」

これから行われることが直視に耐えるものではないことは分かっているだろうに、目を逸らすつもりはないらしい。三十そこそこにして大和一国を預かる若き国守を内心で褒めた。

左馬助が順慶に一目置いた間にも、粛々と陣幕内の用意が進んでゆく。

そして、この場を取り仕切る家臣の言上から、処刑が始まった。

一人一人、国衆たちが引っ立てられ、陣幕の向こうからこちらに現れる。見届け席から十間ほど離れた毛氈の上に正座させられ、待ち構えていた処刑人によって首を刎ねられていく。見れば、順慶はしきりに右手の数珠を触り、小さく真言の呪文を唱えている。

処刑とはいっても、後腐れがあってはならない。処刑される側にも辞世の句を詠むだけの時は与え、言い残したいことを話させた。十人にも満たぬ処刑だが、時はかかる。見れば、処刑人の前の土には赤黒い水溜りができていた。

順慶の唱える呪文がわずかに聞こえる中、ちょうど首が転がった処刑場の有様を眺め、軍扇を開いて口元を隠していた光秀は、ぽつりと言葉を発した。

「やはり、十五郎を連れてこんでよかった」

その言葉の意味するところが分からずに思わず問うと、光秀ははっきりと言い放った。

「血の池地獄に慣れるが武士の仕法というが、こんなものに慣れてはならぬ」

織田家家臣の中でも特に信長の戦に参加し、誰よりも忠実にその命に従った男の言とは思えなかった。信長の過酷なやりようが世に知れ渡った比叡山攻めの際、信長の手足となって坊主どもを撫で切りにして回ったのは明智光秀その人だった。

「殿らしくない物言いでございますな」

そうか、とだけ言い、会話はそこで途切れた。

すべての処刑が終わった。目の前の原は家臣たちの手によって清められてゆく。あたりに水が撒かれ、血の飛沫が飛んだ辺りには黒土をかぶせている。死体は筵《むしろ》に包み、戸板で外に運び出している。早くも血の匂いを嗅ぎつけたか、烏がけたたましい声で仲間を呼びつつ、近くの木の梢に止まっていた。

そんな中、それまで呪文を唱えていた順慶が光秀に向いた。

「光秀殿。此度は誠にありがとうございました。これで大和は平らかになりましょう」

「取り次ぎとして当然のことでござる」

「ところで光秀殿。ずっと考えておったのですが……。拙者に、貴殿のお子をお預け願えませぬでしょうか」

順慶には子がない。元より体が弱く、僧形を取っているため妻がない。そのため、養子を迎え、その子に後継者としての教育を施したい……。そのようなことを順慶は述べた。

「では、次男を筒井家の養子としましょうぞ」

「貴殿のお子ならば、この大和を治める大器となりましょう」

手を取り合う順慶と光秀の姿を、左馬助は冷ややかに見ていた。結局のところ、順慶は織田との繋ぎを果たし、こうして手を汚してくれた光秀に媚を売っておきたいのであろうし、光秀からしても、与力将と深い関係を結んでおきたいのだろう。代替わりした際に、明智家の血を引いた者が当主に登れば、事実上家臣になったも同然だからだ。

一人、左馬助は陣幕の外に出た。戸板に乗った死体を運ぶ明智家臣たちの姿がある。あれらの死体は国衆の家族に引き渡されるようだ。

ふと、左馬助は己が捕らえた国衆の言葉を思い出していた。

『それしか、選ぶ道がなかったのだ』

本当にそれしかなかったのか。もっと他に道があったのではないか。

何度も心中で問うた。だが、その言葉を口にした国衆は、それ以上言葉を告げることはなかった。

嫋々《じょうじょう》と風が吹くと、辺りの薄《すすき》をわずかに揺らし、沈みゆく日の方角へと流れていった。

第六章　天正九年　左馬助

安土城《あづち》の天守はこの日も真っ青な空を背負い、左馬助《さまのすけ》一行を迎えた。

この城が信長《のぶなが》そのものなのだと気づいたのはいつのことだろうか。だとすれば、宋画の墨絵に出てくるような望楼のような姿をした天守は、さしずめ信長の横顔ということになろうか。

この城が豪華絢爛であることは諸人《しょにん》の認めるところだし、天下の人々がこぞって褒め称えるのも分からぬではないが、防衛拠点として見た時、あまりに単純な構造をしている。特に、大手門から伸びる大階段がいけない。確かに急勾配で難儀するだろうが、敵を押し留める工夫が一切なく、まっすぐな階段を登るとすぐに二の丸に至ってしまう。これでは裸城同然だ。これもまた、信長という人間を映したものなのだろうか。

反感のままに、左馬助が声を上げた。

「何度見ても心もとない城ですな」

共に石段を登る斎藤や溝尾《みぞお》が周囲を窺《うかが》いながら、左馬助をたしなめた。だが前を歩く光秀《みつひで》は、かかと笑い、ゆっくりと振り返った。その顔には苦笑が滲《にじ》んでいる。

「そもそも、この城が攻められる時は、織田家は風前の灯火であろうよ」

安土城は織田の領地のちょうど真ん中に位置する。ここが攻められるとしたら、もはや抗戦は無意味、むしろこの城は儀礼のための城として整備すべし、そう割り切っている辺り、信長という男の不気味なまでの潔さを感じ取った。

石段を軽々と登る溝尾が話の舳先《へさき》を翻《ひるがえ》した。

「ところで、信長様《おやかた》は一体何用なのでしょうかな」

天正《てんしょう》九年正月、左馬助は福知山城で新年を迎えた。城代の正月は忙しい。家臣たちや国衆《くにしゅう》への年頭挨拶や各種儀礼に追われる羽目になる。そんな最中に届いた文は、一月二十日までに安土の明智《あけち》屋敷までやってくるように、という溝尾の要請だった。左馬助はただでさえ戦《いくさ》で福知山を離れることが多い。これには同じく福知山城の城代を務める藤木から「さすが左馬助殿は引く手数多《あまた》ですな」と、皮肉とも本気ともつかぬ言葉を投げかけられてしまった。

石段を踏みしめながら、光秀は首を振った。

「分からぬのだ。信長様は事前にご説明を下さらぬからな」

行ってみなければ分からないということか、と独り言《ご》ち、左馬助も長い石段を登った。

この日一行が通されたのは、本丸御殿であった。

謁見の間は、ひんやりとしていて広い。上段の背後には、岩場を闊歩しつつ下段に座る者たちを睨《にら》みつける、つがいの唐獅子《からじし》の障壁画が飾ってある。人の背の数倍はあろうという巨大な唐獅子の姿に目を奪われているうちに、小姓を引き連れた信長がやってきた。この日の信長は赤と黒の片身替わり羽織に金襴袴《きんらんばかま》という、やはりくつろいだ姿に身を包んでいた。

上段の間に座った信長は、挨拶もそこそこに本題に入った。他家の者は驚くかもしれないが、織田家には、贅言《ぜいげん》を嫌う信長の影響を受け、虚礼を取らないという暗黙の了解がある。

「そなたら明智衆に、馬揃えの取り仕切りを命じる。光秀、貴様が奉行よ」

噂は聞いている。少し前、さる公卿が安土にやってきた答礼にと、信長が家臣たちに鎧《よろい》を着せ、城前の馬場に集めたと。

この勇壮な武者行列に感嘆したのか、京に戻った公卿はこの体験を禁裏で口にし、京でも行列を練らせてはいかがかと説いて回った。信長と公卿たちの協議の末、この二月、京で馬揃えが開かれることになったと信長は述べた。

前に座る光秀をちらと窺うと、小刻みに肩を震わせている。朝廷の要請で行われる馬揃えの取り仕切りとなれば、これ以上ない誉れだ。武者震いを起こすのも致し方ないといえた。

「しかと果たせ」

信長はそれだけ言うと、立ち上がろうとした。だが、光秀はそんな信長を呼び止めた。

「何かあるか」

信長が冷ややかな視線を光秀に下す。外の冷たい風が入り込んだかと疑うほどに背が冷えた。

だが、そんな中でも、光秀は果敢に口を開いた。

「奉行に関してのご相談でございます。禁裏での馬揃えとなれば、織田家中の歴々が一堂に会することになりまする」

「それがどうした」

「さすれば、やれ席次が、やれ順番がと気を遣うことも多くなりましょうし、公家衆の取り計らいにも難儀いたしましょう。そこで、もう一方《ひとかた》、奉行に任命していただくことは出来ませぬでしょうか」

武士はとにかく席次にうるさい。なぜあ奴がああも厚遇されておるのだ、なぜわしはこ奴の後塵を拝さなければならぬのだ、そんなわずかな不満がこじれにこじれ、大問題に発展することもある。実際、評定を開く際、家宰が最も気を使うのは家臣の席次なのだ。馬揃えというのは、評定の席次をそのまま天下に示すものであるといってもいい。激烈な不満や異論が噴き出すことは容易に想像ができる。

信長は口をつぐんだ。まるで猫が獲物を前に沈黙するが如くに。

追い立てられるように、光秀は早口で続けた。

「この非才の身では、この大役を一人で果たすことは出来そうにありませぬ。何卒……」

なおも何かを言い募ろうとしていた光秀であったが、信長の顔を見るなり声がかすれた。

信長の顔から表情が消えていた。ただ、怜悧《れいり》な眼だけが光秀を射すくめている。いつの間にか腰から引き抜かれていた扇子の両端を胸の前で持ち、力を込めて曲げ始めている。

「ほう、きんか頭、貴様は馬揃えひとつ独力で果たせぬだけの非才であったか。なれば、今すぐ禄を捨て、どこぞなりとも行くがよい」

光秀が息を呑む前で、信長は悲鳴を上げる扇子の先をゆっくりと床に差し、押し付けた。

「奉行は貴様一人よ」

「ならば、手伝いに息子の十五郎《じゅうごろう》を用いても」

「勝手にせよ」

吐き捨てるように口にして床を蹴るように立ち上がると、信長は足早にその場を去っていった。

信長の足音が遠ざかったことで、謁見の間に安堵が満ちた。

だが、光秀だけは様子が違う。歯噛みし、床を睨んでいる。

左馬助が声をかけると、光秀は忌々しげに顔をしかめ、腹をさすっていた。

「禁裏の馬揃えを一人で……。失敗《しくじ》れば、首が飛ぶか」

その言葉には、驚くほどに深い懊悩がこびりついていた。

そんなことはありますまい、と言いかけたものの、気休めにもならぬことに気づいて口をつぐんだ。信長は失敗《しくじり》を犯した家臣を許さない。

光秀は悲壮な声を上げた。

「だが——なぜ、信長様は十五郎を認めてくださらぬのだ」

信長が明智十五郎を嫌っているらしいという噂は、もはや織田家中でも公然となされ始めている。去年の正月、元服を果たした時にも御目見得は容易にならず、妻木殿《つまき》が必死に取りなしたことで果たされた初御目見得もおざなりなものだったという。そしてそれから十五郎は御目見得の機会を得ていない。長岡藤孝《ながおかふじたか》の息子である忠興《ただおき》が既に何度も信長に拝謁しているのとは雲泥の差だ。

「十五郎が認められぬでは、明智家が危うくなる。せっかく当代で得た名望を次代に伝えぬことにはこの光秀、死んでも死に切れぬ」

少し驚いた。思いのほか、古い考えをお持ちであったのだ、と。

左馬助は刹那《せつな》に生きている。己一代で得た名声は、所詮《しょせん》己限りのもの、と割り切っているところがある。てっきり主君もそうだとばかり思っていたのだが、その見立ては間違いであったらしい。もっとも、致し方ないことかもしれない。元は美濃の名族土岐《とき》氏の末で、落魄《らくはく》した一族を盛り立てるために浪々の日々を送り、今や近畿一帯を取り仕切る立場となった苦労人からすれば、この地位をいかに子に譲るかが最後の関心事なのかもしれない。

ぶつぶつと独り言を口にしていた光秀は、まるで己に言い聞かせるように、言を放った。

「こうなれば、馬揃えを何としても成功させねばならぬ。そして、十五郎を信長様にお認め頂かねば」

顔を上げた光秀は、後ろに控えている三家老たちに向き直った。

「そなたらの奮起に期待しておるぞ」

溝尾も斎藤も深く頷《うなず》いた。形の上だけ、左馬助も頷いたが、内心は複雑だった。

主君の命令だから従わねばならぬ。だが、一方で、不満がくすぶっている。その正体に目を凝らすうち、それが光秀に対する幻滅であることに気づいた。

立身のために様々な家中を渡り歩いてきた左馬助にとって、光秀は己の目標であったし、立身の偶像に他ならなかった。だが、そんな光秀もまた、己の一族や子に己の得た権力を譲り渡そうと奔走している。

下克上の世と言われて久しい。力ある下の者が力なき上の者を打倒できる時代だ。だが、実際のところ、下から成り上がった者には目に見えぬ壁があって、ある所までは槍働きで登れるが、肝心のところで足止めされてしまう。その見えない壁の正体は、下克上などさせぬと抗う上の者たちの抵抗だ。下克上の申し子であったはずの光秀自身がそんな壁をこさえているということが、妙に空しい。

左馬助の顔が浮かなかったのか、光秀が声をかけてきた。

「左馬助も、頼むぞ」

「――御意《ぎょい》」

わずか二文字を口にするのにも、重い痛みを伴った。

二月、温かな風の流れる京で、馬揃えが開かれた。

この日、左馬助は戦で実際に使っている甲冑を身に纏い、馬上にあった。中にはこの日のために鎧を新調する者もあったようだが、そんな本末転倒なことはしなかった。鎧兜《よろいかぶと》は着飾るためのものではないと鼻を膨らませて槍傷や矢傷の残る当世具足を着てきてしまったが、控えの場にいる武士たちの多くは新しい鎧に身を包んでおり、自分が浮いていることに気づき始めていた。

「武骨だのう、そなたは」

声を掛けられたほうに向くと、真新しい鎧を身に纏い馬にまたがる溝尾の姿があった。

「鎧を調えられたのですか」

「ああ。一応わしは殿の補佐役であるからな、威儀を調えぬとまずかろう」

光秀が馬揃えの奉行を拝命した際、光秀と共に織田家御一門や家臣との折衝に奔走したのはこの溝尾であった。武士は体面の生き物だ。前を行くか後塵を拝するかで悶着があろうことは容易に想像がついたところだが、溝尾がうまく立ち回り、文句を口にする大名をなだめすかし、苦心の末に順番を決めることができたと仄聞している。そのゆえか、溝尾の顔には隈が浮かび、何となく力のない表情をしていた。

「あとは周囲の警固が心配だのう。若様が当たられておられるゆえ、わしは一切仔細を知らぬでな」

光秀は馬揃えの警固の責任者に息子の十五郎を指名した。十五郎の傍には家老の隠岐《おき》惟恒《これつね》や馬廻頭の内藤《ないとう》三郎《さぶろう》右衛門《えもん》、小姓頭の妻木《つまき》七郎兵衛《しちろうひょうえ》といった家臣が侍っており、警固のために動き回っているらしいが、十五郎付きの家臣たちも、この馬揃えが信長への初の奉公となる。これまで若様の世話係でしかなかった者たちがどれほどの働きができるかも不透明だ。

ふと視線を外して居並ぶ武者たちを眺めた時、左馬助はあることに気づいた。他家の武者たちが左胸に花の咲いた桜の枝を飾り付けている。

溝尾は心なしか冷たい声を発した。

「ああ、あれは若様の発案だそうだ。まだ咲いておらぬ山桜の枝を手折ってきて、胸に差してはどうかと殿に言上したようだ」

「あの若様らしいご発案ですな」

「これ」

溝尾は左馬助の皮肉っぽい言葉をたしなめたが、本気のものとは聞こえなかった。

十五郎の評判は家中でもよくない。馬揃えの話が出て初めて馬の修練を始めたというのも家中の武士たちの失笑を買った上、相変わらず武芸は上達せず、茶道や連歌に血道を上げているらしい。しかも、光秀はそれを知りつつ黙認している。

左馬助もまた、殿はどういうつもりでおられるのかと歯噛みする家臣の一人だ。

「おや、左馬助はつけておらぬのか」

溝尾は己の左胸を指した。そこには、紫色に塗られた紙で折られた桔梗《ききょう》の花が差してある。

「明智家はこれを胸に差すようにと言われておるぞ」

「初耳ですね。これも若様のご発案ですか」

「ああ。そういうことだ」

やがて、十五郎の遣いを名乗る武士がやってきて、左馬助たちに桔梗の折り紙を押し付けてきた。最初は皆と同じく左胸に差したが、しばらくそうしているうちに違和感に苛《さいな》まれ始めた。

桔梗の花は明智家の家紋だ。左馬助も明智の苗字を下賜されたときに家紋も拝領した。己を示す記号であるはずなのに、今はただ嫌悪しかなかった。明智家にすらある見えない壁、そしてその内側で守られている十五郎。そしてその十五郎が寄越してきた桔梗の折り紙。まるで、見えない壁を甘受しろ、お前は明智家の家臣が限りよと耳元で囁《ささや》かれている気がしてならなかった。

誰も見ていない時を見計らい、左馬助は桔梗の折り紙を丸めて捨てた。後で誰かに指摘されても、風に吹き飛ばされたと言い逃れできると高をくくった。

馬揃えは始まった。次々に各家の武将や武者たちが禁裏へと続く通りに出てゆく。ついには明智家、そして左馬助の番になった。手の采配を高く掲げて部下たちに指示を出し、前に進み始める。

沿道は野次馬でごった返していた。様々な身分の者たちがいる。職人や商人といった町人や、腰に刀を帯びた武士、坊主や貧乏公卿と思しき者の姿もある。中には菅笠《すげがさ》で顔を隠して馬揃えを凝視している者の姿もあったが、明智家の者と思しき武士が話しかけるとその場を離れた。次々にやってくる武者行列に、野次馬たちは熱狂と歓声でもって出迎えてくる。そのたびに人々は前に出ようとしているが、一間ほどの間隔で配された人員のおかげで人の雪崩は押し留められている。

歓声の雨を浴びながらしばし進むと、禁裏の門前にある陣幕に目が行った。桔梗紋を染め抜かれた陣幕の奥に置かれた床几《しょうぎ》には、戦直垂《ひたたれ》姿の明智十五郎が座っていた。

最初、十五郎もこの馬揃えに加わる手はずだったが、信長の許可が下りなかった。あまり人員が増えては困ると考えたのかと思ったが、この馬揃えには長岡藤孝の子である忠興も参加している。

やはり、何かある――。

前を凝視する十五郎から視線を外して、左馬助は禁裏の中へ歩を進めた。

禁裏に入った後は、所定の場所ですべての行列が終わるのを待つばかりだ。禁裏の外から聞こえてくる波のようなどよめきを耳にしながら、ただただ時が経つのを待っていた。

すべての兵が禁裏に入り、鬨《とき》の声を上げたところで馬揃えは終わりを告げた。この様を眺めていた公卿衆ややんごとなき人々は目を白黒させ、扇で衝立を作り、横の者と何かを言い合っている。その目にあざけりの色があるのを見逃さなかったが、左馬助からすればどうでもよいことだった。

そしてその後は撤兵に相成った。武者行列は、宿所である妙覚寺や本能寺へと向かう。そんな様もまた表の野次馬にとっては、格好の見物になったらしい。先ほどの行列を見逃した者たちも詰め掛け、本番に勝るとも劣らない熱のこもった視線を投げかけてきた。

明智衆は信長のすぐ後ろについた。この馬揃えを取り仕切った功を賞したものであろうことは容易に想像がつく。

だが、左馬助は帰りの場で、ある光景を目にすることになった。

それは、信長一行が禁裏の門を出て直ぐのところだった。

ちょうどそこは、十五郎の陣幕のある辺りだった。信長一行はそこで足を止めた。何かあったのだろうかと身を乗り出して見れば、近習が馬上の信長に声をかけ、十五郎の陣幕を指差している。恐らくは近習が気を回してこの馬揃えの警護役を信長に紹介したのだろう。

十五郎に対して信長が言葉の一つも投げ掛けるのではないか、その場で采配や軍扇を下賜するのではないかと周囲は色めき立ったものの、何も起こらなかった。馬上にある信長は、陣幕から出てきた十五郎に声を掛けるどころか一瞥《いちべつ》した風もない。それは、陣幕から出てきた十五郎が肩を落としていたことからも見て取ることができた。

左馬助は、ふと前を行く光秀の姿を見遣《みや》った。

振り返る光秀の表情は、逆光のゆえに暗かった。だが、目の下に隈を浮かべて、手綱を握らぬ手で腹の辺りをしきりにさすっていた。まるでその姿は、波に削られる孤岩のように頼りないものだった。

海猫の鳴き声が宿舎からも聞こえてくる。二日酔いに痛む頭をゆすり起き上がると、服を着替えて縁側に出た。手入れされた庭先には朝日が差し込み、海風が北から吹き付けている。

宿舎を出て、北の海岸に向かっていった。湖かと見間違うほどの穏やかな海の向こうには、砂浜が細い橋のごとくに形成され、内湾を半月形に閉じ込めている。天下の奇景、天橋立《あまのはしだて》だ。とはいえ、左馬助は武芸一辺倒で生きてきた。天橋立を見て普段は沈着な主君も色めきだっていたが、ただ、内湾に細い海岸があるだけで、左馬助には大して感慨をもたらすことはなかった。

五月、左馬助は光秀と共に、宮津《みやづ》にやってきた。宮津城の主である長岡藤孝の招きに従った形だ。

それにしても、昨日の宴はひどいものだった。寄せては返す波を眺めながら、左馬助は昨日の醜態を思い出していた。

夜の宴のこと、藤孝と光秀が中座した後、明智十五郎に無礼を働いた長岡家臣を長岡忠興が問答無用で処断したという事件が起こった。

あの一件の殊勲一番は忠興だ。家臣をその場で処断したことで、明智側の非難を塞いでしまった。長岡からすれば上役に当たる明智の御曹司の顔を自家の家臣が潰《つぶ》したとなれば、今後の仕儀にも影響が出る。あの氷のような目をした若き長岡の御曹司は、瞬時に損得を見切り、その上で刀を抜いたのだろう。

それに比べて、十五郎のなさりようはひどいものだった。無礼を働いた長岡家臣に何ら手を打つことができなかったばかりか、一件の後体調を崩し中座してしまった。昼間の天守での連歌会とやらでは面目を施したようだが、いざという時に肝が据わらぬようでは物の役にも立たない。

苦々しい思いで穏やかな内湾を見遣っている左馬助であったが、ふいに後ろから声が掛かった。振り返ると、そこには明智光秀が立っていた。

羽織を肩で着て、普段遣いの袴を合わせているだけという略装で、足袋も履いていない。海風に羽織の裾を翻しながらやってきた光秀は、目を細めながら天橋立を眺めた。

「天橋立近くに城を造るとは、藤孝殿は本当に数寄者であられる。風流なことだ」

「左様なものですか」

つい、言葉に棘《とげ》がこもってしまった。しまった、とは思ったがもう遅い。だが、光秀は薄く笑みを浮かべたまま左馬助に近付いてきた。

「それにしても、藤孝殿の嫡子殿は見事なものよな。槍の実力も相当なもの、しかも昨日の騒ぎでも十二分に働いておる。長岡家は今後も安泰ぞ」

いちいち頷ける評言だが、気になることもある。なぜ、光秀がそんな評を持ち出したのか、だ。

光秀は海岸に打ち上げられていた小枝を拾うと、海に向かって投げやった。五間ほど向こうで小さな水しぶきが上がったのを見届けたかのような時機に、なおも口を開いた。

「これはまだ秘中の秘だがな、わしは、隠居を考えておる」

驚きのあまり、光秀の顔を凝視してしまった。だが、その不躾《ぶしつけ》を光秀は笑う。

「不思議ではあるまい。わしとあまり年齢の変わらぬ信長様《おやかた》も、今はご子息の信忠《のぶただ》様に家督を譲っておられる。もっとも、信長様はそれでも飛び回っておられるゆえ、あまり家臣の側も実感がないがのう」

愕然《がくぜん》とした。

光秀は若々しい。多少禿《はげ》が大きくなって月代《さかやき》が広くはなっているが、髪は黒々としているし顔にはほとんど皺もない。戦ともなれば鎧兜に身を包み、馬を駆って全軍を鼓舞して回っている。どこにも老いの影などないだけに、光秀の突然の告白に面食らってしまった。だが、光秀は五十を越している。冷静に考えれば、隠居して次の世代にすべてを任せる年代である。

「もっとも、隠居願いは出しておるのだが、信長様の許可が下りぬのだ。何度願いを出しても慰留されてしまうでな」

口振りの割に、光秀は少し口角を上げていた。

「では、隠居などなさらずともよろしいのでは」

「そうはいかぬ。一つには、わしの目の黒いうちに、十五郎に明智家当主としての振る舞いを教えなければならぬのだ」

「ということは、戦を経験させると」

結構なことだ、と思っていると、光秀は予想だにしない返事をした。

「いや。十五郎《あれ》が戦を知る必要はない」

畿内を固める馬廻としての役割を与えられた明智家が、戦に参加することはそう多くなくなる、これから明智家当主に求められるのは、戦での槍働きではなく、公卿との折衝や行事の運営といったものになってゆくだろうと光秀は語った。

「我ら明智は織田家の家宰となってゆくのだ。そのために必要なのは、禁裏との折衝や儀礼のために必要な知識ぞ。そのために、わしは息子に茶や連歌を教えておるのだ」

ようやく、十五郎に対する光秀の態度に合点がいった。教え込もうと思えばいくらでも名人を呼べる立場なのにもかかわらず、武芸に関しては家臣の一人に養育を任せながら、茶や連歌に関してはこの道の第一人者を呼びつけていた。本末転倒ではないかと思っていた光秀の教育方針が、実は光秀なりの計算に基づくものであったということを知った。

とはいえ、納得はできない。武士はやはり槍働きがすべてなのではないか、と。

だが、光秀は続いて予想だにしない一言を口にした。

「戦はやがて終わる」

耳を疑った。生まれてこの方、戦のない時代などひと時とてなかった。人々は日々戦に怯《おび》え、武士の家に生まれた者は毎日のようにその日に備えて修練を重ねた。

だが、己が主君は、そんな日々は終わる、と口にした。

「どういう形で終わるかは分からぬ。だが、今の趨勢をみよ。九州でも、四国でも、中国でも、畿内でも、そして関東でも、小大名を大大名が呑み込んでおる。大大名が増えれば増えるほど、大規模な戦は起こりづらくなろう。互いに大きな武力を有しているがため、己の軍の損耗を恐れて睨み合いで終わってしまうがゆえよ。――あるいは、織田家が天下を併呑するかもしれぬが、戦の起こりづらい時代がやってくるのは確実ぞ」

光秀は凪《な》いだ海に目をやりながら、続けた。

「まるで、この海のような時がやってくるであろう。少なくとも畿内はそうなりつつある。斯《か》様《よう》な時代に必要とされるのは、槍ではない。この穏やかな船に乗り出すための櫂《かい》ぞ」

「されど殿」左馬助は嘴《くちばし》を挟んだ。「もしかしたらこれから、戦なき時代がやってくるやもしれませぬが、まだまだ先のことのようにも思われます。やはり、若様には武芸もお教えなさったほうが」

「だからこそ、そなたが必要なのだ」

光秀は透き通った眼を左馬助に向けた。

「大将に匹夫《ひっぷ》の雄は要らぬ。知勇すらも要らぬ。これからわしがあの子に教えねばならぬのは、桔梗の旗の振り方よ。大将が仮に槍の名人であったとて、帷幄《いあく》の奥におってはその才は持ち腐れよ。知勇はあってもよいが、左様なものは優れた家臣に恵まれればよい。むしろ、御大将に必要なのは、旗を掲げ、御家を導く力に他ならぬ」

だから、と光秀は言った。

「左馬助、そなたが十五郎の槍となってくれぬだろうか。あの通り頼りない息子に育ってしもうたが、必ずや、桔梗の旗を掲げる御大将として育てる。ゆえ、十五郎を実の弟と思うて支えてやってはくれぬだろうか」

この言葉を聞いた瞬間、嬉《うれ》しさと幻滅が同時に押し寄せてきた。

自らの力が求められている。そのことに喜びを感じないことはない。だが、結局求められているのは、十五郎の補佐役としての力であり、結局のところ光秀にとって一番大事なのは十五郎であると宣告されたに等しい。

見えない壁が、光秀と己の間にある。

そのことが悔しく、何よりも哀しかった。

「御意」

絞り出すように答えると、光秀は大きく頷いた。

「必ず、そなたには報いる」

もしかしたら、光秀は己の言が左馬助を幻滅させていることに気づいているのかもしれなかった。ばつ悪げに海に目を遣り、話の方向を変えた。

「実はな。昨日の夜、わしと藤孝殿で酒宴を中座したであろう。あの際に、今後の話が出た。藤孝殿も近々隠居を考えておられたようだ。その上で、『明智は長岡の親戚。であるからには、代が替わってもこれまで通りの付き合いをしようではないか』と明言した。わしがおらぬようになっても長岡は心配ない。そして、自然を送ったことで大和の筒井《つつい》も帰順した。筒井には貸しもある。きっとこれからも、与力として力を尽くしてくれるだろう」

着々と光秀は己の亡き後のことを考えて手を打っている。かつては浪人同然、断絶寸前であった明智家を一代で盛り立て、日の本一の大名の第一の家臣にまで成り上がった。この天下第二の成り上がり者は一代で得た栄華を次代に残すべく、残りの人生の命数を使い果たそうとしている。

だが――。左馬助は心中で叫んだ。俺はどうなる？　と。

左馬助は光秀の人物に惚れて家中に加わった。今の明智家にいる者たちは、大なり小なりそうした者たちだ。誰も光秀がいない明智家など考えたことのない者たちだ。

溝尾は、斎藤は。そして己は。

その日が来た時に、新たな主を盛り立てることができるのだろうか。新たな主の寝首を掻《か》きたいと手が疼《うず》くことはないのだろうか。

いくら考えても堂々巡りに至る疑問に飽いた左馬助は、海を眺めた。二日酔いの頭で眺める稳やかな海は、まるで船中にあるかのように揺れて見えた。

八月のその日、左馬助は命令により坂本城にいた。

琵琶湖から吹き付ける少々気の早い秋風に身を震わせながら、米俵を運ぶ家臣たちを叱咤激励していた。腰が落ち着かぬものだ、と独り言ちながら。

光秀たちと共に宮津から戻ってきてからは、しばらく福知山の内政に当たることができた。留守中は相変わらず藤木が漏れなく任を果たしてくれていたが、その疲労のほどは尋常ではなく、左馬助が戻るなり寝込んでしまった。それから三か月余り、休みなく福知山近辺の内政を指導して回った。中にはあからさまにこちらを侮ってかかっている国衆もあったが、一人一人に膝を詰めて理非を説き、明智の仕法を納得してもらった。民の生活を富ませたいと思った時、力ずくで従わせてはいつか破綻が来る。『戦の世は終わる』という光秀の言葉を思い出しては、そんな世はつまらぬ、槍を握って死にたいものだと独り言つ左馬助がいた。

慣れぬ内政に手を焼いていた八月初旬、光秀から遣いがやってきた。

近々因幡《いなば》で戦があるらしい。その戦に参じてほしい、とのことだった。

ようやく病から戻ってきた藤木に福知山を託し、坂本までやってきた。

戦というのは、槍を合わせている時よりも、準備している時のほうがやるべきことが多く、また重要だ。この日左馬助が当たっていた兵糧の確認作業は、その基礎に当たる。飯が食えねば、どんなに勇猛な兵と雖《いえど》も戦えなくなるがゆえだ。

米俵を運ぶ小者たちに指示を飛ばしながら、祐筆《ゆうひつ》たちに数を確認させていると、開け放たれた二の丸の門から、騎馬が飛び込んできた。肩衣《かたぎぬ》、袴姿で刀を一振り帯びるだけという軽装で現れたその侍の顔に見覚えがあった。確かあれは、安土城の明智屋敷に詰めていた小姓であったはずだ。

明智家の取り決めで、城の中で馬を走らせてよいのは主君である光秀とその家族だけと決まっており、家臣は馬に乗ってもいいが、足で追いかけても追いつくほどの速さで走らねばならぬと併せて規定されている。だが、例外もある。危急の知らせの際には、家臣も馬を駆って城に入ってよいことになっている。

何か、あったのか。

兵糧の計数作業を部下に任せ、左馬助は二の丸御殿目指して急いだ。

二の丸へと向かう橋を渡り、御殿に入る。そして勝手知ったる城の廊下を歩いていく。目指すは光秀が私室として使っている二の丸奥書院の間だ。

部屋の中には既に溝尾と斎藤、そして光秀の姿があった。

「おお、左馬助か」

光秀は顔を上げたものの、表情も、声も精彩を欠いていた。

「何かあったのですか。今、早馬を見かけましたもので、こうして参った次第で」

光秀は瞑目《めいもく》した。主君が何も口を開かぬと気づいたか、溝尾が代わりに口を開いた。溝尾の顔にもありありと苦悶の色が浮かんでいる。

「妻木殿がご危篤らしい」

驚きを隠せなかった。昨年の秋、元気そうに振る舞っていた姿が脳裏をかすめる。

「風邪をこじらせたらしくてな。安土の明智屋敷に下げられているらしい」

御殿は死穢《しえ》を嫌う。御殿から下げられたということは、すなわち――。

「しかし、妻木殿が」

溝尾の顔は青ざめている。これまで妻木殿は信長の側室として穏然とした影響力を有し、なにくれとなく明智家のために力を尽くしてくれていた。その妻木殿が危篤ということは、今後、織田家と明智の間に渡されていた太い絆が一つ失われることになる。そのことを溝尾は心配しているのだろう。

光秀は体にこびりついた未練を振り払うように首を振った。

「溝尾、もうやめよ。妻木殿のご危篤よりも、今は大事なことがある。信長様《おやかた》より命ぜられた鳥取城攻めの手伝いをせねばならぬ」

光秀の声はわずかに震えていた。それだけで、左馬助は光秀の本心を悟ってしまった。それは溝尾も、そして斎藤も同じらしい。二人とも小さく頷いた。

そんな頃、大きな足音が縁側から響き、遠慮なく襖が開かれた。外の強い光と共に部屋に現れて「父上」と光秀を呼ばわったのは、明智十五郎だった。青ざめた顔をして、怯えたような目で部屋を見回している。

おお、と光秀は殊更に明るい声を発した。

「よいところに来た。此度、信長公より因幡の遠征を命じられてな。羽柴秀吉《はしばひでよし》殿の与力というのが業腹だが、よき機会よ。そなたは丹波亀山城に詰め、その上で我ら前線の援護を頼みたいのだ」

先ほどまでの沈んだ顔を見てしまっているだけに、光秀の振る舞いは痛々しくてならなかった。

十五郎は口元をわななかせている。その顔は、子供が涙をこらえているようだった。

「何かあったのか」

光秀が穏やかに問うと、ようやく十五郎は口を開いた。

「叔母上が、ご危篤であられる由」

「聞いておる」瞑目した光秀は、ややあって口を開いた。「それがどうした、信長様のご命令があるのだ」

「何をおっしゃるのですか」十五郎の声は震えている。「妻木殿は、母上の妹君であられましょう」

「分かっておるわ」

二人の言い争いは親子であるがゆえか次第に遠慮をなくしていき、強い感情が上乗せされてゆく。義理の一族である左馬助とて、実の親子の絆のもつれに入り込むことはできなかった。

「父上は何も分かっておられませぬ。妻木殿は父上のことを」

十五郎は途中で口を結んだ。それは、光秀が今まで見たことのない表情を浮かべていたからだ。武将のそれでもない。一家を率いる惣領のものでもない。生《き》の光秀が、剝《む》き出しになっていたその表情に、十五郎も、居並ぶ家臣たちも言葉を失っていた。

目尻を指で弾《はじ》きながら、いつもの顔をようやく取り戻した光秀は口を開いた。

「関係あるまい。今はただ、因幡討伐の用意をせねば」

投げやりにも聞こえる言葉だったが、十五郎は容赦がなかった。

「父上には、人の心がないのですか」

子供は時として残酷だ。大人が必死で隠しているものを、直截《ちょくせつ》に刺し貫いてくる。

光秀の顔から表情がなくなった。

「お前がないと思うのならば、わしに人の心などないのだろう」

十五郎はこの後、父の命令には従えぬ、己は妻木殿の見舞いに行くと吐き捨てて部屋から出て行ってしまった。

部屋の中には、沈痛な光秀の溜息《ためいき》で満たされた。

だが、諦めたように、光秀はぽつりと述べた。

「大将たるもの、ぶれてはならぬ。己の果たすべき役割に徹しなくてはならないのだ。大将は皆の命運を預かっておるのだからな」

この日の光秀は、打ちひしがれていた。

「祈るしかないのだ」

それから二日後、進発の用意を終え、坂本城から発した光秀一行に早馬がやってきた。

妻木殿、逝去の知らせだった。

その知らせに際したとき、光秀たち一行は野営のために陣幕を張り、主だった部下たちと語らっているところだった。そんな中にもたらされた知らせは、清らかな水に墨汁を一滴垂らしたかのようにじわりと広がっていく。だが、光秀はそんな中でも揺るがなかった。わずかに一瞬呆然としていたが、すぐに気を取り直し、やってきた早馬の者に、こまごまと指示を与えた。

不思議なもので、いつもよりもなお、落ち着いて事に当たっているようにさえ見えた。

だが、それが光秀の虚勢に過ぎぬということは、左馬助も心得ていた。

『大将たるもの、ぶれてはならぬ』

いつぞや聞いた光秀の言葉が脳裏を掠めた。

「明日朝一番、因幡に発つぞ」

決然と、光秀は述べた。


左馬助は陣幕の向こうに見える鳥取城を見遣った。城の周りを軍勢が囲んでいる代り映えのしない風景に飽きて、陣幕にまた目を戻すと、こちらはこちらで見飽きた風景が広がっていた。

明智の陣幕の中、横の床几に座る溝尾が、大あくびをして軍扇で口元を隠した。この日の溝尾は侍烏帽子《えぼし》に小具足《こぐそく》をつけているだけで、鎧兜の類はつけていない。武器もわずかに飾り太刀を佩《は》いているだけの軽装のなりだ。

「暇だのう」

誰にともなく口にした溝尾は陣幕の向こうにある鳥取城を眺めた。

「仕方あるまい」

溝尾をたしなめたのは、鎧姿の光秀であった。だが、そんな光秀も、兜は木楯と床几で作った即席の机の上に置いて、太刀も辺りにいる近習に預けている。

「秀吉殿の城攻めは、暇なのだ」

因幡の鳥取城に救援に向かうことになったのは、羽柴秀吉の救援願いを信長が呑んだことである。

鳥取城は一度織田に降伏したものの、毛利《もうり》の介入によってまた反旗を翻したといういわくつきの城だ。煮え湯を飲まされた格好になった秀吉だが、無理攻めにすることなく、城を囲み、周囲の米を買い占めて高騰させるという搦手《からめて》に出ている。

ただ城を囲むだけの戦は何も面白いことがない。小競り合いひとつなく、変化があれば呼べ、と前線の将に伝えておけば問題は起こらない。

「まったく、秀吉殿は怯懦《きょうだ》で困りますな」

茶化すような溝尾の物言いを、光秀が退けた。

「いや。なにが大事なのかを理解しておるだけであろう。戦において最も価の高いものは何か、分かるか」

「はあ、馬ではございますまいか」

「馬だけあっても戦にはならぬ。――戦において最も価が高いのは、将兵の命よ。一人死んで、替えを拵《こしら》えようとなれば、最低でも十数年の年月がかかる」

「徴発すればよろしいのでは」

「度重なる戦で、どこの国でも人の数に余裕はない。これ以上村方から徴発すれば米や作物が減り、町方から徴発すれば商いが滞ろう。田畑の耕しも、商いも、共に戦を行うためには必要不可欠。どちらが欠けても、戦は立ち行かなくなる」

光秀は今、かなり大きな話をしている。溝尾はあまりピンときていない様子で、むう、と声を上げ、しきりに首をかしげている。

構わずに光秀は続けた。

「その点、秀吉殿は何が大事なのかを分かっておられる。人の損耗を最低限に、毛利との戦を戦っておるのだ。長い戦いでかかる兵糧米は銭で買えるが、無理攻めをして失われた兵の命は金では買えぬ。毛利との長い戦を見越して、摩耗の少ない戦略を立てておるのだろう」

実際、秀吉の戦振りは成果を上げつつある。

鳥取城から逃げ出してきて、明智の陣近くで力尽きた足軽の体は枯れ木のように痩せ衰え、眼窩《がんか》は落ちくぼみ、頬がこけていた。まるで病人のようななりだ。前線を支えている足軽が飢えている――。この現実は、戦の終わりが近いことを如実に示している。

「そろそろ、京へ帰れることだろう」

光秀はそう述べて、床几を立った。

「すまぬ、これより、秀吉殿との評定がある。ここを守っておれ」

溝尾と共に御意、と応じると、一つ頷き、光秀は小姓を引き連れて陣幕の外へと向かっていった。

と、光秀と入れ違いのようにして、斎藤利三《としみつ》が陣幕に戻ってきた。小具足姿という軽装の斎藤の顔は、困惑に彩られている。

「どうなされた、斎藤殿」

先ほど、斎藤宛に早馬がやってきたのだが、内密の話ということで、陣幕の外に斎藤が連れ出されてしまった。その話が終わって戻ってきたのだろう。

「少々、面倒なことになってな」

斎藤は短く首を振った。

「長宗我部《ちょうそかべ》に何かあったか」

溝尾が嘴《くちばし》を挟んだ。

斎藤といえば長宗我部、というのは明智家中での常識といってもいい。

どかりと己の床几に腰を下ろした斎藤は、うむ、と小さく頷いた。

「ああ。長宗我部がここのところ、妙な動きを取っておる。どうも、織田だけではなく、毛利とも裏で繋がっておるらしい」

「それは穏やかではないのう」

溝尾は同情めいた声を発した。

四国の長宗我部と織田は、斎藤利三を通じて誼《よしみ》を持ち、互いの地位を認めて戦を構えないという緩やかな協定を結んでいる。一方、織田は中国の毛利と激しく対立しており、羽柴秀吉を派遣して毛利支配下の国衆を攻め、国を切り取っている。そんな最中、長宗我部が毛利とも誼を通じていることが発覚した。もし兵糧米や援軍などの供出があったとすれば、協定に抵触しかねない。

それに、ただでさえ長宗我部は妙な動きを取っている。

天正九年二月、長宗我部元親《もとちか》は土佐国守である一条内政《いちじょうただまさ》を追放している。信長はあくまで一条家の家人として長宗我部を追認しているに過ぎなかった。この動きに信長も危機感を持ち、三好や十河《そごう》といった勢力に援助をして長宗我部の拡大を防いでいるところだ。その矢先の毛利との協定発覚はかなり痛い。

斎藤は沈鬱《ちんうつ》な顔を見せた。

「信長様は怒り心頭であられてな。この前呼び出されて、これはどういうことだと散々怒鳴り散らされた。むろん、わしからしても寝耳に水、どう答えたらよいものかも分からぬうちに、『長宗我部に毛利と縁を切るように言え』と言われてしもうてな」

そこで斎藤は長宗我部に文を発したのだが、答えははかばかしいものではなかった。

「『織田家との協定は、あくまで直接の敵対をせぬという取り決めである。当家はあくまで交《こう》誼《ぎ》を大事にする家ゆえ、毛利とも織田とも等しく縁を結んでおる』というのが、長宗我部の答えであった」

「なっ、それは――」

溝尾は顔を青くした。

左馬助にも、この言葉の重大性を理解したと共に、斎藤の憂慮の理由が分かってきた。

織田信長は禁裏と密接な関係を結んで天下の主として振る舞い、未だに帰順していない大名たちのことを天下人に従おうとしない塵芥ほどにしか思っていない。だが、長宗我部はさらさら織田の威に屈したつもりはない。織田も毛利も並置できるものとして考えている。端的に言えば、長宗我部は天下人ではなく一大名として織田を遇しているに過ぎない。

信長の怒りは、案外その辺りにあるのかもしれない。

「今、長宗我部からその文がやってきてな。とりあえず、こちらの状況を説明して、何が何でも毛利と縁を切ってもらうように働きかけるつもりではあるが……」

「大変ですな」

左馬助がそう声をかけると、斎藤は小さく頷いて腕を組み、そのまま黙りこくってしまった。

ふと、左馬助は長宗我部の行動の意味を考えた。

長宗我部が毛利に兵糧などの協力をしていなかったとしたら、この鳥取城攻めは、そもそも起こり得なかったかもしれぬし、救援が必要なほどの大戦にならなかったかもしれない。また、長宗我部が四国で睨みを利かせておいてくれさえすれば、織田は二正面作戦に出ざるを得ず、兵を常に二面に割いておく必要性が生じる。いずれにしても、長宗我部が毛利と交誼を結んでいることで、中国攻めの進捗が遅れていることにもなる。

この戦の責任は長宗我部にあり、長宗我部の取次を果たしている斎藤利三、そしてその主君である光秀の失策にある、ということになる。もちろん、戦は複雑怪奇な様相を呈するもので、誰のせい、誰の仕業と指弾しにくいものではある。だが、信長は物事の責任を過度なまでに明確にして責め立てる癖もあり、家臣団から恐れられている。

左馬助は、これからやってくるであろう針の筵《むしろ》の日々を思った。そして、その矢面に立たされる光秀のことを思うと、気が気ではなかった。


鳥取城攻めは一月余りで終わりを告げ、光秀たちは上方に帰還した。だが、信長への報告があるゆえ、光秀は坂本に戻る前に安土へと向かった。左馬助もそんな一団の中にある。

明智屋敷で軍旅の疲れを癒す間もなく、烏帽子を被り素襖《すおう》を身に纏うと、信長の待つ本丸御殿へ足を運んだ。

唐獅子の障壁画のある謁見の間で、信長への鳥取城救援の報告がなされた。

この日現れた信長は、やはり白い羽織に金襴袴という普段着のなりで、眠たげに脇息《きょうそく》に寄り掛かっていた。そんな中、素襖姿の光秀が鳥取城での戦の有様を逐一報告した。いつもなら話の途中で信長があれこれと質問をしてくるのだが、この日に限って信長は口をつぐみ、頬杖をついて光秀を上段から見下ろしている。信長の視線を浴びる光秀は、顔じゅうに汗をかき、時折言葉を澱《よど》ませながらも戦の様子を語っていた。

「というのが、戦の仕儀でございました」

すべて語り終えた光秀の横鬢《よこびん》から、汗がしたたり落ちた。

「ご苦労」

信長は一言、そう述べた。

光秀は平伏したまま、なおも微動だにしない。

そんな中、信長はぽつりと口を開いた。

「そういえば、妻木殿の件だが――」

信長の口から弔意が聞かれるかと思ったが、それは違った。

「以後、側室を出す必要はないぞ、光秀」

平伏していた光秀は思わずといった風に顔を上げた。

「聞こえなんだか。側室を出す必要はない」

主家へ側室を上げるのは、もしもの際の人質という意味合いが強い。それが無用ということは――。光秀への信頼の裏返しということになる。

だが、続いて信長は別の話題を口にした。

「光秀。そういえば、そこな斎藤が当たっておる、長宗我部の件はどうなった」

下座に控えていた斎藤がびくりと肩を震わせた。鳥取城攻めの際にも芳しくないようなことを言っていたが、あれから一月も経っていないのだから、事態が好転したとは到底思えない。

肩を震わせている光秀は平伏し、頭を畳にこすりつけた。

「まだ、話が進んでおりませぬ」

「なるほど、長宗我部の無礼を咎めぬまま、ということであるか」

淡々とした口調が逆に恐ろしい。信長の後ろに控える唐獅子の障壁画が、邪悪な気を発して今にも光秀に襲い掛かってくるかにも見えた。

「いえ、まだ長宗我部の本心が見えてきませぬゆえ」

光秀の釈明を塞ぐように、信長は脇息を倒した。重く、鈍い音が部屋中に広がった。

信長は口を開いた。

「もはや明白であろうが。長宗我部は織田を天下の主と認めておらぬ」

次第に信長の声が大きくなり始め、反響のせいか障子がぴりぴりと震え始めた。

「鳥なき島の蝙蝠《こうもり》め。随分と思い上がりが過ぎるではないか」

信長は床を蹴るように立ち上がると、足音高く光秀の許まで降りてきた。そして、腰の扇子を引き抜くと、その先を光秀の首にぴたりと当てた。光秀は、扇子の先を、まるで刃物であるかのような目で睨み、震えている。

「長宗我部に伝えよ。毛利との縁を切らねば、直接長宗我部を叩く、毛利に味方する者は、すべて敵ぞ、とな」

「……御意」

蚊の鳴くような、小さな声を聞くと、ようやく満足したのか信長は部屋を去っていった。

息が詰まるような会談が終わった。

本丸御殿から下がるとき、光秀は一言も言葉を発することはなかった。肩を落とし、憂慮に顔を歪ませながら呆然と歩いていた。

その次の日、左馬助は光秀と共にある寺を訪ねた。安土城にも程近いその寺の裏手にある、真新しい五輪塔の墓石を見下ろす光秀は、羽織の裾を風に揺らしていた。

「――人間、死ねばこうも小さい石くれになってしまうのであるな」

この、人の膝ほどの高さがある墓は妻木殿のものだ。

八月に死んだ妻木殿をいつまでも弔わないわけにはいかず、安土にいる家臣に命じて弔いを済ませた。女人のものとしては盛大に開かれた弔いの場には、様々な家中の遣いがやってくる、それは盛大なものであったという。

五輪塔の前で腰をかがめて手を合わせた光秀は、小さく溜息をついた。

「わしは、随分と妻木殿に寄り掛かっておったのだな」

「と、いうと……？」

「わしはこれまで、信長様に対峙《たいじ》しておってもなにも怖いことはなかった。それは、妻木殿が信長様のお傍におって、後で取りなしてくれるという安心感があったからであった。だが、昨日の目通りで気づかされた。信長様は恐ろしいお方であるとな」

五輪塔を愛《いと》おしげに眺めながら、光秀は続ける。

「わしは結局、己が豪胆なのだと思い上がっておったのだ。妻木殿がおらぬようになって、初めて分かった。わしは妻木殿に助けられていたのだ。身も心も」

「殿、これから、どうなさるのですか」

「決まっておろう。利三を通じて、長宗我部を翻意させるしかあるまい。とはいえ、先の信長様のお言葉をそのまま伝えるわけにもいくまい。向こうには向こうの体面がある。説得の形になろう。そういう意味では、鳥取城が落ちたのはよき知らせよ。あの戦の噂は諸国に轟いているというしな」

鳥取城での城攻めは過酷を極めた。城兵たちは馬を潰し、死人の肉までも食らったという。鳥取城の戦は〝飢え殺し〟という修飾と共に人々の口の端に上り、織田信長、そしてこの戦を指揮した羽柴秀吉の名は畏怖に彩られている。

「悪名の類でございましょう」

「悪名もまた名よ。これで長宗我部が恐れをなし、織田に首を垂れてくれるならばこれ以上のことはない」

思えばこの主君も悪名と共にある。信長の命とはいえ比叡山の坊主を撫《な》で切りにして回っているし、信長の代理人としての苛烈な仕儀も眉一つ動かさずに果たしている。これらの行いが明智光秀という武将への恐怖感を高め、戦において有利に働いているというのも事実だった。将兵は敵方の武将の評判や、これまでの行いを過度に気にする。これまで確たる功のない将が相手ならばのびのびと戦うものだし、名将が相手となればどこかその動きが鈍くなるものだ。

だが――、懸念はいくらでもある。

「長宗我部が、意を翻しましょうか」

「するかしないかではない。なんとしても、翻意させるしかない。でなくば、我ら明智は身動きが取れなくなってしまう」

長宗我部との太い縁は、斎藤利三、そして光秀に大きな利をもたらすはずだった。だが、気づけば大きな懸念材料と化してしまった。

「難しい舵取りになっていくであろうが、やるしかあるまい」

五輪塔を優しげに撫でた光秀は、踏ん切りをつけるように立ち上がった。

「すっかり長居をしてしまったな。行こう」

左馬助はしばらく、小さな五輪塔を見下ろしていた。死者は黙して語らず、面影一つ今世に残すことはなく、ただ死という結果だけがそこにある。

いつの間にか光秀が随分遠くを歩いていることに気づき、五輪塔に頭を下げると、左馬助は光秀の背を追った。

第七章　天正十年　左馬助

「今年もよろしゅう頼んます」

四畳半の茶室の中で、津田宗及《つだそうぎゅう》は光秀《みつひで》に向かい、気さくに話しかける。

むらむらと湧き起こった腹立ちを抑え込んで、左馬助《さまのすけ》は部屋の隅に座っていた。

宗及の振る舞いは礼を欠いているが、以前、当の光秀にたしなめられてからは目をつぶるようにしている。宗及は信長《のぶなが》にも茶を教えている天下第一の茶人で、光秀の茶の師でもある。武家の論理とは異なる序列でもって宗及は光秀と対峙しているのだと無理矢理理解した。

天正《てんしょう》十年正月、左馬助は坂本にいた。

安土《あづち》城にやってくる諸大名の取次を果たさねばならぬ光秀は、とかく多忙の様子だった。特に気を遣ったのは、正式に信長に帰参した時期が遅い大和《やまと》の筒井順慶《つついじゅんけい》であったようで、意気込んで信長との橋渡しに努めている様子が窺《うかが》えた。結局大過《たいか》なく取次の役目を終えて本拠である坂本へと帰還し、部下たちの正月の挨拶を受ける光秀のもとに左馬助も控えている。

堅苦しい挨拶ばかりの日々の中、光秀より茶会に出るようにとの指示があった。本来は茶の湯に通じている斎藤利三《さいとうとしみつ》の役目だったのだが、利三は別の仕事――長宗我部《ちょうそかべ》の使者との折衝――に忙殺されてそれどころでなくなってしまい、左馬助にお鉢が回ってきたらしい。だが、左馬助は茶の作法をまるで知らぬし、そもそも雅事《みやびごと》を軽蔑してすらいる。己には不適任と一時は固辞したが、他に人がおらぬと言われてしまい、結局は受けた。

何も言わず、地蔵のように四畳半の端で口をつぐんでいると、部屋を見渡した宗及が感嘆の声を発した。

「それにしても、ええでんな、今日の工夫は。特にあそこの花入は見事や」

床柱にかかる花入には、一輪の花が咲いた梅の枝が差してある。

「ああ、今回の茶室の設《しつら》えは倅《せがれ》に任せました」

「ほう、十五郎《わかさん》が。なるほど、腕を上げられましたなあ。今度、褒めておかなあきまへん」

茶の約束事などまるで知らぬ左馬助からすれば、梅の枝の良し悪しなど分からないばかりか、この茶室に飾られている梅の花などは、少々嫌味な気がしてならない。どうせなら満開の枝を切ってくればよいものを、五分咲きで、しかも一輪しかない枝をわざわざ選んでいる辺りに取り澄ました感がある。これを良しとする茶の美意識とやらに馴染めない左馬助がいた。花といえば枝をたわませるほどに咲き乱れた姿が至高だろう、と反感を抱く左馬助など初めからいなかったかのように、宗及と光秀の会話は続く。

「釜始めにお呼びいただき、恐悦至極や」

「いえ、師匠方を呼ばぬわけには参りますまい」

光秀が応じると、それまで黙りこくって宗及の横にあった、連歌師の里村紹巴《さとむらじょうは》が口を開いた。

「ご相伴にあずかり、ありがたい限りでございます」

「いえ、お二方は常々当家のため、うちの倅のために力を尽くして下さっております。ありがたい限りでござる」

宗及も紹巴も、ともに十五郎の師匠だ。

「ときに」宗及の目が光った。「もしかして、ここんところ、織田はんは戦を起こそうとしてはるんやないかと思うんやけど、光秀はん、何かご存じやあらへんやろか」

光秀は小さく首をかしげて答えとしたが、紹巴がなおも疑問を発した。

「ここのところ、耳に入ってきますな。近く戦があるのではないか、と」

宗及は堺の大商人であり、紹巴は連歌師として様々な大名家や公家とも親しい付き合いがある。どちらも独自に情報網を持っており、馬鹿にはできない。

だが、光秀はなおも首を横に振った。

「さて、まだ、拙者は話を聞いておりませぬがな」

しれっと嘘を述べた。

なぜ嘘と分かるかといえば、左馬助は光秀と共に、信長の意思を耳にしているからだ。

この正月、信長は拝謁に臨んだ光秀たちに対し、こう宣言した。

『今年、武田を滅ぼすつもりぞ』

天正三年の長篠《ながしの》の戦を境に、武田は少しずつ求心力を失っている。近隣国衆《くにしゅう》の離反、有力家臣の没落を経て、かつて天下に存在感を示していた大大名は、入江《いりえ》に迷い込んだ老いた巨鯨のように出口を失い、時の波間に浮かんでいた。

その間、信長は機会を待っていたのだろう。武田の内部で何か大きな動きが起こったその時を――。いや、信長のこと、あるいは武田家内部に何か楔《くさび》を打ち込んだのかもしれない。

『用意を怠るでないぞ』

信長の言を直に聞いていた左馬助からすれば、何も知らぬとばかりに白を切る光秀の腹芸に舌を巻くばかりだった。なおも何か言いたげにしている両人を前に、光秀は薄く微笑んだまま茶を用意して二人の前に差し出した。茶を前にあれこれと言葉を並べる不躾《ぶしつけ》を思ったのだろう、二人は同時に茶碗を手に取った。

口をつけたのち、ほう、と紹巴は声を上げた。

「結構なお点前で――」

だが、宗及の顔は浮かない。

茶碗を音もなく畳に置き、茶碗の縁を懐紙で拭うと、宗及は、あきまへん、と口にした。

「今日の茶には迷いがあられますなあ。常々、ご注進しておることとや。『茶会の場に表での悩み事を持ち込むことなかれ、茶に己の苦悩を混ぜ込むことなかれ』ってな。この光秀はんの茶には、わずかな雑味がある」

紹巴は空になった己の茶碗と、茶の残る宗及の茶碗を見比べた。

「そんなことまでお分かりとは、さすがは宗及殿」

「己の得意にはうるさいもんや。紹巴はんも連歌のことになれば、これくらいのことは分かりますやろ」

まあ、確かに、と頷いた紹巴を横目に、宗及は光秀をきっと見据えた。その透徹した目は部屋全体を易々と包み込んでしまう。

「色々とお悩みのようやな。あえてわしは何も聞かんけど、茶に向かう時くらいは忘れたほうがええ」

「申し訳ありません」

「いや、謝らなくてもええんや。お手前のことなんやから」

「そう言っていただけますと、心が晴れまする。——今年も何卒ご教示をいただけますれば」

苦い後味を残して、天正十年の釜始めは終わりを告げた。

宗及たちが退出した後も、光秀は茶室の中で茶を練っていた。茶筅《ちゃせん》で茶碗の中身をかき回し、釜から湯を掬《すく》い出して一服の茶に仕立てる。ただそれだけのことを何度も繰り返し、何度も何度も吟味している。それはまるで武芸者が剣術の型を体に沁み込ませている姿と重なり、ようやく左馬助は茶の何たるかを知ったような気がした。

そんな最中、茶碗の縁から口を離した光秀は、左馬助に曰くありげな顔を向けた。

何か用があるのかと構えると、光秀はぽつりと言った。

「左馬助、武田攻めの際、我らは何が何でも功を挙げねばならぬぞ」

「は？　それは一体――」

「何も言うてくれるな」

光秀は孫でも慈しむかのように手に持っている茶碗を腹に当てて撫《な》でていた。ややあって、痛む腹を抱えているのだということに気づいた。

「殿、お体が悪いのですか」

「五十を過ぎれば悪いところなどいくらでも出てくる。気にするでない。されど、時がないのは事実であるな。今すぐどうこうという話ではあるまいが、老境に至るということは、いつ死んでもおかしくないということでもある」

瞑目《めいもく》した光秀は、絞り出すように声を発した。

「老い支度をせねばならぬな。出来る限り、急いで」

光秀の言葉が、いつまでも左馬助の耳の奥で響いていた。


武田征伐は、結果として明智家中に軍功をもたらすことはなかった。

先発した織田信忠《のぶただ》隊が瞬く間に武田を追い詰めてしまったのである。これには信長も「余り急いで攻めるな」と書状で注意を与えたらしいが、それでも信忠隊が進撃を緩めることはなかった。結局、信長本隊が武田攻めに出立した頃には武功らしい武功は残っていなかった。

信長について下向した光秀たち明智衆は、信忠隊の通った道を辿るばかりの緩やかな軍旅に従った。

信長は信州法華寺にて武田攻めの仕儀を見届けることと決し、光秀たちもそれに従い、同じく法華寺に逗留することとなった。

遠征とは思えぬほど穏やかな日々の中を過ごしていた左馬助であったが、ある日、光秀と共に信長に呼ばれた。

光秀と共に、信長の私室として使われている法華寺講堂の間に足を踏み入れると、仏壇を背に座る信長が、物憂げに脇息《きょうそく》に寄り掛かっていた。小姓衆や馬廻《うままわり》の姿はない。大きな廂《ひさし》のおかげで日の光が一切差し込まぬ部屋の中は、まるで夜のように暗く、ひんやりとした風が、とぐろを巻いていた。

「光秀か」

信長の声は乾き切っていた。

「はっ。御用でしょうか」

光秀と左馬助は下段に座り、同じく平伏をした。すると信長は、わずかに口角を上げた。

「この戦、貴様の倅は来ておらぬな」

「は、はあ……。十五郎には上方の留守居を任せておりますゆえ」

「ならばよい」

信長は脇息に肘をついたまま、まるで投げやるように言葉を放った。

「互いに、歳を取ったな」

「は……?」

光秀はなんと述べたらよいものか、逡巡《しゅんじゅん》しているようだった。その間にも、信長は楽しげに続ける。

「そう構えるな。当たり前のことを申しておる。わしも貴様も年を取った。ただそれだけのことぞ」

目の前の信長は、ここ数年で随分老いた。結っている髪にも白いものが目立ち始めており、髪の毛の一本一本も痩せ始めている。思えば皺も増えた気がする。だが、それだけに大きな鼻と意志の強そうな強い眼光だけが目立つようになった。それに、これは軍旅のゆえかもしれないが、かつては好んで着ていた片身替わりではなく、穏やかな茶色の肩衣《かたぎぬ》というなりだ。

信長とは何度も相対しているが、何度顔を合わせても、この男の理路を摑むことができない。この老人の口から何が飛び出すか、と構えていると、信長は薄く口角を上げたまま、こう口にした。

「貴様の隠居を認めてやろうと思うてな」

「真《まこと》でございますか」

「ただし、二年後ぞ。やりかけの仕事を残したまま、隠居はならぬ」

「と、いうと――?」

信長は鼻を鳴らした。当たり前のことを聞くな、と言いたげだった。

「長宗我部の件ぞ。毛利《もうり》にも我が織田家にもよい顔をするとは、あれはまさに蝙蝠《こうもり》であったな。この問題を解決せい。でなくば隠居は許さぬぞ」

光秀は絶句した。

長宗我部の織田・毛利両属問題は、なおも落としどころが見えぬままだ。取次を担当している斎藤利三も振るわない。青白い顔をしてぶつぶつと呟きながら御殿の中を歩いている斎藤の姿を坂本城で何度も見た。今、斎藤は上方に控えており、何か動きがあれば知らせてくるはずだが、何もやってこないということは、長宗我部との交渉がはかばかしくないのだろう。

光秀は息を吞み、頭を下げた。

「畏れながら」

「なんぞ。申してみよ」

「目下、長宗我部は気炎を上げたままでございます。とても交渉に応じるとは――」

「ならば、仕方あるまいな。取次に当たった者の首を落とし、長宗我部を攻めるしかあるまい」

光秀の顔から血の気が失せた。

取次に落ち度があった際に死を以て贖《あがな》わせるのは、広く行われている慣習だ。だが、今の信長は一般論を述べているわけではない。股肱《ここう》であり筆頭家老の斎藤利三を処断すると仄《ほの》めかしている。

「それはできませぬ。斎藤利三は、これ以上なく明智家、ひいては織田家のために力を尽くし――」

「黙れ」

信長は一喝した。

「分かっておらぬな、きんか頭。力を尽くしていると貴様は言うが、わしが求めているのは忠勤ではない。成果ぞ。それとも何か、貴様は飯が食いたいとき、火を起こすのが下手な余りに芯の残った飯を供した料理人を許すのか」

「そ、それは――」

「成果を示せ。さもなくば、出奔でも自死でも選ぶがよい。それが織田家中であろうが」

天正八年のことだから、かれこれ二年ほど前のこと、信長はその働きぶりが怠慢との理由から、佐久間信盛《さくまのぶもり》や林秀貞《はやしひでさだ》といった譜代の老臣たちに折檻状を送り付け、追放したり出奔に追い込んだりしている。誰よりも家臣たちに苛烈な態度を取る信長の姿を目の当たりにしているのが光秀であるはずだった。だが、この日の光秀は、その現実を受け入れられずにいるようだった。

御意《ぎょい》、と力なく述べ、光秀は立ち上がった。左馬助も遅れて立ち上がろうとしたその時、信長はそっけなく、声を発した。

「明智左馬助であったな。そなたは残れ」

「は……?」

「残れと言っておるのが分からぬか」

光秀は恐ろしいものを見るように信長を見据えた。陪臣のみを謁見の場に残るように口にするなど、異例極まりないことだ。

「早う下がれ、光秀」

追い立てられるように謁見の場から光秀が退出するのを見遣《みや》っていた信長は、ややあって、ふむ、と小さく声を発した。

「明智左馬助。貴様の武勲はよう聞こえておる。明智のため、そして織田のために力を尽くしておるな。常々、信澄《のぶずみ》からも話を聞いておるぞ」

左馬助は深々と平伏した。あえて何も言葉を発することはなかった。なんとなくきな臭いものを感じていたからだ。先ほど、光秀に向けて放っていた固い言葉から打って変わり、信長の言葉に柔らかみが増している気がする。だが、左馬助は犬ではない。突然撫でられて身構えないほど、純粋なわけではない。

信長はくすりと笑った。

「貴様はどうやって、この戦国の世を渡ってきた」

「大して面白みのある話はできませぬが」

「よい。面白き話ならば、御伽《おとぎ》の者で間に合っておるわ」

請われるがまま、ぽつぽつと、左馬助は己の来し方を話した。碌《ろく》な半生ではない。没落した国衆の息子で、一旗揚げようと親の許を飛び出した時には、従う郎党はわずかに一人という有様だった。最初は陣借りの日々だったが、出る戦出る戦負け続きで、碌に功を得ることができなかった。時には追いはぎで腹を満たし、落ち武者狩りで農民どもと利を分け合ったこともある。だが、そうした流浪の日々の中、少しずつ持ち前の勇猛さで名が知られるようになり、やがて抱えたいと言ってくれる国衆や大名も出てきた。そして、様々な大名家の許を転々とするうち、生涯の主君である明智光秀に出会った。

「ほう、あのきんか頭が、それほどよいものか」

「少なくとも、これまで出会った主君の中では、ましなほうでございました」

ふと、光秀が言っていた〝桔梗《ききょう》の旗を振る〟という話を思い出していた。きっとあれは、光秀の実感であったことだろう。

「なるほど」

膝を打った信長は後ろ頭を掻《か》いた。

「のう、左馬助。少し、わしの話を聞いてみぬか」

「は?」

「貴様に頼みがあるのだ」

初めて、信長の威圧で背中が震えた。この時、確かに左馬助の目には見えていた。信長の背後に蠢《うごめ》き、大きな口を開く化け物の姿が。

四月の武田攻めは、武田当主勝頼《かつより》の死を以て終結を迎えた。信長は子の信忠に、主を失って混乱する関東の平定を命ずると、上方へと戻ることに決した。信長本隊と共に、明智衆も上方に戻ることになった。結局この大戦で明智衆は特段の戦に巻き込まれることもなく、結果として戦功を挙げることもできなかった。

左馬助は福知山に戻った。そして、これまでのように城代の藤木《ふじき》と共に民政に当たる日々が戻ってきた。

だが――。

「いかがなされた」

福知山城の書院の間、机を並べて座っていた藤木から声を掛けられた。肩衣姿の藤木の手には、既に左馬助が確認し、署名をした書状があった。

「この書状、間違ってござるぞ」

受け取ってみてみると、本来左馬助の名を記すべきところに、間違えて「明智光秀」と署名してしまっている。

「ここのところ、失敗《しくじり》が多うござるぞ。どうなされた」

「疲れておるのやもしれぬな」

左馬助は目を揉んだ。脈動と共に疼《うず》く痛みは、しつこく目の奥にこびりついている。

「ならよいが」藤木は心配げに顔を覗《のぞ》き込んできた。「あまり無理はなさるな。以前倒れた拙者が言うことではないが、政《まつりごと》は長い目でやらねばならぬこと。短い間に根を詰めて当たることではないぞ。今日は拙者がすべて受け持つゆえ、もう休まれるがよい」

一度は固辞したが、結局は藤木の厚意に甘えることにした。

左馬助の屋敷は、城を出て直ぐのところにある。城代という立場ならば城に住んだところで一向に構わないのだが、君臣の別をつける意味でも、あえて城外の屋敷に住んでいる。

屋敷に戻った左馬助は、ある部屋を訪ねた。南向きの一番広い部屋で、縁側からは調えられた庭を望むこともできる。この屋敷でも唯一格天井《ごうてんじょう》を張り、華麗な花鳥図を配した腰高《こしだか》屏風や四季折々の花を飾らせた絢爛の部屋だ。その縁側で、独り物憂げに庭を見遣っていた女人は、左馬助の姿を見るなり目を輝かせた。

「お帰りなさいませ、今日はずいぶん早くいらっしゃるのね」

「今日は早めに帰らせてもらったのです」

横に座ると、女人は微笑《ほほえ》んだ。その笑顔は、今は亡き妻木《つまき》殿とよく似ていた。

この女人は、左馬助に下賜された光秀の娘、亀である。

荒木村重《あらきむらしげ》の子に輿入《こしい》れしていたが、村重が謀反を起こしたのに際し実家に帰され、こうして左馬助の妻となった。

光秀から『くれぐれもあれを頼む。不幸せな結婚をさせてしまった』と頼まれてからというもの、預かり物と心得、二十ほども歳の離れた亀を、妻ではなく明智の姫様として扱っている。親子ほども年の離れた夫婦は珍しくないが、主君の大事な預かり物という意識もあって、結局枕を交わしてはいない。

飯事《ままごと》の如き妻は、悲しげに微笑み、縁側に伏せてあった団扇を手に取った。

「今日もお疲れさまでした」

扇ごうとしたのを押し留めた。

「なりませぬ。姫様とあろうものが左様なことをなされては」

「――そう」

亀は、縁側にあった貝合わせを指した。

「やりませぬか」

「申し訳ございませぬ。拙者はこうした遊びをやったことがなく……」

生まれて初めて、雅事を遠ざけてきた来し方を恨んだ。

少しうろたえた亀は、ややあって、こう言った。

「ここのところの父上のご様子を教えてくださいませぬか」

お安い御用だった。福知山に戻ってもなお、光秀の様子はたびたび寄越される書状からも窺い知ることができる。

京に戻った光秀は、織田信忠と共に武田を攻めた同盟者の徳川家康を歓待するという御役目につき、溝尾《みぞお》や明智十五郎などを安土城に呼び、その準備に当たらせているという。

「まあ、十五郎が」

「なんでも、堺で料理の食材探しに精を出しているとのこと」

「あの子、昔はおどおどしていたけれど、すっかり立派になったようね」

亀は目を細めた。十五郎は弟に当たる。口ぶりから察するに、仲の良い姉弟であったのだろう。

十五郎も、家臣たちをうまく用いて食材を集めて回っているという。溝尾の文には、これで明智も安泰、と嬉《うれ》しげに書きつけていたが、その文句を見た瞬間、胸を押されたような圧迫感に襲われた。

「そういえば――」亀は心配げに眉をひそめた。「父上は大丈夫なのですか」

問いの意味が分からずにいると、亀は続けた。

「いえ、こんな噂があったものですから」

信州法華寺でのこと。武田の討伐が滞りなく終わりを告げ、信長や家臣一同が居並び喜ぶ中、光秀の発言が物議を醸した。『これで我ら家臣の骨折りが報われるというもの』と感慨深げに述べた光秀に、信長が激高した。『いつ、貴様が骨を折ったというか。言うてみよ、きんか頭が』。そう叫び、光秀の衿をねじ上げ、そのまま縁側にまで引きずり回すと、寺の欄干に光秀の頭を何度も打ち据えた。徳川家康のとりなしもあってその場は収まったものの、光秀は頭から血を流す怪我をしたという――。

「左様なことがあるわけありませぬ」

即座に左馬助は否定した。もしそんなことがあれば、ほぼ常に光秀についていた左馬助の耳に入らぬわけがないし、信州にいる時分に噂になっているはずだ。だが、変に信憑性があるのも気になった。信長は時折光秀のことを〝きんか頭〟と呼ぶ。光秀の頭頂が薄くなり、月代《さかやき》が広く取られていることに対する信長なりの綽名《あだな》なのだが、この呼び名がしっかりこの話の中にも織り込まれている。

どこでその話を？　そう聞くと、亀は答えた。

「羽柴《はしば》家中から贈り物が届きました折、同道していた羽柴のお侍から話を聞きました」

羽柴秀吉は毛利征伐の最中で、武田討伐には参加していない。贈り物を届けてきたという羽柴の家臣は安土城下の屋敷に詰めている者だろう。ということは、安土城下では既にこの噂が飛び交っているということになる。

しばらくして、左馬助はあることに気づいた。

なぜ、羽柴家から我が家に贈り物がなされるのだ、と。

左馬助が陪臣身分に過ぎないにもかかわらず、これまで何の往来もなかった羽柴家から突然付け届けがなされた意味について考える。だが、いくら思いあぐねても、考えうることはただ一つ、武田攻めの際、信長から申し渡された話がどこかから洩れているとしか思えない。あの話はまだ誰にも話していない。光秀に対しても、あえて嘘をついた。己の中で整理がつかなかったがゆえでもあるし、下手に光秀に説明すれば、最悪誅殺される恐れもあった。

ふと左馬助は、どんどん己の囲いが狭まってゆくような気配に襲われていた。

「いかがなされましたか」

亀が心配げに覗き込んでくる。

「いえ、なんでもございません。姫様にご心配をかけ、申し訳ございませぬ」

「何を言うのですか」亀は少し語気を強めた。「わたしは姫ではありませぬ。左馬助様の妻でございます」

何度も亀に言われてきた言葉だ。だが、今、この言葉にほだされるわけにはいかない。

左馬助はその場で頭を下げた。

「姫様、拙者は光秀様に恩を受け、今は家老格にまで引き立ててもらいました。拙者はそれ以上を望みませぬ」

「何を言っておられるのですか」

「何も問わずに聞いてくだされ」

左馬助は仏様にそうするように、己の罪を口にした。

「拙者は今、忠と宿願の際に立ってござります。もし、姫様が拙者の妻とおっしゃるのならば、明智家に対して不忠を働く拙者を許さねばならなくなります。姫様を斯様《かよう》なお立場に立たせるわけには参りませぬ」

「何をおっしゃっているのかは分かりませぬが」亀ははっきりと述べた。「わたしは左馬助様の妻でございますれば、必ずや地獄の底まで付いて参りましょう」

「なりませぬ」

「いいえ。そうさせてください。前の婚家では果たせませなんだ妻の役目を、全うさせてくださいませ」

この姫は荒木村重の子に嫁いだ。本来なら荒木家と運命を共にするはずであったが、村重たちの配慮により明智家に帰された。男から見れば、村重の取った行動は寛大な態度だ。しかし、女から見た時、この〝寛大な〟行動が残酷な仕打ちに映るのではないか、ということに初めて思いが至った。

「嫁ぐにあたって、わたしは明智の家を捨てました。けれど、前の婚家ではわたしを実家に帰しました。結局わたしは、荒木家にとっては客人に過ぎなかったのです」

だから、と亀は言った。

「わたしを、左馬助様の妻にしてくださいませ」

こんな時、己が武芸一辺倒に生きてきたことを悔やむ。もしも少しでも言葉を用いるすべを知っていたならば、心の中で渦を巻き、満ち溢《あふ》れている思いを形にできるのではないか、と。

だが、粗忽者《そこつもの》には粗忽者なりに言葉を探し、己の思いを形にしてみようと試みた。

だが、左馬助のささやかで重大な試みは、部屋の中にやってきた小姓によって阻まれた。

一大事でございます、と足音高くやってきた小姓に、左馬助は苛立ちをぶつけた。

「何ぞ、騒々しい」

申し訳ございませぬ、と謝る小姓は顔を真っ青にしている。

何かあったか、と身構えると、小姓は首を垂れた。

「殿より早馬でございます。至急、安土城に上がるようにと」

「なんだと?」

招集自体は珍しくはない。だが、その場合、余裕を持った日程を提示するのが光秀流だ。だが、この早馬では至急とある。

亀と目が合った。亀はゆっくりとかぶりを振る。わたしのことはいい、と言いたげだった。

「申し訳ございませぬ、姫」

頭を下げた左馬助は、縁側から立ち上がり、亀の居所から飛び出した。

安土城下の明智屋敷はすっかり沈み込んでいた。門番からして陰鬱な表情をしており、門からは陰気な気配が漏れている。やはり何かあったかと訝《いぶか》しみながらも、左馬助は草鞋を脱いだ。旅の垢を落とすのもそこそこに、左馬助は屋敷の奥にある謁見の間へと向かうと、既に上段の間に光秀の姿があった。肩衣姿の光秀は、胡坐《あぐら》を組んで腰を折り、床を力なく眺めていた。その座り姿はまるで老人のようだった。いや、これまでの光秀の溌溂とした姿こそが異常だったのだと考えなおす。光秀は五十を超している。むしろ、鎧兜《よろいかぶと》に身を包み大音声を発するあの姿のほうが異常であったのだと思い知らされた。

「参りましたぞ、殿」

「――早いな、左馬助」

「〝いざ鎌倉〟は家臣の心がけでございましょう」

「そなたらしいな」

力なく笑う光秀をよそに、左馬助は下段に腰を下ろした。

「いかがなさいましたか」

問うと、光秀はぽつりと答えた。

「家康殿の饗応役を外された」

多少は驚いたが、それがどうした、というのが左馬助の本音だった。お役目を下ろされたこと自体は忸怩《じくじ》たるものがあるだろうが、事情もある。長い奉公の間に理不尽な配置の変換や役目の変更などいくらでもあっただろう光秀が、道理をわきまえていないわけはなかった。

「何があったのですか」

「……話さねばなるまいな。饗応の途中、信長様に呼び出された」

少々饗応の内容が豪華すぎ、家康との膳が同格であることに不満を示したものの、信長は光秀の取り仕切りに一定の評価を示した上で、毛利と戦っている羽柴秀吉から援軍要請が入ったため、明智衆を向かわせることとした、と通告してきた。

「それ自体はよかった。丹波《たんば》を治める我ら明智衆が、羽柴殿の救援に当たるのは当たり前。そして、軍事に専心するために饗応役を外されるのも、また当然のことよ」

「何があられたのですか」

「十五郎を、饗応役の後添えにと願ったのだ」

光秀は信長に、十五郎の働きぶりを説明した。堺に逗留し、自ら食膳の内容を改め、家臣を差配している旨を述べ、あの息子ならば、饗応のお役目を十分に果たすはず、と力説した。

光秀からすれば、今一つ覚えめでたくない息子を引き上げようとしたのであろう。

だが、信長は首を振った。

「信長様はこうおっしゃられた。『ならば、貴様の倅は切腹ものであるぞ。わしの食膳の鯛が腐っておったのだ。貴様のこれまでの武勲に免じて胸に秘めておったが、貴様の息子ならば容赦せずとも良い』とな」

そんなことはあり得ない。仕入れの段階で鯛が腐っていたとしたら、料理人や毒見役が気づくはずだ。どう考えても信長の空言であろう。

無論、それに気づかぬ光秀ではなかった。『なぜ信長様は、こうも十五郎をお嫌いになられるのですか』と問うた。

光秀は憂いの色を深くした。

「信長様は、こうおっしゃったのだ。『貴様の倅は孵《かえ》らぬ卵である』とな」

「孵らぬ卵――」

「信長様は、こうおっしゃった。『わしは、力なき者を家臣に置くつもりはない。貴様を傍に置いたのは、忠勤ぶりを買ってのことではない。毎回、わしが望む以上の成果を挙げてきたからぞ。わしの役に立ちさえすれば、泥棒であろうが不忠者であろうが構わぬ。だが、力なき者だけはいかぬ。左様な者を近くに置いておくほど、わしは甘くはない』とな」

ようやく、信長という男のことを呑み込めた気がした。

信長は才能、才覚を愛している。門閥や家系などは一切考慮に入れない。ただ、己の覇道の役に立つ者たちを欲しているだけだ。思えば、信長の周りには、門閥や家系に恵まれぬ者も多い。たとえば津田信澄は、かつて信長に背いた信長の弟の子だ。その経歴を嫌い遠ざけるのが常だろうが、信長は信澄を愛し手元に置いた。それはひとえに、信澄が優秀であったからだ。羽柴秀吉もそうだろう。あれはもともと足軽、それどころか農民の子であったという噂さえある。本来なら大名の近臣として伺候《しこう》できるような立場ではない。確かに柴田勝家《しばたかついえ》や丹羽長秀《にわながひで》という譜代の者はいるが、彼らはおしなべて優秀な者たちだ。功を挙げぬもの、己の地位に安閑としている者は容赦なく追い詰め、出奔するに任せた。

そもそも、浪々の身同然であった光秀を抜擢し、ここまで重く用いたのは、他ならぬ信長だ。

光秀は首を振った。

「信長様はさらにこうおっしゃった。『十五郎に明智、そして惟任《これとう》の家督は継がせぬ。今後、惟任の名字は京一帯を守る家臣に与える号よ。貴様が隠居した暁には、惟任の名字は返納してもらう。そうだな、次は長岡の倅あたりに与えればよかろう』と」

惟任は元来、九州の名族の名字だった。だが、信長はまったく違う運用を考えていたらしい。畿内の静謐《せいひつ》を保つ責任者に与える一種の称号として使い、一般の名字のように、子孫末代まで与えるつもりはなかった。

光秀は声を細めて続けた。

「信長様は、近くに置いてあった地球儀を手に取られ、おもむろに回し始めた。その上で、こうおっしゃるのだ。『これから二代あまり、戦は終わらぬ。こんなにも天地は広いのだ。朝鮮、唐土《もろこし》、天竺、さらに南蛮。貴様の息子に、その戦に耐える器量はあるまい。あのような使えぬ駒は放逐するに限るわ』。そうせせら笑った」

空言にしか聞こえない言葉だが、これを発したのが信長であると聞かされているだけに、全身に雷が走るような感覚に襲われた。信長がそのつもりなら、確かに十五郎のような文弱な二代目は要らぬだろうと。

光秀の目が、白刃がひらめくように光った。

「その上で、こうおっしゃられたのだ。『明智の家督は明智左馬助に継がせる』とな」

その瞬間だった。謁見の間の襖が開き、抜身の刀を握った武者たちが下段の間に雪崩れ込み、左馬助を取り囲んだ。もしも手元に槍があったなら戦えもしただろうが、あいにく左馬助の手元には刀が一振りあるばかりだった。

切っ先を左馬之助に向ける武士たちの波間の向こうで、光秀は苦しげにあえいでいた。

「信長様から聞いておる。そなたに、その打診がなされていたそうだな。武田攻めの際に」

あの日。信州法華寺で光秀と共に信長に謁見したのち、二人きりになった時に信長にこう言われた。

『貴様に明智の家督を与えよう』

と。

理屈の上では不可能ではない。左馬助は光秀の娘を妻に迎えているし、明智の名字も賜っている。

その際には回答を避けた。だが、そんなことをしてはならぬ、という自制心の波間に、本音が頭をもたげてくるのを我慢することができなかった。出世をしたい、一国一城の主になりたい。独り槍を立てた時に何度も念じてきた思いが左馬助に何度も囁《ささや》きかけてきた。

今も、板挟みに遭っている。

明智家への忠義か。

それとも、乱暴で素朴な出世心か。

いつしか、左馬助は身動きが取れなくなっていた。

「答えよ、左馬助。お前は、明智家を食らうつもりか」

上段に座る光秀の顔は、夜叉のように歪んでいた。

光秀という男は、明智家がすべてだった。この主君は、名族土岐《とき》氏の末、明智家を自らの手で盛り立て、次代に伝えるのを己が役目と心に決めていたのだろう。

夜叉のような顔、と思ったが、間違いはなかった。光秀は夜叉だった。夜叉は子が死んだのを嘆いた女が悲しみのあまりに変じた鬼であるとされる。光秀は、落魄《らくはく》していた明智家が生み出した、家の悲運を背負った夜叉であったのだ。

人が化け者に敵《かな》うはずはなかった。

左馬助は己の刀を鞘ごと帯から引き抜いた。周囲の侍たちがざわつく中、その刀を畳の上に横たえさせるとその前に座り、衿《えり》を広げた。

「拙者は光秀様の刀でござる」

それで十分だった。

光秀は扇子を掲げた。すると、取り囲んでいた侍たちが囲みを解いた。

左馬助の前に立った光秀は、左馬助の刀を拾い上げた。

「そなたの気持ちは分かった。すまぬな、左馬助」

「いえ。当然のことでございます」

光秀は刀を左馬助に差し出した。それを左馬之助は拝受する。

苦しい。

本来なら、なりふり構わず光秀の座っている上座へと至りたかった。天下でも知られた大大名の直臣として生きてみたかった。だが、いつだって左馬助の前には目には見えぬ壁がそびえている。

「これから、どうなさるのですか」

「どうもこうもあるまい。信長様の命に従い、羽柴殿の救援に向かう。功を挙げ、翻意を願うしかなかろう」

うまく行くとは到底思えない。これから十五郎が信長好みの才子に成長するわけもない。

前途は暗かった。


五月の中旬、左馬助は京の西にある愛宕山《あたごやま》にいた。

戦勝祈願の名目で、明智家の主だった家臣が参詣している。その中には、不安げにしている溝尾の姿や、顔を青くして窶《やつ》れた顔をしている斎藤の姿もあった。

斎藤に声をかけると、力なく応じた。

「長宗我部を説得しているのだが、いかぬ」

なおも反抗的な態度を取る長宗我部に業を煮やし、信長は五月に四国攻めを行うことを決めた。織田信孝《のぶたか》を総大将、丹羽長秀を参謀に据えた一団は摂津にいて、渡海のための準備を進めているところだという。一万を超える軍勢が海を渡るという状況であるというのに、長宗我部は相変わらず同格の同盟が云々と言っているらしい。

「このままでは戦となる。そして――」

取次としての責任を問われ、斎藤は処罰されることだろう。

励ましの言葉が見つからない。小さく首を振り、斎藤から離れた左馬助は宿所から出た。

愛宕山の頂上は清浄な気で満ちている。大きく息を吸い込み、木々の間から覗く暁光《ぎょうこう》に目を遣《や》った。赤く燃える日輪は、辺りに漂っていた靄《もや》を払った。

左馬助は自然の雄大さを思った。人がこんなにも苦しんでいるというのに、日は当然のことのように昇り、世をあまねく照らす。

もはや、明智家をめぐる状況は風前の灯火だ。

明智家の特権であったはずの畿内大名の取りまとめ役も光秀一代のものとされるばかりか、明智家そのものの家督も十五郎ではなく左馬助に相続させるつもりであると明言されている。この件はまだ光秀と左馬助しか知らぬことだが、いつかは明るみに出るだろう。

この状況をどうにかしようとしたとしても、長宗我部の問題が足を引っ張っている。このまま戦となれば、取次の斎藤どころか斎藤の主君である光秀にも類が及びかねない。かといって、この度の救援で功を挙げることも難しかろう。因幡《いなば》救援の際に見た秀吉の戦振りは、できる限り正面衝突を避けつつ、敵勢の志気を挫く安全策ばかりだ。小規模な競り合いはあるだろうが、いくら小さな戦いを積み上げたところで、長宗我部の一件の失態を取り戻し、家督の件を翻意させるような大功にはならない。

そもそも、功を挙げたところで結局は光秀の宿願は果たされない。

どうしたものか――。

一人物思いに沈んでいると、小姓がやってきた。光秀が左馬助を召していると告げるとすぐに去っていった。

明智家が宿所にしている宿坊の客間に、光秀は座っていた。

ゆったりとした姿で座っている光秀の姿に、ふと左馬助は首をかしげた。

異様なまでに、光秀の顔は穏やかだった。あの告白があってから、光秀の顔はずっと浮かなかった。愛宕山参詣のための山登りの際にも、心ここにあらずといった様子で、危うく崖から足を踏み外しそうになっている場面すらあるほどだった。だが、目の前にいる光秀は、気が満ち溢《あふ》れ、顔も晴れ晴れとしていた。背の重荷をすべて脱ぎ捨て、清々としているようにも見えた。

「いかがなされたのですか」

何か吉報があったのか。訝しみながら座ると、光秀は口を開いた。

「百韻の最中に、事態を打開する手を思いついたのだ」

先ほどまで光秀は連歌会に参加していた。明智十五郎や里村紹巴も参加したもので、左馬助も参加するようにと要請されていたが、文の心得がないからと断った。

「百韻で、何かあったのですか」

「ああ。連歌の発句を任されたのだがな、こんな句を詠んだ」

短冊を渡された。そこには、
　時は今　天に下しる　五月かな
と記してあった。

訝しく思った。そもそも左馬助には和歌の素養はない。

光秀はまるで子供のように稚気を見せながら、短冊を指した。

「何の気なしに詠んだのだ。あくまで此度《こたび》の救援が成功するようにとな。意味も、この五月に天下が穏やかになるという予祝よ。だが、己の詠んだこの句を眺めているうちに、別の意味に見えてきてな」

光秀は扇子の先を、『時は今』のところで止めた。

「この〝時〟を、〝土岐〟と読み替えたらどうなる」

土岐というのは明智氏の先祖とされる名族土岐氏のことと考えたとしたら――。

左馬助は目を瞠《みは》った。

土岐氏である己が、天下を平定する五月である。

そう読めはしないだろうか。

「あくまで、最初はそんなつもりがなかったのだ。だが、この五七五を眺めているうちに、わしは思うたのだ。その手があった、と」

「その手？」

問うと、光秀はずいと左馬助に顔を近づけ、小声を発した。

「今、畿内には誰もおらぬ。最も近くにいる丹羽長秀殿も、摂津で長宗我部攻めの用意をしておる。羽柴殿は毛利攻めの最中、柴田殿は越前で上杉と対陣中、滝川殿は関東の仕置に追われておる。今、畿内にいる大勢力は、わししかおらぬのだ」

「まさか――」

「信長様を――、いや、信長を攻める」

光秀は言い放った。

明智家の状況は八方塞がりだ。このままずるずると何もせずにいるよりは、いっそのこと博打を打ったほうが、まだましだという考えも成り立つ。

そう、博打だ。もし信長を討ち漏らした日には、逆賊として討伐の対象となる。だが、確かに勝てる目の多い博打であることに変わりはない。いつもなら信長の近くにつき従う丹羽長秀が不在というのも大きい。仮に信長を討ち取ったとしても、即座の反撃をしてくる者がいないのだ。その間に畿内、殊に近江と京を固めることができたなら、この謀叛も成功の目が見えてくる。

「されど、うまく行きましょうか」

「成算はある。信長を一気呵成に討ち取り、首を挙げれば必ずや近隣の大名はなびく。長岡殿と筒井殿は必ずや馳せ参じてくれるはず。どちらも我らに恩義を感じてくれている。必要とあらば、いくらでも譲歩もしよう」

「そうまでしても、若様のために、明智を残したいのですか」

思わず左馬助は問うていた。

虚を突かれたような顔をしていた光秀であったが、やがて小さく頷いた。

「ああ、子にできることは、ただそれだけだからな」

その時に見せた光秀の笑みはあまりに自然で、左馬助の息が詰まった。

結局、血の繋がりには勝てぬと知った。また、見えない壁が光秀との間に立ち塞がる。

光秀は信長との間に立ちはだかる見えない壁を打ち破ろうと決めたのだろう。己の宿願のため、そして己の息子のために。だが、左馬助には、己の目の前の壁を突き破るための強い思いなどどこにもない。ただ漠と「出世をしたい」という野心がくすぶっているだけだ。

だが、それでもいい、と思った。

結局左馬助は、この主君の思いを踏みにじることはできない。

「殿、お願いがございます」

「なんぞ」

「此度の挙、拙者に一番槍をお命じください。必ずや、敵の御首を挙げて見せましょうぞ」

「わかった。そなたの願い、しかとこの光秀、胸に刻んだぞ」

ようやく、亀姫を心から己が妻として迎えることができるかもしれない。そんなことをふと思った。

そうして運命の日――。

夜半に丹波《たんば》亀山城を出立することになった。

寝間着姿の十五郎は目をこすりながら馬上の光秀に声を掛けている。

「ご武運を」

そう述べる声には何の屈託もない。

亀山城の大手門を出た明智軍は、東を指して兵を進める。しばらく進むうちに将の中から疑問の声が上がる。我らは毛利を攻めに行くはずではありますまいか、だとすれば、なぜ西ではなく東に向かうのです、と。いちいち答えるのは面倒だった。そうして疑問の声を発して近付いてくる部下たちに、

『密命である』

という言葉を与え下がらせた。

左馬助の声に怯《おび》えるように肩を震わせ、将たちは己の列へと戻っていった。

此度の件は、ほとんどの者が全貌を知らない。すべてを知るのは、光秀と左馬助を除けば斎藤利三と溝尾茂朝《しげとも》くらいのものだ。ほとんどの者たちは、羽柴の救援に向かうものと信じている。

これから、信長の首を取る。

武者震いしていると、横で馬を並べ走っていた斎藤が声を掛けてきた。数日前まではこの世の終わりとばかりに悲嘆に暮れていたが、今は晴れやかな顔をして馬にまたがり、勇壮な鎧に身を包んでいる。それはそうだろう。もはや長宗我部の件などどうでもよくなってしまった。

あの件は織田家の家臣であるうちは大問題だが、今となっては些末な問題に過ぎなくなった。それどころか、長宗我部との同盟の目も出てきた。

斎藤は鎧越しに左馬助の肩を叩いた。

「これから大勝負だ。そなたが失敗《しくじ》ることは、よもやあるまいがな」

「共に、力を尽くしましょうぞ」

「ああ。そういえば――」

斎藤は顔をしかめ、懐からある文を出した。

「皮肉なこともあるものだな。実は昨日、長宗我部から文が参ったのだ」

それは、愛宕百韻を終え、家老に謀叛の意思が伝えられた日の夜のことだった。斎藤の許に長宗我部の文が届いた。その文に曰く――。

「織田に降《くだ》るとのことであった」

これまでの無礼を平に謝し、毛利と縁を切ることを約束するものだった。間違いなくこれは、渡海を辞さずに自ら兵を発するという織田側の宣告と、斎藤の必死の説得工作のおかげであったろう。

つまり、斎藤の首は皮一枚を残して繋がったことになる。

「この件、殿にはご報告は」

「した。だが、笑って首を振られた。もう、必要ないとな」

今更長宗我部を翻意させたところで明智の功とはならず、織田家中での立場は苦しいまま、という判断をしたのだろう。

そんな告白を挟みつつも、明智衆は京へと達した。

手筈はこうだ。明智軍を二手に分ける。今、京には信長とその子の信忠が本能寺と妙覚寺に分宿している。それぞれを同時に襲い、片方の攻めが終わり次第、もう一方に加わるというものだ。

左馬助は本能寺の先鋒を任された。光秀は左馬助の申し出を受け止めてくれた。

眠りに落ちた京の町には、寄せ手を遮る者はない。今出川通りを一気に駆け、手勢で本能寺を囲った。あえて鬨《とき》の声は上げない。弓兵《きゅうへい》たちに命じ、火矢を射かけた。弓なりの軌道を描いた火矢は次々に本能寺を囲む壁を越えて中に飛び込み、やがて、黒煙と炎が上がり始めた。

粗忽者の一人が惣門の脇の通用門から飛び出してきた。手筈通りその者を斬り捨て、中に兵を入れ、惣門の閂《かんぬき》を外させた。門が開いたのを見計らうと、左馬助は槍を掲げた。

「恐れず果敢に攻めよ。拙者に続け」

馬の腹を蹴り、左馬助は寺の中に雪崩れ込んだ。

既に寺の中は紅蓮の炎に満ちていた。火の回りが早すぎる、と訝しく思っていると、炎上していた右横の倉が爆発を起こし、辺りに火の粉を振りまいた。信長は大の鉄炮好きだ。もしや火薬の類を、かなりこの寺の中に持ち込んでいるのではないか――。そう気づいた瞬間、寺域内にある他の建物も次々に爆発を起こし、地響きを立てて崩れてゆく。

味方衆が尻込みをしている中、左馬助は叫んだ。

「何をしておるか、敵はここにあり、皆奮起せよ」

左馬助は炎の熱に焼かれながらも、ただ一人の人を捜す。打ちかかってくる織田方の小姓を槍で突き、逃げまどう坊主たちを後ろから刺し抜きながら。

本能寺本堂の裏手に達したとき、思わず左馬助は息を呑んだ。

そこには、壮麗な建物が建っていた。寺には不似合いな武骨な建物の縁側に、数人の近習に守られた白無垢姿の老人がいた。弓を持っていたものの、丁度矢が尽きたところだったらしく、薙刀《なぎなた》に持ち替えたところだった。その男の冷え冷えとした目が、左馬助の姿を捉えた。

怒号と物の焼ける音、建物が崩れ落ちる轟音の中でも、その男の甲高い声は左馬助の耳に確かに届いた。

「左馬助、か」

間違いなかった。そこにいたのは、織田信長その人だった。

「信長様」

思わず様付けで呼んでしまった。この期に及んでも、覇王は覇王の気を纏い、そこにあった。

「なるほど、貴様がここにおるということは、光秀が裏切ったか」

信長は声を上げて笑った。

「それでこそよ。主に背くは有能の証。見事なり、光秀」

怖気《おじけ》が走った。今まさに殺されようとしているのに、目の前の男には、まるで危機感がない。

むしろ、今この瞬間を楽しんでいるようだった。

信長は薙刀の切っ先を左馬助に向けた。

「さあ、貴様はどうだ、左馬助」

追い立てられるように、左馬助は馬を走らせ、信長に迫った。近習を馬で蹴散らし、槍先を信長に繰り出した。だが、槍先はわずかにそれ、信長の左腕を傷つけるにとどまった。

「ふん――」

血の流れた左腕を見やりながら、信長は唸《うな》った。そして、あざけるように口角を上げた。白い歯が、闇の中で浮かんでいる。

「躊躇したな、左馬助」

薙刀をその場に捨てた信長はくるりと踵《きびす》を返し、建物の障子を開いた。奥には深い闇が広がっている。顔だけ振り返った信長は、吐き捨てるように言った。

「貴様に明智の家督をくれてやると言ったが――。あれはわしの見込み違いであったわ。貴様も所詮、孵らぬ卵に過ぎなかった」

「どこへ行く」

問うても信長は答えなかった。

「光秀に伝えよ。貴様の選んだ道は正しかった。謀叛を起こさねば、どの道明智は断絶となっておったろうとな」

まるで闇に吸い込まれてゆくように、信長の姿は屋敷の中に消えた。そしてすぐ屋敷の中から黒煙が上がり、やがて火が立ち始めた。

信長自身が火をかけた。

そうさせるわけにはいかない。なんとしても信長の首が要る。そうでなければ、仮にこの謀叛が成功しても、いつまでも信長は生きていると囁《ささや》かれ続け、その亡霊に悩まされることになる。

馬ごと突撃しようとしたその時、信長の入っていった屋敷から大きな爆発が起こった。あらかじめ火薬を撒いていたのか轟音を立てて燃え盛る炎は一気に屋敷全体に回り、ぎい、と嫌な音を立てて屋根がかしいでいった。まごつく左馬助を前に、壮麗な建物は一気に崩れ落ちた。

本能寺の戦が終わった。

手筈通り、大方の戦を終えた左馬助は兵の一部を本能寺に残し、信忠の討伐に加わった。

本能寺に残した兵たちは、必死で信長の死体を捜した。だが、燃え盛る炎に巻かれたのか、骨一つ其処《そこ》に見出すことはできなかった。

首を挙げることができなかった。絶好の機があったのに、生かすことができなかった。焼け跡の残る本能寺を見遣る左馬助は、信長が述べた「孵らぬ卵」という言葉を思い出し、一人震えた。

だが、やらねばならぬことは、これからいくらでもある。

安土城を接収し、近江を支配下に置かねばならない。謀反は時との勝負だ。反発する勢力が攻め上ってくるまでにどれほどの優位を築いておくかで成否が決まる。あの火事だ。信長が死んでいないはずはない。一度謀叛を起こしてしまった以上、もはや、水が高きところから低きに流れるように、物事は移ろっていく。

所詮己は孵らぬ卵であった。見えない壁が確かに己の眼前にそびえている。だが、左馬助は首を振って、命運を己に預ける兵とともに近江の平定へと向かった。

第八章　天正十年　十五郎　参

寄せては返す琵琶湖の波音が、左馬助《さまのすけ》の過去に引きずり込まれていた十五郎《じゅうごろう》を現《うつつ》に引き戻した。

目をしばたたかせると、闇の中から今が浮かび上がる。

漆黒《しっこく》の琵琶湖、暗い砂浜、そして、目の前に立っている、泣き出さんばかりの顔の左馬助……。これこそが、十五郎が面している現に他ならなかった。

「今までの話は、真《まこと》なのか」

小さく、けれどはっきりと左馬助は頷《うなず》いたが、戸惑いを隠せなかった。

十五郎のために反旗を翻したなどと到底信じられるものではなかった。これまで、光秀《みつひで》といえばいつも沈鬱《ちんうつ》な顔をして、十五郎を遠ざけているようにすら見えた。

左馬助は琵琶湖に目を遣《や》った。だが、その視線の先にはすべてを呑み込んでしまいそうな闇が控えているばかりで、目を凝らしても何も映りはしなかった。

「殿は、何にも増して若様を気にかけていました。拙者のことよりも、はるかに」

「証はあるか」十五郎は思わず叫んでいた。「父上がわしを案じていた証はあるのか。でなくば、到底わしは、父の思いを信じることができぬ」

十五郎にとっての父は、苦しそうな顔をして廊下ですれ違うだけの人でしかなかった。目の前にいる十五郎のことなど目に入らないように遠くを眺め、土気色の顔をしかめて溜息《ためいき》をつき、足早に去っていく。そんな父親の背が脳裏に焼き付いたままだ。

「ならば、これはいかがでしょうか」

左馬助は懐から一枚の文を取り出してきた。開いてみても、薄暗い中ではわずかにしか見えない。目を凝らし、指で墨をなぞりながら文を読む。

「これは、長岡藤孝《ながおかふじたか》殿宛ての殿直筆書状でござる。挙の直後、拙者の祐筆《ゆうひつ》が清書して藤孝殿にお送りし、原本が手元に残りました。信長《のぶなが》亡き後、手を取り合って政《まつりごと》を果たしてゆこうという内容でござる」

信長の死後、長岡藤孝、忠興《ただおき》の親子は共に剃髪した上、忠興の妻に収まっていた光秀の娘・玉《たま》を幽閉し、光秀の謀反に加わらぬという意思を表明した。その後、いくら書状を送っても、いくら使者を遣わしても、長岡親子が明智《あけち》に馳せ参じることはなかった。信長の首を挙げることができれば必ずや長岡は明智になびくはずという光秀の予想は外れたことになる。

その書状は、長岡親子が剃髪をしたことについて一時は怒りを覚えたが是非もないと述べ、この挙への協力を重ねて頼んでいる。光秀はこの文の中で長岡家に摂津を与えると明言するばかりか、もし若狭《わかさ》や但馬《たじま》がほしいというのなら考え、さらに他に約束があったなら必ずや履行する、と下手に出ている。そして、この挙を起こしたのは与一郎《よいちろう》、つまりは長岡忠興を取り立てるためのものであったとおためごかしまで付している。いつ書かれたものかは分からないが、この文の書き手である光秀の狼狽《ろうばい》が目に見えるような書状であった。

だが、十五郎はある一文に目を奪われた。

五十日、百日の内ニハ、近国之儀可相堅候間、其以後者十五郎、与一郎殿なと引渡申候て、何事も存間敷候、委細両人可被申候事……。

五十日から百日の間に近隣諸国の混乱を収めた暁には、その後は十五郎と与一郎殿に引き渡し、あとは二人に任せる。光秀はそう書いている。

与一郎は長岡忠興だろう。問題は十五郎だ。十五郎を名乗る者は数多いが、光秀が呼び捨てにできるのはただ一人、息子である十五郎だけだ。

「殿は、最後まで若様のために動いておられました。恐らく、殿は最後の最後まで、若様のことを案じておられたでしょう」

思わず、十五郎はその場に膝をついてしまった。その拍子に砂が鳴いた。

父はずっと自分のことを案じてくれていた。そして、自分のために己の得た栄華を残そうとしてくれていた。だが――。

「なぜ父上は、わしに何も言ってくれなかった」

「若様も、殿のご気性をご存じだったでしょう。あのお方は、一人ですべてを抱え込んでしまうお人だった。あのお方は、ずっと一人で耐えていらっしゃったのでござる」

「されど、父上がおらぬようになってしまっては、元も子もないではないか」

絞り出すように口にした十五郎の言葉は波間に溶けることなく、しばし辺りに漂っていた。

「真に、そうですな」

左馬助は湿った声を発した。

書状に残る光秀の筆跡は、わずかに震えていた。謀反を起こし主君を討ち取ったというのに遅々として近隣の掌握が進まないばかりか、羽柴秀吉《はしばひでよし》が京目指して進軍しているという知らせも既に耳に入っていただろう。恐怖もあったろう、逃げ出したくもなったろう。震える手を抑え、この書状をものしたのだと思うと、目の前の光景がじわりと歪んで見えた。

「この書状、貰っても」

「構いませぬ。もう、拙者にも意味のないものでござる。それに、その文は若様こそ持つにふさわしい」

左馬助は微笑《ほほえ》みかけてきた。だが、その笑みの端に、一抹の悲しみがこびりついているのを十五郎は見逃さなかった。本当ならば何か声を掛けてやりたかった。だが、どんな言葉を口にしたところで嘘に聞こえてしまいそうだった。

ややあって、十五郎の口から飛び出したのは、これからのことだった。

「これからわしはどうしたらいい」

「若様がこれからどうなさりたいか、これに尽きると思います」

「どういう、ことだ」

「既にお話ししたと思いますが――。殿は、大将は旗を振るのが役割だとおっしゃっておられました。そして、その振り方を若様に教えたい、とも。若様のお仕事は、この城にいる者たちに、己の意思を告げること。そして、大将としてやらねばならぬことを考えねばなりませぬ。これは、家臣ごときには思いもよらぬこと。これを決めるのは、見えない壁の内側におられる、若様のお役目でござる」

昔語りの中で、左馬助は見えない壁の話をしていた。だが、左馬助の言葉に非難や冷笑の色は一切なかった。

「これは、若様にしかできませぬ。桔梗《ききょう》の旗を振るのは、桔梗の人である若様だけでござる」

一つ頭を下げた左馬助は、踵《きびす》を返し、闇の中に消えた。

あの男は死ぬだろう。それが証か、左馬助の背には、陰鬱な影がこびりついていた。悲壮な覚悟だけが、あの男を突き動かしているのだろう。明智家の家臣として生き、明智家の家臣として死ぬ、そう決めた、左馬助の覚悟が。

では、己はどうだろう。十五郎は自問したが、答えは出なかった。

思えば、坂本城までやってきたのは、光秀の導き――、左馬助の言を借りれば、光秀の振った旗に従っただけだった。だが、今光秀は何処《どこ》にもいない。

これからは、己の手で桔梗の旗を振らねばならない。

だが、どうやって？

琵琶湖はただそこにあって波の音を立てるばかりで、十五郎の問いに答えてはくれなかった。

しばらく波音に耳を傾けているうちに、城の方角にあった木陰から一つの影が現れた。

「若様、遅いので心配いたしましたよ」

やってきたのは妻木七郎兵衛《つまきしちろうひょうえ》だった。あからさまに安堵の顔を浮かべると、十五郎の手の書状を指した。

「それは？」

「いや、なんでもない」

懐に文を収めた十五郎は思わず、七郎兵衛に問うた。

「わしはどうすべきなのだろうな」

七郎兵衛は首を横に振った。

「すまぬ。愚問であった」

父もこうして一人、答えのない問いに煩悶していたのだろうか。そんなことを、ふと思った。

波音だけが、辺りを包んでいた。


結局その日は城に戻っても一睡もできなかった。

朝、櫓《やぐら》に上り、外の景色を眺めた。夢であってほしかった。だが、今にも雨が降りそうなほど分厚い雲の下、おびただしい旗指物や馬印が立ち並び、精強を誇る騎馬武者たちが坂本城の周りを囲っている。

敵陣から鬨《とき》の声が上がり始めたのは、丁度十五郎と自然《じねん》の二人で朝餉《あさげ》を囲んでいるときのことだった。こんな瀬戸際でも腹が減るのかと半ば呆れながら飯を掻き込んでいると、男どもの咆哮が聞こえ始めた。

「兄上、恐ろしゅうございます」

自然が箸を取り落とし、肩を震わせ始めた。昨日再会したときに随分大人びたと思っていたが、齢十一の子供であることには変わらない。大丈夫ぞ、この城には精兵がおる、と慰めても駄目だった。やがて部屋で配膳をしていた女中たちにも不安が伝播しついに泣き出す者が現れてからは、歯の根を鳴らして震える弟の背を撫《な》でることしか十五郎になすことはなかった。

朝餉を終え、着慣れぬ戦直垂《いくさひたたれ》を纏《まと》って二の丸謁見の間に向かうと、既にそこには主だった家臣たちが詰めていた。もはや十名ほどしかいない。皆一様に不安と興奮で張り裂けんばかりの顔をしていた。その中には、隠岐惟恒《おきこれつね》や内藤三郎右衛門《ないとうさぶろうえもん》の姿もある。一人一人、家臣の顔を心に刻み込むようにして眺め、自然とともに上段の間に腰を下ろした。

下段の間の筆頭に座るのは、武骨な鎧兜《よろいかぶと》に身を包む明智左馬助であった。

「皆、朝早くご苦労であるな」

謹厳な言葉が、謁見の間に満ちる。

「皆も既に承知のことと思うが、羽柴方の武者どもがこの城を囲っている。もはや逃げ場はない。この城にはかなりの備蓄があるが、長い籠城戦とはなるまい。今、この城には兵が千もおらぬ。いくら大城と雖《いえど》も、兵がいなければ守ることすらおぼつかぬ。それに、秀吉からすれば、この城をいつまでも囲っておく意味がない」

既に〝謀反人〟光秀は死に、坂本城に集《つど》う者たちは残党に過ぎない。秀吉からすれば、この城は路傍の石も同然、無理攻めをしてでも早めに取り除こうと動くだろう、というのが左馬助の言だった。

「さて――。つまり、もうこれが最後の機でござる。今からでも遅くはない。不忠を誹《そし》ることもせぬ。もし、我が身が惜しいという者がおれば、今から逃げてもよい」

十名あまりの重臣たちは、皆目が据わっている。逃げるつもりだったのなら、もっと早く逃げている。そう言わんばかりだった。

座を見渡し、左馬助は頷いた。

「皆、ここで戦ってくれるか。ありがたい。――次に、取りうる戦い方だが」

だが、あれほどどらんらんと目を輝かせていたはずの家臣たちが、一様に下を向いてしまった。もはや勝てる見込みのない戦に策も何もあるまいと言いたげだった。

そんな中、声を上げた者がいた。晒《さらし》を巻き、左手を肩で吊っている明智光忠《みつただ》だった。

「もはやこの盤面は詰んでおる。ならば、あとは綺麗な盤面を残し、明智の名を汚さぬよう振る舞うべきであろう」

「と、いうと」

「武士の誉れ。強敵に真っ向挑んで花と散ろうではないか」

他の重臣たちからも、おお、と声が上がった。華々しく戦い散る。勇者の死は、何百年経っても語り継がれてゆく。それを知ったるからこそ、光忠の提案は甘い響きを以て響く。

評定の間の意見は突撃一色に染まってゆく。

そんな中、左馬助は上段の十五郎に向いた。

「若様はどうお考えですか」

左馬助の目が聞いている。この一晩、何を考えてきた？　桔梗の旗をどう振るのか、考えたのではあるまいか、と。

だが、十五郎は首を振った。

「わしは未だ、結論が出ておらぬ」

正直に述べた。

家臣たちが白けているのは下段の間から聞こえてくる非難がましい溜息からも分かる。だが、今の十五郎は、己の逡巡《しゅんじゅん》をそのまま口にすることしかできなかった。

「昨日一晩、いろいろ考えたのだ。そなたら勇士をあたら失うのは惜しい。いっそ、わしの首を以て皆を許してもらおうとも考えた。だが、光忠小父《おじ》のご意見もまた、一理あると揺れておる。ゆえ、今、ここに至ってもなお惑うておる」

家臣たちの顔にあからさまな不満が覗《のぞ》いている。当たり前だ。散華の酒に酔っている相手に水を差すようなことを言ったという自覚もある。

十五郎の態度に噛みついたのは、家臣たちの熱を背にした光忠であった。

「そなたは明智の後継ぎであろう。だというに、優柔不断な態度を取りおって。草葉の陰でお父上も泣いておろうぞ」

「分かっております。されど、あまりに桔梗の旗は重すぎます」

明智の旗の下には今、千名ほどの家臣の命がある。千の人生が、十五郎の持つ明智の旗の振りように委ねられている。一時はその十倍近い人々の命を背負い、旗を振るっていた父の大きさがようやく理解できた。そして、その苦悩をも。

「泣き言を言うでないわ」光忠は声を荒げた。「そなたにも、そしてわしにも責任がある。名族明智家最後の一人として、晩節を汚さずに死なねばならぬのだ」

そこに、左馬助が嘴《くちばし》を挟んだ。

「お待ちくだされ、光忠殿。仮にも上段にあるお方を恫喝してはなりませぬ」

「恫喝などしておらぬ、わしはただ道理を言上しておるだけぞ」

「では、こういたしませぬか」

左馬助の提案がなされた。

一つ、秀吉方に使者を発し、降《くだ》るか降らぬかの瀬戸際にあるように匂わせ、攻撃を延期させる。

一つ、正午にまた評定を開き、その上で家中としてどう動くかを決める。

要は先延ばし策であったが、光忠を始めとする家臣たちは不承不承ながら呑んだ。

「では、一時お開きとしましょう」

左馬助の宣言で、家臣たちは下段の間から一人、また一人と十五郎に蔑むような眼を向けては去っていった。評定の間には、十五郎を支えてきた妻木、隠岐、内藤の三家臣と左馬助、そして十五郎と自然が残された。

重苦しい場の中で、惟恒が口を開いた。

「それにしても、まさかあの光忠殿がああも強硬な態度を取られるとは」

十五郎も思うところだった。これまで十五郎が眺めてきた光忠は穏やかで人当たりがよく物静か、悪く言えば覇気のかけらもなく、毒にも薬にもならぬようなお人だった。それが今、最前に立って強硬なことを述べる不思議を思う。

「いや、逆でしょうよ」内藤が冷ややかに評した。「あのお人は明智一族であるというところに己の軸を置いておられるお方だ。明智家と共に生き、明智家と共に死ぬという発想しか湧かないのだろうよ。もっとも、俺は光忠殿のご意見に賛成だがね」

ぎょっとする家臣たちの前で、内藤は、だってそうだろう？　とうそぶいて見せた。

「武士は死して名を遺すもんだ。あれほどの大軍を前に派手に暴れ回れば、己の名はいつまでも残ることだろうよ」

「やめぬか」

惟恒は内藤を押し留めた。

皆の視線が十五郎に集まる。

上段にある十五郎は、一人、重圧と戦っていた。様々な人々の思惑が絡まり、息をするのさえ苦しいこの場で、経験も何もない己が何をすればよいのか、分かろうはずもない。人々の思いが頭上に覆い被さり、潰《つぶ》されていく感触に襲われている。

息が詰まる。目がかすむ。頭がぼうっとする。

「若様」

妻木七郎兵衛の声が遠くに聞こえる。

とにかく苦しい。

そんな中、十五郎はこう口にするので精いっぱいだった。

「すまぬ。茶室に行ってもよいだろうか。一人になりたい」

下段の家臣たちは顔を見合わせた。しかし、七郎兵衛が、

「かしこまりました。ただし、何かあったらお呼びいたします」

と、誰よりも早く口にしてくれた。

十五郎は立ち上がり、縁側に出ようとした。その時、呼び止められた。

「若様」

振り返ると、声の主が左馬助であることに気づいた。左馬助は何も言わず、小さく頷いた。

分かっておりましょうな、そう念押ししているようにも見えた。

小さく頷き返した十五郎は、足早に縁側へと飛び出した。

十五郎は一人、二の丸の隅にある茶室に籠った。

すんすんと音を立てて湯気を発する八角釜《はっかくがま》を見やり、信長から拝領したという黒茶碗を見下

ろしながら、鳥の鳴き声に耳を澄ましていた。だが、楽しげに歌っていた鳥たちは、秀吉方の鬨の声を聞くとぎゃあぎゃあとけたたましく鳴いて空へと逃げていってしまった。

柄杓《ひしゃく》で湯を掬《すく》い、抹茶を入れていた茶碗に注ぎ、茶筅《ちゃせん》でかき回す。緑の渦が今世の一切合切を呑み込んでゆく。床の間には信長から拝領した掛け軸が部屋に彩を与え、信長より下賜された茶釜が湯気を立てている。もうこの世にいないはずの旧主の気配が狭い部屋に満ちていた。悪い気はしなかった。使い込むうちに、茶道具は新たな主になつくようになる。もはやここにある茶道具たちは、まるで忠実な番犬のように、何も言わずに十五郎の顔を見遣ってくるばかりだった。

渦を眺めながら、ふと、十五郎は己を形作ってくれた師匠たちのことを思った。

茶頭《さどう》の津田宗及《つだそうぎゅう》はどうしているだろう。連歌師の里村紹巴《さとむらじょうは》はどうしているだろう。信長よりは光秀の方が風雅の道を尊重するだけまし、と笑っていた二人の面影が蘇る。あの二人は特に光秀と懇意にしていた者たちであるだけに、この後の風当たりが強くなるだろう。一人になると、他人のこれからを慮《おもんぱか》るだけの余裕が出てくる。

己のための茶を点《た》てる。だが、呑む気にはなれない。

どうしたら、よいか。

左馬助は若様自身で決めるべき、と言っている。だが、今の十五郎は、他人の思いに覆い被さられて、己の気持ちがまるで見えなかった。それはまるで、煮立った湯で点てた茶のようだ。熱湯の湯気のせいで茶碗の景色や茶の緑色まで見えなくなっている。

十五郎は特に乾かぬ口に、無理矢理茶を流し込んだ。だが、久々に点てた茶は苦いばかりで、旨味も甘みも消え失せている。どこにも答えはない。

一人逍遥としていると、入り口の戸が開いた。

廊下に立っていたのは、弟の自然だった。

「兄上、ご一緒してもよろしいですか」

「ああ。入るといい」

頭を下げた自然は茶室に入ると、下座に腰を下ろした。

「茶を点てよう」

「お願いいたします」

十五郎は念じるように茶を練った。

よく、津田宗及が言っていた。人は簡単に死ぬ。そやさかい、これが最後の茶と思うて茶を点てなければあきまへん、と。その意味がわかるほど、十五郎は大人ではなかった。だが、子供なりに多くの人々の死に触れた。妻木殿、織田信長・信忠《のぶただ》親子、津田信澄《のぶずみ》、そして父の光秀。確かに宗及の言う通り、人は余りに容易《たやす》く死の螺旋《らせん》に飲み込まれてゆく。茶碗の渦を眺め、十五郎は螺旋の中央に空いた穴について思った。

「どうぞ」

練り上がった茶を自然にすすめた。すると自然は作法通りに茶碗の景色を楽しんだのち、ゆっくりと茶をすすった。

「自然、そなた、茶を学んでいたのか」

「はい、筒井順慶《つついじゅんけい》殿より教わりました」

若き僧形の大名の姿が頭をかすめ、少し心が痛んだ。もう、順慶と逢うこともない。

「筒井殿は、よき父であったか」

「はい、間違いなく。まるで実の弟のように可愛がってくださいました」

自然の言葉は硬かった。

十五郎は首を振った。

「自然、未だにわしは、惑うておるのだ。どうしたらよいのか、分からぬのだ」

ややあって、自然が訊いてきた。

「なぜ兄上は、惑うてらっしゃるのです」

穏やかな問いが、十五郎の胸を刺し貫いた。

「なぜ、とは」

「もしもご覚悟が決まっているのなら、そちらに流されていることでしょう。けれど兄上は一歩を踏み出せずにいる。兄上の心中は、この城の者たちとは全く違うところにあるということではありませぬか」

言われて初めて気づいた。もしも己に考えがないのなら、光忠の意見に乗っていたはずだ。光忠の散華案に乗らなかったのは、その意見に反発した己がいたからだ。

そう気づいた瞬間、目の前の靄《もや》が一気に晴れた。

「兄上」

自然が問いかけてくる。その声は、優しく響いた。

「わしは――。生きたいのだ」

光秀は山崎の戦での大敗を経てもなお、坂本へ帰還しようとした。それは、何が何でも生きてやろうという、死への反骨ではなかったろうか。ならば、その旗を継いだ己は、この桔梗の旗を残すべく、桔梗の人として生き抜くしかない。

それに、十五郎はなおも茶や連歌への未練を手放すことができずにいた。天下の宗匠たちに認められつつあった己が惜しい。それもまた、包み隠さぬ十五郎の真実だった。

茶の香りが十五郎の目を覚ました。

「いや、わしらは、生き残らねばならぬ。名族明智の血を残すため、生きてゆかねばならぬ。それがわしの望みぞ」

ようやく、己の答えを得た。

だが、これからどうするのかが問題だった。


正午の評定の際、開口一番に十五郎は己の意思を家臣たちに伝えた。

予想はしていたが、光忠から猛反発があった。下段の間の床を殴りつけ、口から泡を飛ばしながら十五郎を睨みつけた。

「言うに事欠いて、十五郎、そなたは名族明智の名に泥を塗るつもりか」

「名を残して何になるのです。いくら燦然《さんぜん》たる名が残ったとて、人が残らねば何にもなりますまい。わしは、生きるため、この場を離れまする」

「許さぬぞ。明智の名のため、ここでそなたには死んでもらわねばならぬ」

光忠の目は血走っていた。

「十五郎、わしは、そなたの父のおかげで、落魄《らくはく》していた明智家再興の夢を見ることができたのだ。もはや、再びの落魄など見とうないのだ。わしには見えるぞ。山の中に庵を結び、雑草とわずかな米で拵《こしら》えた雑炊で腹を満たし、名を変え身分を偽り、仕官したいと歩き回る、そなたの姿がな」

それはきっと、明智を再興させようともがいていた頃の光秀の姿なのだろう。

「もう、明智の盤面は詰んでおるのだ。潔く諦め、散華せえ」

「まだ、明智は終わりませせぬ。明智の旗を継ぐものがある限り」

いつまで経っても、光忠との言い争いは平行線を辿る。それもこれも、分かっていた。光忠には光忠のこれまでの人生があり、思いがある。十五郎ごときの言葉で翻意できるのなら、とうの昔に考えを改めているはずだ。

だから、十五郎も辛抱強く己の思いを、たどたどしく形にするばかりだった。

「光忠小父。わしは、ここを生きて出て、何が何でも明智の旗を残さねばなりませぬ。いえ、明智の旗を残すのが己の天命であると定めたのです。小父には小父なりのお考えがあるとは思います。されど、拙者には拙者の考えがあり申す」

「何を言うか、青二才が」

「青二才と申されますが、それでも、この城の主でございます」

「屁理屈を申すでないわ」

光忠はついに立ち上がった。血走った目で十五郎を睨《にら》みつけるや脇に置いていた刀の柄を手に取り、すばやく刀を抜き払った。

突然のことに家臣たちは咄嗟《とっさ》の行動を取ることができなかった。

その間にも、光忠は足音高く上段の十五郎に迫り来て、刀を大上段に構えた。

十五郎は頭上できらめく白刃を前に、居竦《いすく》みを起こしていた。最初、まるで現実感がなかった。だが、その剣先がわずかに揺らいだその時、恐怖が腹の底から湧き起こってきた。

死にとうない。死の逃避が頭をかすめたものの、体が動かない。

思わず十五郎は目を閉じた。

悲鳴が耳に届く。

恐る恐る、目を見開いた。痛くはない。体をまさぐっても、怪我ひとつない。なにが起こった――？　己の体を改めた十五郎が、目の前を見た瞬間、そこには両腕を大きく広げ、立ちはだかるように仁王立ちする男の姿があった。

白髪混じりの髪を覗《のぞ》かせ、顔だけ十五郎に向け、口元から血を流しながらも、薄く微笑《ほほえ》むのは――隠岐惟恒であった。

「間に合い――ましたな」

惟恒は枯れ木が倒れるように、その場に崩れ落ちた。

「惟恒！」

十五郎が叫んだその時、左馬助が大音声を発した。

「光忠殿ご乱心である、捕らえよ」

左馬助の一喝によってようやく気を取り直した家臣たちが光忠に向いた。光忠はと言えば、顔を青くして、血にまみれた刀を手に握り、呆然とその場に立っていた。だが、他の家臣たちが光忠を捕らえようとしている構えを見て取ったか、嘲笑《あざわら》うように見渡した。

「無用よ」

そう言い放つや、光忠は刀の刃先を己の首元に当て、一気に引いた。

鮮血が辺りに飛び散り、光忠はうつ伏せに倒れた。

あまりのことに、事態は騒然となった。左馬助ですら目を泳がせている。他の家臣たちはあてどもなく隣の者と目配せをし、意味のない言葉を口にしている。

だが——。

「黙れ」

十五郎の一喝が、場のざわめきを払った。仰向けに倒れている惟恒を抱きかかえながら、呼びかける。

「惟恒、惟恒、惟恒……」

大きく開いた傷からは、とめどなく血が流れ続けている。その顔からは血の気が引き始め、唇は青い。強く抱きしめて何度も話しかけると、ようやく惟恒は眠そうな目を少し開いた。

「若様――。すっかりご立派になられましたなあ」

「惟恒、気をしっかり持て」

「思えばこの隠岐惟恒、ずっと若様の許におりましたが、家老として、若様に何もして差し上げることができませなんだ。凡庸な我が身を悔いておりました。されど、ようやく、若様のお役に立て申しましたな」

「何を言うか」

惟恒は、物心ついた頃からずっと共にあった。光秀が父ならば、惟恒は祖父代わりだった。

「本当なら、若様とともに、ここを抜け出た後も生きとうござった。されど、ここでおさらばのようでございますな。――若様、ご武運を」

手を伸ばし、十五郎の頬に触れた惟恒であったが、その手が落ちた。惟恒の呼吸が止まり、瞳孔が開き始めた。瞳が黒く染まっていくのを押し留めるすべはもはやない。

「惟恒――。すまぬ」

十五郎はその場に惟恒を寝かせ、瞼を手で閉じた。

顔を上げると、うつ伏せに倒れたままの光忠の姿が目に入った。目を大きく見開いたまま血の池に沈む光忠の傍には、その姿を覗き込む左馬助の姿があった。目を合わせると、左馬助はゆっくりと首を振った。

惟恒と光忠を運び出すように家臣に命じた。だが、二人が退場してもなお、二人の残した鮮血はその場にある。血の匂いの満ちる部屋の中で、左馬助が口を開いた。

「このことは他言無用ぞ。もし、生き残った者があったとしても、光忠殿の名誉を守るため、誰にも話してはならぬ。光忠殿は自刃。それでよいな」

周囲をねめつけるように見渡した左馬助は、呆然としていた十五郎に向いた。

「若様、これからいかがなさいましょうか」

なおも、十五郎の思いは変わらない。

「わしは、明智の血を残したい。父上もそれを望んでいらっしゃるはずぞ」

「ならば、拙者に策があります」

左馬助は、光忠の残した鮮血を隠すように、四畳はあろうかという大きな城図面を部屋の真ん中で広げた。諸将たちが坂本城の図面に目をやる中、左馬助は続けた。

「皆も知っての通り、この坂本城は東に琵琶湖を擁しておるゆえ、三方を守ればそれでよい。されど、今の城兵では、三の丸まで手が回らぬ。それゆえ、繋いである舟をすべて壊した上で、三の丸を放棄する」

「打って出ないのか」

内藤の問いに、左馬助は応じた。

「すぐに打って出ることはしない。――内藤、妻木の両人に頼みたいことがある」

突如指名された形となった七郎兵衛は、不思議そうな顔をして左馬助を見遣っている。

「どんな方法でもいい。内藤が言うように、突撃して陣を抜けてもよいが――。必ず生きて囲いを抜けろ」

これには、内藤、七郎兵衛ともに意味を取りかねているらしい。左馬助はなおも続けた。

「大事な役目だ。必ずや生きて帰り——。若様の墓を作れ」

これには七郎兵衛が嚙みついた。

「どういうことですか。まさか、左馬助殿も、ここで若様が死ぬべきと考えておるのではありますまいな」

左馬助は鼻を鳴らした。

「いや、違う」

左馬助の言うところはこうだった。

この戦が終われば、必ずや羽柴方は十五郎の首を捜すことになる。だが、十五郎が生き延びれば首は絶対に見つからない。もちろん首が見つからなくとも不自然でないように細工をするが、それでもしばしの間は十五郎の捜索を行うことだろう。そんな最中、もし、羽柴方が明智家家臣の建立した十五郎の墓を見つけたら、どうだろう。明智家家臣がわざわざ墓を建てたということとは、十五郎が死んだと確信するはずだ。

「墓の下に、何もなかったとしても、ですか」

「ああ。なくともよい。もしも余裕があれば、若様と年格好《としかっこう》の似た偽首を仕立てて、拾ってきて埋めてもよいな」

「つまり、目くらましのための墓ということ、ですか」

「ああ。そこまで分かっていれば、上々だな」

得心したように頷く七郎兵衛の横で、内藤が目を暗く光らせた。

「つまり、七郎兵衛が生き延びて、墓を建てればそれでよい、ということだな。たとえば、七郎兵衛を逃がすために、俺が一人で敵軍に突っ込んで死んでもいいってことか」

まるで想定済みの問いであったかのように、左馬助は頷いた。

「ああ。どのように囲いを脱出するかは二人に任せる。もちろん、そなたが言ったようなやり方でも文句は言わぬ。だが、そうして妻木を逃がしたとて、落ち武者狩りに遭う危険はある。二人で協力して危難を払った方がよいとは思うがな」

不満げに頷いた内藤を前に、左馬助は手を打った。

「あともう一つ言いそびれておったわ。いかなる方法を取ってもよいと話したが――。琵琶湖を泳いで渡るなどということはせんでくれ」

「なぜですか」

「なぜなら――」左馬助は十五郎と自然に向いた。「このお二人を琵琶湖からお逃がし奉るつもりゆえだ」

左馬助の言うところはこうだ。今日の夜、本丸にある渡しに係留されている小舟を用い、二人を脱出させる。もちろん既に対岸の安土は羽柴方の勢力域になっているだろうが、小舟一つならば、そこまで目立つことはあるまいとのことだった。

その話を聞きながら、なぜ左馬助が三の丸の船を破壊すると言い出したのかが分かった。船が敵の手に渡り、湖上を封鎖されてしまってはおちおち逃げることもできないからだ。

七郎兵衛は問うた。

「いつ、出ればよいですか」

「そうだな。夕方頃、羽柴方に使者を出そうと思うておる。その後ならば、いつでもよい」

家臣の一人から声が上がった。我々はどうしたらよいのですか、と。

左馬助は無感動に頷いた。

「若様が城をお離れ遊ばされるまで動いてはならぬ。万が一敵方が動いた際には、防戦に努めよ。わしが合図を出す。それ以後ならば、そなたらの随意に動くがよい。敵方に打ち掛かるなり、防戦に努めるなり、好きにしろ」

御意《ぎょい》、とその家臣は頷いた。

顎に手を遣りながら、碌《ろく》な策になりませぬな、と力なく笑った左馬助は十五郎に頭を下げた。

「ざっと、このような策でござる。いかがでござろう、若様」

文句などあるはずはなかった。諸将が浮足立つ今この場にあって、一人、氷のように冷徹に断を下す左馬助は恐ろしくも美しかった。あの信長が一時は惚れ込んだことだけはある。そして、もしも左馬助のような男が明智の跡取りであったなら、と思わぬこともなかった。

己の不甲斐なさを必死で呑み込んだ。

「すまぬ。皆の者、桔梗の旗を残すは亡き父、光秀の宿願ぞ。そのための礎になってくれ」

座を見渡した。中には内藤のように不満げにしながらも頷いている者もある。だが、これが旗を振る者だ。家臣たちの思いをすべて受け止め、その上で己の意思を通さねばならない。家臣たちの痛みを知りつつ、あえて見て見ぬふりをしなければならない。

歯噛みしていると、ふいに左馬助は十五郎に話しかけてきた。

「ときに、若様に一つお願いがございましてな」

「なんぞ」

「それは――」

左馬助が口にした願いは、少々解せぬものであった。


十五郎は、鉢巻きをぎゅっと締めた七郎兵衛の姿を見やった。

小具足《こぐそく》に戦直垂という軽装で、腰には太刀を佩《は》き、薙刀《なぎなた》を携えている。己の役目は戦うことにあらず、と述べた七郎兵衛は、鎧を着込もうとはしなかった。戦わず、生きて任を果たすという七郎兵衛の覚悟が仄《ほの》見えるかのようだった。それとは対照に、籠手《こて》の感触を確かめるように指の曲げ伸ばしを繰り返す内藤は、豪壮な鎧兜姿に身を包んでいる。

二の丸の大手門がそびえ立ち、今から旅立とうとしている二人を見下ろしている。既に明智方は三の丸から退去している。どうやら羽柴方はまだ城の中に侵入はしていないようだが、それでももはや羽柴方の影響下ということになる。

「二人の武運を」

内藤はそっぽを向いてしまった。もはや主君として立てる必要がないと考えているようだ。

だが七郎兵衛は、なおも主君と思ってくれているらしい。

「若様、若様こそ、何卒ご無事で」

「七郎兵衛、これまで、世話になった。明智家再興の日には必ずやそなたを迎える」

七郎兵衛の目に、涙が溜まっている。いつの間にか馬を二頭曳いてきた内藤が、今にも泣き出しそうな顔をしている七郎兵衛の肩を小突いた。

「そんな場合じゃない。俺たちには務めがある。そうだろうが」

「すみませぬ」

不機嫌そうな顔のまま、馬にまたがり槍を背負った内藤の姿は、本当に良く映えた。これまで、己の目付け役として飼い殺しにしていたことが惜しい。

「内藤」十五郎は内藤の背に声をかけた。「本当にすまなかった。わしは、不甲斐ない主君であった」

馬上の内藤は、何も答えなかった。槍を背負ったまま、空を見上げているようだった。厚い雲が垂れ込める空を見上げる内藤の目には、何が映っているのだろう。

ややあって、内藤は開門と声を発した。門番は大手門の閂《かんぬき》を抜いて、大きく開け放った。門の向こうの三の丸は、まるで別の世界を見るかのようだった。

内藤は、ぽつりと言葉を放った。

「世の人が不甲斐ないと謗ろうと、御主君は御主君。この内藤三郎右衛門の御主君は、十五郎様お一人よ」

馬の腹を蹴った内藤は、そのまま駆け出して行ってしまった。慌てて馬の鐙を踏んでまたがった七郎兵衛は、恭しく一礼し、馬の腹を蹴って内藤の後を追っていった。

大手門に再び閂がはめられた後、本丸へと戻る道すがら、十五郎は長持に棒を渡し運ぶ一団とすれ違った。長持だけではない。一畳ほどあろうかという桐箱や、屏風と思しき包みを運ぶ者もある。

羽柴方に明智家の重宝を引き渡そう、と左馬助は言い出した。おかげで明智家に下賜された名物茶碗や茶道具もすべて手放すことになった。先の左馬助の頼みとは、まさにそれだった。否とはいえず、先ほどまで用いていた茶釜や、信長公から下賜された掛け軸や花入、茶杓や茶入に至るまで、すべてを左馬助に預けた。未練がないではなかった。二度とあれほどの茶道具に出合うことはあるまい。

本丸御殿に戻ると、襖絵《ふすまえ》の一つ一つに至るまで外すように家臣たちに指示を飛ばす左馬助の姿があった。十五郎の姿に気づくと、左馬助は頭を下げた。

「いやはや、兵たちのよい気晴らしになりますな」

「茶道具や軸を残すのは分かるが、襖絵まで渡す必要はあるのか」

襖絵はあくまで消耗品だ。十五郎の疑問に気づいたのか、左馬助は大きく頷いた。承知の上、と言わんばかりだった。

「時を稼ぐことができますでな。わしはそもそも雅事《みやびごと》に通じておりませぬゆえ、茶道具に何の価値があるのか分かりませせぬ。ただ、殿があれほど大事になさっておられたものゆえ、尊重するばかりでござる」

左馬助らしい、とも思った。

と、左馬助は薄く笑った。

「実は、安土城を接収した折、あの城の襖絵を描いた狩野永徳《かのうえいとく》が怒鳴り込んできましてな。己の描いた絵をあたら危険な目に遭わせぬでくれ、と。拙者は雅事には通じませぬが、その時、気づいたのです。拙者のような武辺者が功を大事にするように、雅事を大事にする者には、その者なりの理路がある、と」

襖絵が取り除かれ、風通しがよくなった謁見の間の真ん中で、左馬助は目を伏せた。

「これで、あとは夜を待つばかりでござる」

そう左馬助が口にしたその時、縁側に女人の姿があることに気づいた。老女や侍女を引き連れ、白い打掛を纏ってしずしずと歩いている。久方ぶりに見える家族の姿だった。

「亀姉様《かめあね》」

近寄って呼びかけると、女人――亀姫は薄く微笑んだ。

「おや、十五郎ではありませぬか」

「よくぞご無事で。ここにおられたのですね」

四年ほど前、荒木家から出戻ってきてしばらくは坂本城で暮らしていたが、二年の後左馬助の妻となって福知山城へ行ってしまった。本能寺の変が起こった際にも福知山城にいたらしいが、城代の藤木何某《ふじきなにがし》が気を回し、坂本城まで送り届けてくれたらしい。顔も思い浮かばぬ家臣の働きに感謝をしたものだった。

「まさか、生きて逢えるとは思ってもみませんでした」

「本当に。これから姉様はいかがなさるのですか」

「天守へ向かいます。そこで、左馬助様をお支え申し上げます」

「一緒に逃げましょう」

がらんどうになっている謁見の間に立ち尽くしたままでいる左馬助の顔を気にしながら、十五郎は言った。だが、亀はなぜか満足げに首を横に振った。この顔は何だろう、と訝《いぶか》しく思っていると、亀は口を開いた。

「わたしのことはよいのです。あなたにはあなたの思いがあるように、わたしにはわたしの思いがあります。己の思いを周りに大事にしてほしいなら、あなたも周りの人の思いを大事にしなければなりませんよ」

そんなことは分かっている。けれど、その先に待っているのは——永の別れだ。

俄《にわ》かに答えが出ることではなかった。

だが、一緒に育った姉弟だからこそ、通じ合うものもある。

「おさらばでございます、姉様」

「ええ。出来ることなら、白髪姿になったそなたにまみえたいものです。あ、けれど、父上は髪が薄くてらっしゃったから、もしかしたら禿《は》げたそなたがわたしの前に現れるやもしれませんけれど」

くすくすと笑い、袖で口元を隠した亀は、少し離れたところに立っている左馬助に向かって声を発した。

「お前様、先に天守へ向かっております」

すると、左馬助は頷いた。その顔は、これまで見たどんな左馬助の顔とも違った、満たされ切った表情をしていた。

「ああ、拙者もすぐ行く」

すると亀も満足げな表情を浮かべ、天守目指して歩いて行ってしまった。

亀の後ろ姿を目で追っていると、左馬助は縁側に出てきて、十五郎の肩を力強く叩いた。

「拙者たちは、ここでよい。若様たちは、どこまでも逃げてくだされ」

左馬助もまた、天守へ続く縁側を、ゆっくりと歩いていった。

手筈通り、十五郎は自然と共に夜を待った。その間、羽柴の兵たちが攻めてくる様子はなかった。左馬助の交渉の結果だろう、と考えながら、ふと、内藤と七郎兵衛の消息を思った。だが、いくら考えても仕方がないと考え、自然と昔話をしながら時が経つのを待った。

日が暮れ、辺りが薄暗くなってきた頃、一人の侍がやってきた。誰何《すいか》すれば、左馬助の家臣であるという。その家臣に言われるがまま、二人が向かったのは、本丸の東にある桟橋だった。そこにはいつもは係留されている大船は影も形もなく、四人乗りの小さな舟が一つ、小波にゆらめいているだけだった。

この舟で行きまする、と侍は言った。既にこの城にあった船は、この一隻を除きすべて壊してある。仮に羽柴方が感づいたとしても、追いかけるすべはない。また、このような小舟であっても、凪《なぎ》の琵琶湖ならば十分渡ることができる、ということであった。

自然と共に乗り込んだ瞬間、小舟は大きくかしいだ。こんな舟で本当に大丈夫なのか、と思わぬこともなかったが、口をつぐむ。

侍が舟の艫《とも》に立ち、櫂《かい》を漕ぎ始めた。波に負けることなく、少しずつ舟は城から遠ざかってゆく。そうして、半町ほどの距離に至ったその時、横に座っていた自然が、城を指した。

「城が、城が」

天守から煙が上がり始めている。だが、瞬く間に爆発が起こり、そこから大蛇のように炎がうねった。あれよあれよという間に、安土城と並び称された大天守は、一つの巨大な火柱となった。

左馬助は、十五郎の死体が見つからなくても怪しまれぬように手を打つと言っていた。それが、これだった。風にあおられ姿を変える炎を眺めながら、ふと、左馬助と亀のことを思った。二人はあの中で手を取り合っているのだろう、そんな気がした。

これを望んだのもまた、十五郎だった。もしも己と自然の首を羽柴方に差し出せば、このようなことにはならなかった。すべては、桔梗の旗のため。光秀の旗を継いだ、桔梗の人であるがためだ。

「行ってくれ」

侍に櫂を漕ぐように急《せ》かした。十五郎の言に応じて頷いた瞬間、侍はうめき声をあげ、湖の上に落ちた。

見れば、先ほどまでいた岸に、羽柴の旗を翻した侍衆《さぶらいしゅ》たちがおり、弓衆が前に出てこちらに向かって弓を射かけてきているところだった。

向こうに舟はない。離れればこちらの勝ちだ。

十五郎は流されそうになっていた櫂を取った。櫂を操るなど生まれて初めてのことだった。耳元を掠《かす》めてゆく矢に心胆を冷やしながらも無我夢中で手を動かすうち、こつを覚え始め、舟はゆっくりと前に進み始める。見れば、自然は恐怖のあまりか胸の前で手を合わせ、ガタガタと震えている。

「安心しろ、自然」自らも恐怖に呑まれそうになりながらも、十五郎は努めて明るい声を発した。「琵琶湖はわしら兄弟を育《はぐく》んだ湖ぞ。悪いようにはなさるまい」

その瞬間、十五郎の背に痛みが走った。あえて後ろは見なかった。なにが起こったのかくらい分かっている。だが、ここで痛みのあまりに櫂を手放すわけにはいかない。息を調え、怖がる自然に笑みを向けると、なおも櫂を漕ぎ続けた。

それからは、矢の雨がしばし続いた。釘を打ち付けるかのような音が絶え間なく十五郎の耳朶《じだ》を叩く。気づけば小舟の上は矢で剣山のようになっている。だが、弓なりに飛んできた矢の威力など大したことはない。何とか二町ほどまで離れた頃には、矢の俄雨《にわかあめ》は止んだ。

手を伸ばせば届きそうな星辰《せいしん》の輝きを見遣って息をつき、荒い息を調えた十五郎は自然を見遣った。

自然は、あおむけに倒れていた。見れば、額に矢を受けている。見開いた目は闇よりも黒く、天の星辰の輝きを映し取っていた。

「自然……？　どうした、自然」

己の背の痛みなど気にならなかった。櫂を置き、のろのろとあおむけに倒れる自然の傍に寄ると、膝枕をしてやった。まるで鉛のように重い自然の体は、少しずつ、けれど確実に十五郎の見知ったものではなくなり始めている。

真っ暗な空の上には満天の星が輝いている。昼間は天気が悪かったというのに、随分と間の悪いこともあったものだ――。己の悪運を思いながらも、十五郎はもはや返事をしてくることなどない弟に語り掛けた。

「以前、言ったっけな。お前は何も擲《なげう》たなくてもいい、って」

十五郎は優しく自然の頬を撫でた。だが、少しずつ冷めてゆく自然の肌が、十五郎の指先を凍らせる。

「わしも、何も擲ったつもりはない。でも、気づけばいろんなものを擲ってきた。生きたい、そして明智の血を残したい。ただそれだけのために、何もかもを失った気がする」

見開かれた自然の目をゆっくりと瞑らせた十五郎は、辺りの琵琶湖に目を移した。真っ暗な湖の水面には、星々が落ち、光を放っている。それはまるで、戦で命散らした者たちの魂を見るかのようだった。手を伸ばし、掬《すく》い上げようとしても、星の瞬きは手からすり抜けてしまう。何度手を伸ばしても、何度掬っても。

琵琶湖の上に漂う十五郎は、琵琶湖に映る数多《あまた》の魂たちに語り掛けた。

「わしは生きねばなりませぬ。いろいろなものを擲ったがゆえ。明智はかくあり、この天下にあったという証を遺したいがために。罪も、恨みも、すべて引き受けましょう」

自然の手を組ませた十五郎は、その亡骸を琵琶湖の水の中に下ろした。最初、舟の周りを漂っていたが、やがて少しずつ沈み始め、闇色の湖底に向かい沈んでいった。それはまるで黒衣を纏った母の胸に抱き寄せられるようだった。そして、その姿を水面に映る星々の明かりが隠した。

舟は少しずつ流れ流れて進んでいる。

これからどこに行くというのだろう。

分からない。

だが、それでも。

十五郎は耳を澄ました。琵琶湖の波の音が聞こえる。数多の死者たちの声なき声のようにも感じた。

鏡のような湖面を櫂で乱しながら、十五郎は向こう岸を目指してゆっくりと進んでいった。

泉州《せんしゅう》鳥羽村《とばむら》に、海雲寺《かいうんじ》という寺があった。

南国梵桂《なんごくぼんけい》という変わり者の高僧が開いたこの寺は、江戸期になると岸和田に移されて本徳寺と改称され、今に至っている。それゆえに、過去のことはあまり伝わってはいないのだが――。

嘘か真か、秀吉が天下人として君臨していた頃、鳥羽村にさる噂が流れた。

羽柴秀吉が四国征伐を終え、禁裏から豊臣の姓を下賜されたそんな頃、住持の梵桂の許に一人の侍が訪ねやってきた。素襖《すおう》、腰に太刀を帯びるといういかにも古風な形をしたそのお侍は、菅笠《すげがさ》を取ることなく海雲寺のお堂に上がり込んだ。仏様の御前で笠を脱がぬのは不遜であるはずだが、梵桂は察するところがあったのか、それを許した。不遜な態度とは打って変わり、その侍の態度は実に慇懃で、折り目正しいものであったから、普段は礼儀にうるさい学僧たちも笠のことを重ねて咎《とが》めることはなかった。

その侍は、ある掛け軸を梵桂に渡し、

「これを供養していただきたい」

と頭を下げた。

中身を一瞥《いちべつ》するなり、まるで何かはばかりがあるかの如くに手早く軸を巻き直し、梵桂は快諾した。ありがたい、と短く述べた侍は、もう話すことはない、とばかりに席を立った。

これからどちらに？　梵桂はそう訊くと、その侍はこう答えたという。

「桔梗の花を植えとうござる」

雅なことを、と合の手を入れると、侍はいささか固い声を発した。

「拙者は桔梗の人なれば、かつて大輪の桔梗の花が咲いていたと語り残さねばなりませぬ。そのために、この日の本に、桔梗の花を根付かせねば。そして、桔梗の旗の振り手として、生きてゆかねばならぬのです」

大変なることでしょうが、息災であられますよう。梵桂はそう伝え、路銀を侍に渡した。

「これから、かつての家臣を訪ねようと思っております。拙者の墓を作り、二人で墓守をしておるようなのです。その後は、東へ行こうと思っております。徳川にでも仕官できればよいのですが」

そう、侍は言い残した。

この話には後日談がある。どこから噂を嗅ぎ付けたものか、豊臣秀吉の遣いを名乗る侍衆が鳥羽村にやってきた。一人や二人ではない。百人余りの侍衆を擁し、素肌武者とはいえ、手には弓や鉄炮といった飛び道具や槍や薙刀《なぎなた》といった長柄《ながえ》を携えた一団は、肩をいからせながら海雲寺の梵桂を訪ねた。

「この前やってきた面妖《めんよう》な侍が、どこに行ったか知らぬか」

梵桂はこわもての侍衆を前にも動じず、こう答えた。

確か、これから西国へ向かうと言うておられたような。

嘘をついてはおらぬな、もしも嘘であったなら容赦せぬぞ。そんな恫喝もどこ吹く風、梵桂は白を切り通した。

その時梵桂が受け取った掛け軸は寺宝と共に残され、海雲寺が戦火に遭い、寺号を変え岸和田に移されてもなお、半ば死蔵される形で残されていた。

明智光秀の肖像画とされる座像である。

今日、唯一の光秀像と知られるこの軸に描かれた光秀の姿は、どこか線が細く、物憂げな表情をしている。あるいは若い頃の面影を映したものなのかもしれない。

明智光秀は、泉州にはあまり縁のなかった人物である。彼の本貫地である美濃、長らく過ごしていた近江、領地であった山城《やましろ》や丹波ではなく、なぜ和泉に唯一の肖像画があるのか。もはや、忘却と歴史の波に洗われ、だれにも解くことのできぬ謎になってしまった。

切れ長の目をした光秀の肖像画は、ただ見る者を冷ややかに見つめ返すばかりである。

主な参考文献

『明智軍記』
二木謙一　新人物往来社

『現代語訳 信長公記』
太田 牛一（著）、中川 太古（翻訳）中経出版

『明智光秀：史料で読む戦国史』
（編集）藤田 達生、福島 克彦　八木書店古書出版部

『明智光秀』
高柳 光寿　吉川弘文館

『明智光秀』
谷口研吾　洋泉社

『図説 明智光秀』
柴 裕之（編著）戎光祥出版

『長宗我部元親・盛親：四国一篇に切随へ、恣に威勢を振ふ』
平井上総　ミネルヴァ書房

『長宗我部元親』
山本大　吉川弘文館

『細川侯五代逸話集――幽斎・忠興・忠利・光尚・綱利――』
大島明秀　熊本日日新聞社

『信長軍の司令官――部将たちの出世競争』
谷口克広　中公新書

『戦国おもてなし時代　信長・秀吉の接待術』
金子拓　淡交社

『信長公記――戦国覇者の一級史料』
和田裕弘　中公新書

『宿所の変遷からみる　信長と京都』
河内将芳　淡交社

『連歌入門――ことばと心をつむぐ文芸』
廣木一人　三弥井書店

本書は、月刊「潮ＷＥＢ」に二〇一九年一月〜二〇一九年八月に
掲載されたものを加筆修正し、単行本化したものです。

谷津矢車（やつ・やぐるま）

1986年東京都生まれ。駒澤大学文学部卒業。2012年、「蒲生の記」で第18回歴史群像大賞優秀賞受賞。13年『洛中洛外画狂伝　狩野永徳』でデビュー。2作目『蔦屋』が評判を呼び、若手歴史時代小説家として注目を集める。18年『おもちゃ絵芳藤』で、第7回歴史時代作家クラブ賞作品賞受賞。著書に『しょったれ半蔵』『信長さまはもういない』『安土唐獅子画狂伝　狩野永徳』『奇説無惨絵条々』『廉太郎ノオト』など。

桔梗の旗　～明智光秀と光慶～

二〇一九年　十二月　五　日　初版発行
二〇二〇年　一　月二十日　二刷発行

著　者――谷津矢車
発行者――南　晋三
発行所――株式会社 潮出版社
〒一〇二―八一一〇
東京都千代田区一番町六　一番町SQUARE
〇三―三二三〇―〇七八一（編集）
〇三―三二三〇―〇七四一（営業）
振替口座　〇〇一五〇―五―六一〇九〇

印刷・製本――中央精版印刷株式会社

ISBN978-4-267-02218-0 C0093

http://www.usio.co.jp/